MOEWIG

EIN PLAYBOY TASCHENBUCH
IM MOEWIG VERLAG

PLAYBOY

SCIENCE FICTION

STERNENPOST

Herausgegeben von

Isaac Asimov

und Martin H. Greenberg/Joseph Olander

MOEWIG

PLAYBOY Band Nr. 6734
Moewig Taschenbuchverlag Rastatt

Titel der Originalausgabe: Space Mail
Aus dem Amerikanischen von Eva Malsch

Umschlagillustration: Carl Lundgren / Schlück
Umschlagentwurf und -gestaltung: Franz Wöllzenmüller, München
Redaktion: Hans Joachim Alpers
Verkaufspreis inkl. gesetzl. Mehrwertsteuer
Auslieferung in Österreich:
Pressegroßvertrieb Salzburg, Niederalm 300, A-5081 Anif
Printed in Germany 1983
Druck und Bindung: Elsnerdruck GmbH, Berlin
ISBN 3-8118-6734-2

Inhalt

Howard Fast (geb. 1914) gehört zu der relativ kleinen Gruppe von Autoren, die ausgezeichnete SF- und Fantasy-Stories zusätzlich zu anderen Werken geschrieben haben, durch die ihr Ruhm in größerem Maß begründet worden ist. In diesem Zusammenhang muß man auch an John D. Mac Donald, John Jakes und Michael Thaara denken. Mr. Fasts literarische Leistungen schließen so bekannte Bücher wie Citizen Tom Payne *(1943),* Spartacus *(1951) und die Bestseller-Reihe* Immigrant *ein. Auf dem Science-fiction-Sektor hat er Stories geschrieben, die als Sammelbände erschienen sind –* The Edge of Tomorrow *(1961),* The General Zapped an Angel *(1969) und* A Touch of Infinity *(1973).*

Die vorliegende Erzählung erschien unter dem Titel „The First Men" in der Februarausgabe 1960 des Magazine of Fantasy and Science Fiction.

Howard Fast

Gefangen

THE TRAP

1

Bath, England
12. Oktober 1945

An Mrs. Jean Arbalaid
Washington, D. C.

Meine liebe Schwester,
ich gebe zu, daß ich in Lethargie und bis zu einem gewissen Grad in Gleichgültigkeit versunken bin – wenn es auch keine Gleichgültigkeit nach deinen Begriffen ist, nicht in dem Sinne,

daß Du mir egal bist. Du bist mir sehr wichtig, und ich denke oft an Dich. Immerhin haben wir nur noch einander, und, abgesehen von uns beiden, hat die Familie Felton zu existieren aufgehört. Wenn ich es versäumt habe, Deine letzten drei Briefe zu beantworten, so liegt das eher an einer ganz bestimmten Sorte von Unfähigkeit. Ich hatte nichts zu sagen, weil es da nichts gab, was ich sagen wollte.

Du wußtest, wo ich war, und ich bat Schwester Dorcas, Dir eine Postkarte oder irgend etwas zu schreiben und Dir mitzuteilen, daß sich mein körperlicher Zustand gebessert hätte, wenn die Beschaffenheit meines Gehirns auch keinen Anlaß zu Jubelschreien gäbe. Ich war in den letzten beiden Monaten ziemlich deprimiert – die Ärzte hier, mit ihrer britischen Neigung zur viktorianischen Nomenklatur, nennen das Melancholie –, aber sie haben mir gesagt, daß ich mich nun auch in dieser Beziehung auf dem Wege der Besserung befinde. Das offenkundige Anzeichen einer geistigen Genesung ist anscheinend ein wachsendes Interesse an den Dingen – zum Beispiel, daß ich Dir jetzt schreibe und in der Stadt spazierengehe. Bath ist faszinierend, und ich bin sehr froh, daß sie mich hierher in dieses Erholungsheim geschickt haben.

Nach den vielen Bombenangriffen und da man nach der Landung in der Normandie so viele Verwundete zurückschickte, wurden die Hospitäler knapp. Aber sie besitzen das große Talent, alles dennoch zu schaffen. Hier okkupierten sie mehrere große Häuser aus der Beau-Nash-Epoche und funktionierten sie in komfortable Erholungsheime um. Unser Heim hat einen Garten, und wenn ein englischer Garten schön ist, dann ist er mit nichts auf der Welt zu vergleichen. Er hat mich sogar veranlaßt, Schwester Dorcas an einem sonnigen Tag mit ein paar abgeschmackten Annäherungsversuchen zu belästigen, worauf sie mein knospendes Sexualverlangen mit ihrem verdammten Verständnis und ihrer unerschöpflichen Geduld abtötete. Nichts kann einen netten amerikanischen Jungen so fix und fertig machen wie eine große, schöne, tüchtige englische

Lady mit Pfirsichteint, die eine Krankenschwester mimt und die Nase ziemlich hoch oben trägt.

Seit einiger Zeit bin ich ambulanter Patient, und so treibe ich mich in Bath herum und steckte meine Nase in alle Ecken und Winkel. Der Doktor ermuntert mich zu langen Wanderungen, denn das regt meinen Kreislauf an und beschleunigt angeblich die Gesundung meiner Beine. Und da es in Bath ständig bergauf und bergab geht, ist dies ein gutes Training. Ich besuche häufig die alten römischen Bäder, und der ganze Komplex, der um den Pumpenraum herumgebaut ist, fasziniert mich. Hier haben Nash und seine Kumpane Hof gehalten. Bath ist eine georgianische Stadt und in architektonischer Hinsicht vielleicht vollkommener als alle anderen englischen Städte. Aber hier gibt es zudem noch die römischen und die mittelalterlichen Bäder. Die Ärzte bestehen darauf, daß ich und die anderen sogenannten Kreislaufprobleme hier Bäder nehmen. Ich weiß nicht, wieso sich dergleichen von einem gewöhnlichen heißen Bad unterscheidet, aber die britischen Mediziner glauben immer noch an die Naturheilkunde.

Du fragst Dich jetzt sicher, warum ich ein Kreislaufproblem bin. Und was ist eigentlich noch übrig vom alten Harry Felton, wieviel wurde weggeschossen, und wieviel von seinem Gehirn ist durchweicht wie eine große Schüssel Griesbrei? Natürlich fragst Du Dich das, ich kenne Dich, liebe Schwester. Und ich möchte Dich darauf hinweisen, daß ich meine Streifzüge durch die Stadt allein unternehmen darf. Offenbar werde ich also nicht als Verrückter betrachtet, den man dem Allgemeinwohl zuliebe einsperren muß.

Hin und wieder wanderte ich mit einem rekonvaleszenten britischen Soldaten umher, und zwei- oder dreimal habe ich Schwester Dorcas überredet, mitzukommen und mich ihre Hand halten zu lassen – damit ich nicht ganz vergesse, wie's geht. Aber meistens bin ich allein. Du wirst Dich erinnern, daß der alte Harry schon immer ein Einzelgänger war. Jedenfalls scheint mein Kopf halbwegs verläßlich zu sein.

Jetzt ist's einen Tag später, alte Jean. Wir haben den 13. Oktober. Ich habe den Brief für einen Tag beiseite gelegt. Das wird eine ziemlich lange Epistel, was? Ich muß gestehen, ich bekam es mit der Angst zu tun, als ich mir überlegte, wie ich mich selbst beschreiben soll. Ich sprach mit Schwester Dorcas darüber, und sie schickte mich zu einer Sitzung beim Psychiater. So eine Sitzung spielt sich folgendermaßen ab: Ich rede, er hört zu, und dann gibt er geschwollenes Zeug von sich.

„Natürlich", sagte er, nachdem ich eine Weile geredet habe, „dieses Widerstreben, über das eigene Grauen zu diskutieren, wird manchmal wie eine romantische Schleife getragen – als Dekoration, wissen Sie, alter Junge."

„Ich finde Sie irritierend", entgegnete ich.

„Natürlich. Ich versuche ja auch, Sie zu irritieren."

„Warum?"

„Vermutlich, weil Sie ein Amerikaner sind und weil ich eine snobistische Abneigung gegen Amerikaner habe."

„Jetzt sind Sie aber sehr taktvoll."

Der Psychiater lachte anerkennend und gratulierte mir zu meinem humorvollen Wesen. Er ist ein netter Kerl, um die Vierzig, sehr dünn wie die meisten britischen Ärzte, mit länglichem Kopf, großer Nase, sehr zivilisiert. Das finde ich so nett an diesen Engländern, Jean – daß man das Gefühl hat, unter zivilisierten Leuten zu sein.

„Aber ich möchte nicht aufhören, Sie zu irritieren", sagte er.

„Da besteht keine Gefahr."

„Ich meine, wenn wir einander mögen, werden wir die Dinge vertuschen. Ich will sie aber aufdecken. Sie sind kräftig genug, um das zu ertragen. Sie sind ein stabiler Bursche, Felton, und Sie haben nie schizoide Tendenzen gezeigt. Ihre Depression war mehr oder weniger eine Reaktion auf Ihre Angst, nie wieder gehen zu können. Aber jetzt laufen Sie schon wieder ganz passabel herum, nicht wahr? Aber Schwester Dorcas hat mir gesagt, daß Sie Ihrer Familie nicht schreiben wollen, was mit Ihnen los ist. Warum nicht?"

„Meine Familie ist meine Schwester. Ich will nicht, daß sie sich Sorgen macht, und Schwester Dorcas hat ein viel zu großes Mundwerk."

„Das werde ich ihr sagen."

„Dann bringe ich Sie um."

„Was nun Ihren Einwand betrifft, daß Sie Ihrer Schwester keine Sorgen bereiten wollen – wir alle wissen, wer Ihre Schwester ist. Sie ist eine große Wissenschaftlerin und eine couragierte, charakterfeste Frau. Nichts, was Sie ihr mitteilen würden, könnte sie aufregen. Nur Ihr Schweigen beunruhigt sie."

„Sie wird glauben, daß ich meine Murmeln verloren habe."

„Ihr Amerikaner seid einfach reizend, wenn ihr so redet, wie ihr glaubt, daß wir uns vorstellen, wie ihr redet. Nein, sie glaubt nicht, daß Sie verrückt sind. Ich habe ihr schon vor einigen Monaten geschrieben, daß Ihre Beine in ein Maschinengewehrfeuer geraten sind, und die Art Ihrer Verletzungen dargelegt."

„Dann ist ja ohnehin alles erledigt."

„Keineswegs! Es ist sehr wichtig, daß Sie die Fähigkeit erwerben, über alles zu diskutieren, was mit Ihnen geschehen ist. Sie haben ein Trauma erlebt und große Schmerzen erlitten – wie viele von uns."

„Ich will lieber nicht darüber reden. Außerdem beginnen Sie mich zu langweilen."

„Gut. Irritation und Langeweile. Was noch?"

„Sie sind verdammt neugierig, was?"

„Allerdings."

„Sie akzeptieren niemals ein Nein als Antwort."

„Ich bemühe mich, es nicht zu akzeptieren."

„Also gut, Doc – ist ganz einfach. Ich will mich nicht über das auslassen, was mit mir passiert ist, weil ich meine Rasse hassen gelernt habe."

„Ihre Rasse? Wie meinen Sie das, Felton? Die Amerikaner oder die Weißen?"

„Die Menschen."

„Ach, wirklich? Und warum hassen Sie bloß all diese Menschen?"

„Weil sie nur existieren, um zu töten."

„Ach, kommen Sie! Hin und wieder machen wir auch eine Atempause."

„Der Hauptzweck der menschlichen Existenz ist das Töten."

„Jetzt nerven Sie mich mit non sequiturs. Ich frage Sie, warum Sie nicht über Ihre Kriegsverwundungen diskutieren wollen, und sie antworten, daß Sie die menschliche Rasse hassen. Hin und wieder finde auch ich diese Rasse unattraktiv – aber darauf kommt es nicht an."

„Vielleicht haben Sie recht – vielleicht auch nicht."

„Warum erzählen Sie mir nicht, was geschehen ist?"

„Warum fallen Sie nicht tot um?" fragte ich.

„Oder warum führen wir kein kleines Streitgespräch über den Amerikanismus – und wenn's nur deshalb wäre, um arme Teufel wie mich zu erleuchten, die eure Kranken behandeln müssen, die in unseren Heimen sitzen?"

„Sie sind so verdammt zivilisiert, Doc, daß Sie die Fähigkeit verloren haben, richtig eklig zu sein."

„Ach, Felton, hören Sie doch auf, sich wie ein Siebenjähriger zu benehmen, der Aufmerksamkeit erregen will! Warum erzählen Sie mir nicht ganz einfach, was geschehen ist? Wissen Sie, allmählich sind Sie es, der sich zum Langeweiler entwikkelt."

„Also gut", stimmte ich zu. „Endlich sind wir ehrlich zueinander. Ich werde es Ihnen erzählen – ganz genau und sehr dramatisch. Werden Sie mich dann mit Ihrem stinkenden Psychiaterarsch in Ruhe lassen?"

„Wenn Sie es wünschen . . ."

„Okay. Nicht daß das eine große Sensationsstory wäre – es ist ganz simpel nur das, was es für mich bedeutet. Ich hatte eine gute, solide Infanterietruppe, hauptsächlich New Yorker. Ein paar Juden, ein paar Neger, fünf Puertorikaner, einige nette Italiener und Iren, und der Rest setzte sich aus weißen Protestanten englischer, schottischer, nordirischer und deutscher Abstammung zusammen. Ich spezifiere das nur deshalb, weil wir alle die heilige Mission erfüllten, unsere Mitmenschen zu töten. Die Jungs waren gut ausgebildet und taten ihr Bestes. Wir arbeiteten uns in Deutschland vor, mit ebenso vielen Verlusten und Dummheiten wie alle anderen Truppen. Und dann passierte eine dieser ganz schlimmen, unvermeidlichen Dummheiten. Wir gerieten ins feindliche Feuer, riefen unsere Flugzeuge zu Hilfe, und die bombardierten uns wie die Wilden."

„Ihre eigenen Flugzeuge?"

„Genau. Das geschah viel öfter, als man es zugeben will, und es ist ein Wunder, daß es nicht doppelt so oft passierte. Wie soll man denn wissen, wer da unten ist, wenn sich alles am Boden verkriecht? Und so passierte es also. Da war eine offene Scheune, und einer meiner Schützen und ich sprangen hinein und gingen hinter einem Holzhaufen in Deckung. Und da sah ich dieses kleine deutsche Mädchen, etwa drei Jahre alt, verängstigt, starr vor Entsetzen. Ein sehr hübsches kleines Kind ..."

Ich verstummte. Er redete auf mich ein und erklärte, daß der Krieg keinen Unterschied zwischen Erwachsenen und Kindern mache und einen noch geringeren Unterschied zwischen hübschen und häßlichen Kindern.

„Was haben Sie getan?" fragte er.

„Ich versuchte das Kind zu schützen. Ich warf mich auf sie ... Eine Bombe traf die Scheune. Ich wurde nicht verletzt, aber Ruckerman, mein Kamerad, wurde getötet. Ich verließ den Schuppen, das Kind auf den Armen. Der Körper war ganz warm. Aber die Schädeldecke war weggerissen, und das Gehirn des kleinen Mädchens tropfte auf meine Schulter. Und da traf mich das deutsche Maschinengewehrfeuer."

„Ich verstehe", sagte der Psychiater.

„Oh – Sie haben offenbar Phantasie."

„Sie können gut erzählen. Fühlen Sie sich jetzt besser?"

„Nein."

„Darf ich Ihnen noch ein paar Fragen stellen, Felton? Ich habe Ihnen versprochen, Sie mit meinem Psychiaterarsch in Ruhe zu lassen, und ich würde mein Wort halten. Sie brauchen also nur ja oder nein zu sagen."

„Sie haben viel Geduld mit mir."

Er war wirklich sehr geduldig. Wochenlang hatte er meine schlechte Laune und meine Depression ertragen. Nie hatte er die Beherrschung verloren, und das war der Hauptgrund, warum er mich so irritierte.

„Also gut. Fragen Sie."

„Nachdem Sie mir das alles erzählt haben – fühlen Sie sich irgendwie anders?"

„Nein."

„Fühlen Sie sich nicht besser?"

„Nein."

„Das ist gut."

„Warum?" wollte ich wissen.

„Dieses Erlebnis brachte Sie in Wut, aber nicht im traumatischen Sinn. Offenbar nützt es nicht viel, wenn Sie sich daran erinnern, und es tut Ihnen meiner Ansicht nach auch nicht sonderlich weh."

„Die Erinnerung daran ist nicht blockiert – falls Sie das meinen. Ich kann daran denken, wann immer ich will. Es widert mich an."

„Natürlich. Wie gesagt, ich glaube, Ihre Depression hing nur mit dem Zustand Ihrer Beine zusammen. Als sie wieder gehen konnten, ließ die Depression nach. Man hat mir gesagt, in ein paar Wochen werden Ihre Beine so gut wie neu sein. Sie werden zwar keinen Rekord im Bergsteigen aufstellen – aber sonst können Sie eine ganze Menge machen. Sagen Sie mir, Felton – warum haben Sie darauf bestanden, während Ihrer Rekonvaleszenz in England zu bleiben? Sie haben Himmel und Hölle in Bewegung gesetzt – nur damit Sie hierbleiben. Warum wollten Sie nicht nach Hause fliegen? In Ihrer Heimat wären Sie sicher besser versorgt worden als hier. Die amerikanischen Krankenhäuser sind moderner ausgestattet als unsere."

„Es gefällt mir in England."

„Wirklich? Hier wartet doch kein Mädchen auf Sie. Was gefällt Ihnen denn so gut an uns?"

„Zum Teufel mit Ihrer verdammten Neugier!"

„Okay. Aber sehen Sie, Captain, Ihre Anklage war global. Der Mensch ist ein Monstrum. Der Engländer auch. Oder nicht?"

„Ach, rutschen Sie mir doch den Buckel runter", sagte ich, und damit war das Gespräch beendet. Aber indem ich diesen Dialog wiedergab, indem ich ‚er sagte' und ‚ich sagte' schrieb, konnte ich Dir alle Fakten mitteilen, meine liebe Jean.

Du fragst, ob ich nach Hause kommen will. Die Antwort lautet nein. Nicht jetzt, nicht in absehbarer Zeit. Vielleicht nie – aber ‚nie', das ist ein diffiziles Wort, und wer kann schon wissen, was morgen sein wird?

Du sagst, daß mir mein Anteil am Vermögen unserer Mutter hundert Dollar pro Woche einbringt. Ich habe keine Ahnung, wie ich das Geld ausgeben könnte, also sollen die Anwälte ihre Zeit damit vertrödeln, so wie bisher. Ich habe mein Geld von der Army gekriegt, und da ist eine ganze Menge zusammengekommen. Außerdem habe ich ein paar hundert Dollar beim Bridge gewonnen. Wie gesagt, ich wüßte nicht, wie ich das Geld ausgeben könnte.

Was ich mir wünsche? Sehr wenig. Ich habe nicht die Absicht, jemals wieder in einer Anwaltsfirma zu arbeiten. Die ersten beiden Jahre in diesem Beruf haben mich gelangweilt, aber damals war ich wenigstens noch von bescheidenem Ehrgeiz erfüllt. Nun ist der Ehrgeiz verschwunden, und das einzige, was ihn ersetzt hat, ist Ekel. Ganz egal, in welche Richtung meine Gedanken wandern, sie kehren immer wieder zu der Tatsache zurück, daß die menschliche Rasse grauenvoll ist – mit Ausnahme Deiner Person, meine Liebe, und Deines brillanten Gatten.

Das Schreiben fällt mir jetzt leichter. Wenn Du mir also in Deinem nächsten Brief mitteilen solltest, auf welche brillante Weise Du gemeinsam mit deinem Gemahl dem Wohle der Menschheit dienst, werde ich Dir ganz bestimmt antworten.

Sei bedankt, weil Du in meinen langen, unzivilisierten Monaten zu mir gehalten hast.

Harry

2

Washington, D. C.
16. Oktober 1945

An Captain Harry Felton
Bath, England

Mein lieber Harry,
Du kannst Dir nicht vorstellen, wie wunderbar es war, von Dir zu hören. Es ist mir noch nie besonders gut gelungen, meine Gefühle zu Papier zu bringen, aber glaub mir, ich habe Deinen Brief mindestens ein halbes Dutzend Mal gelesen, und ich denke fast ununterbrochen an Dich, an alles, was Du durchgemacht hast, und an Deine derzeitige Situation. Du erkennst sicher besser als jeder andere, daß dies nicht der rechte Zeitpunkt für fröhliche Worte und Klischees ist. Nichts, was ich Dir in diesem Augenblick sagen könnte, würde einen großen Unterschied für Dich beziehungsweise Deinen seelischen oder körperlichen Zustand machen. Und keine philosophischen Argumente, die ich anzubieten hätte, könnten Deine Einstellung ändern. Ich persönlich finde auch gar nicht, daß es wichtig wäre, im Augenblick irgend etwas daran zu ändern. Viel wichtiger sind Harry Felton, sein Leben und seine Zukunft.

Ich habe mit Mark darüber gesprochen und auch lange darüber nachgedacht. Harry, wir beide haben uns für ein sehr aufregendes Projekt engagiert, das vorläufig noch von dem ganzen albernen Geheimhaltungs- und Klassifikationsnebel umgeben ist, den die US-Army so liebt. Unser Projekt ist nicht militärischer Natur, und es geht dabei auch nicht um militärische Geheimnisse. Aber wir operieren zur Zeit mit dem Geld der Army, und deshalb müssen wir uns ihren Tabus und Gesetzen unterwerfen. Sei versichert, daß es ein faszinierendes, wichtiges und natürlich schwieriges Projekt ist. Wir brauchen Hilfe – und dabei denke ich vor allem an die Hilfe, die Du uns geben könntest, Harry. Gleichzeitig glaube ich, daß wir Dir etwas bieten können, was Du im Augenblick dringend brauchst – einen Lebenszweck. Wir können Dir keinen Beruf offerieren, und Du wärst nicht viel mehr als ein Botenjunge und Reporter. Aber die Kombination dieser beiden Jobs würde es Dir ermöglichen, auf Reisen zu gehen, Teile der Welt zu sehen, die Du noch nicht kennst, und viele interessante Fragen zu stellen.

Diese Mission erfordert einen intelligenten Menschen. Ich möchte Dir nicht schmeicheln oder Dich mit Komplimenten aufheitern. Ich sage Dir nur ganz einfach, daß wir Dir ein faires Angebot machen, das Dich aus Deiner gegenwärtigen Situation rettet und dich zumindest zu geographischem Interesse anregen würde.

Im Augenblick könnten wir Dir nur ein Spottgeld zahlen, aber Du schreibst, daß Du keine finanziellen Sorgen hast. Natürlich würden wir Dir alle Spesen ersetzen, und Du kannst in den besten Hotels wohnen. Nur um anzudeuten, wie einflußreich wir zur Zeit sind – Mark hat dafür gesorgt, daß Du aus England ausreisen kannst. Dein Paß wird auf diplomatischem Weg zu Dir gelangen, man wird ihn Dir persönlich übergeben, entweder vor dem Eintreffen dieses Briefes oder ein paar Tage später.

Ich freue mich, daß sich der Zustand Deiner Beine gebessert hat, und ich bin sicher, daß Dir das Laufen inzwischen noch viel leichter fällt. Kauf Dir bitte auf unsere Kosten Zivilkleider. Wenn Du alles, was Du brauchst, in Bath findest – okay. Wenn nicht, fahr nach London. Du wirst hauptsächlich eine Tropenausrüstung brauchen, denn Du wirst Dich hauptsächlich im Fernen Osten aufhalten. Da Du als Zivilist reisen wirst, erhältst Du einen quasi-diplomatischen Status, und wir werden Dich mit eindrucksvollen Papieren ausstatten, die Dir überall helfen werden, wenn Schwierigkeiten bezüglich irgendwelcher Prioritäten auftreten sollten. Ich fürchte, um solche Prioritäten wird es in den nächsten sechs Monaten sehr oft gehen. Flugspesen sind Mangelware, ebenso wie viele andere Dinge. Aber wie gesagt, wir besitzen großen Einfluß, und es wird uns gelingen, Dich überallhin zu schicken, wo wir Dich haben wollen. Das klingt schrecklich – fast so, als wärst Du ein Mensch ohne eigenen Willen. Aber glaub mir, Harry, ich kombiniere, ebenso wie Dein charmanter britischer Psychiater, Irritation mit Liebe. Ich weiß, wie leicht es für Dich wäre, nein zu sagen, und ich weiß auch, daß Deine erste instinktive Reaktion negativ sein wird. Wahrscheinlich hast Du bei der Lektüre dieses Briefes schon ein halbes Dutzend Mal nein gesagt, und Du wirst Dich auch gefragt haben, für wen zum Teufel sich Deine Schwester eigentlich hält. Mein lieber, lieber Harry, sie ist ein Mensch, der Dich sehr liebt. Wie leicht wäre es für mich, Dir zu schreiben: ‚Harry, bitte, komm sofort nach Hause, in unsere offenen Arme.' Viel zu leicht... Und nach gründlicher Überlegung muß ich sagen, daß Dir das nicht guttäte. Auch wenn wir Dich dazu überreden könnten, sofort zurückzukommen. Du würdest Dich zu Tode langweilen und wärst total frustriert. Ich glaube zu verstehen, warum Du nicht heimkommen willst, und ich denke, daß Du im gegenwärtigen Augenblick Deines Lebens einen richtigen Entschluß gefaßt hast. Ich bin also wie Du der Meinung, daß Du nicht in die Staaten zurückkehren solltest. Aber Du mußt irgend etwas tun. Du wirst vielleicht finden, daß es kein sonderlich kreativer Job ist, Botenjunge und Reporter zu sein, aber statt Dir jetzt schon zu erklären, worauf wir hinauswollen, wollen wir Dir lieber raten, Dich kopfüber ins Abenteuer zu stürzen. Du brauchst Dich zu nichts zu verpflichten. Du wirst Dir im Lauf der Zeit eine Meinung bilden und mehr und mehr verstehen, worum es geht, und Du kannst jederzeit aufhören und uns sagen, daß wir zum Teufel gehen sollen. Oder Du kannst weitermachen. Die Entscheidung liegt immer bei Dir.

Das soll natürlich nicht heißen, daß es uns egal ist, ob Du unser Angebot annehmen willst oder nicht. Wir wären glücklich, wenn Du uns einen positiven Bescheid geben würdest. Ich brauche Dir wohl nicht zu sagen, was Mark von Dir hält. Du weißt, daß er meine Liebe zu Dir stets geteilt hat – daran hat sich nichts geändert – und daß er Dich genauso respektiert wie ich.

Harry, telegrafiere mir sofort, wenn Du unser Angebot akzeptierst. Zwei Tage, nachdem Du uns verständigt hast, müßtest Du aufbrechen. Und nun wünsche ich Dir von ganzem Herzen völlige Genesung,

Deine Dich liebende Schwester Jean

3

TELEGRAMM AN MRS. JEAN ARBALAID
WASHINGTON D. C.
19. OKTOBER 1945

DASS DU NOCH ZWEIFELN KANNST. NEHME EUER ANGEBOT MIT UNAUSSPRECHLICHER FREUDE AN. GANZE AUSRÜSTUNG IN BATH ERHÄLTLICH, GUTE HERRENAUSSTATTUNGSGESCHÄFTE. SEHE WIE INDISCHER SAHIB AUS. BEREIT ZUM AUFBRUCH, SOBALD INSTRUKTIONEN EINTREFFEN. ERSTES FREUDIGES EREIGNIS SEIT VIELEN TROSTLOSEN MONATEN. DU UND MARK SEID BEWUNDERNSWERTE PSYCHOLOGEN. DANKE EUCH BEIDEN. GRÜSSE UND KÜSSE. ERWARTE ANWEISUNGEN.

HARRY FELTON

TELEGRAMM AN HARRY FELTON
BATH, ENGLAND
21. OKTOBER 1945

DANKE, HARRY. SEI GESEGNET. ABFLUG LONDON AIRPORT 23. OKTOBER NACH KALKUTTA. GEH IN DIE UNIVERSITÄT VON KALKUTTA ZU INDISCHEM ANTHROPOLOGIEPROFESSOR SUMIL GOJEE. FRAGE IHN NACH EINZELHEITEN ÜBER ANGEBLICH GESTOHLENES INDISCHES KIND, DAS IM DORF CHANGA IN ASSAM VON WÖLFEN AUFGEZOGEN WURDE. STORY STAMMT VON ASSOCIATED PRESS-REPORTER, VOM 9. OKTOBER 1945. LAUT DIESER STORY HAT PROFESSOR GOJEE MIT DER SACHE ZU TUN. BITTE SCHICK UNS SO BALD WIE MÖGLICH UMFASSENDEN BERICHT.

JEAN ARBALAID

4

Kalkutta, Indien
4. November 1945

Luftpostbrief an Mrs. Jean Arbalaid
Washington, D. C.

Meine liebe Schwester,
als erstes will ich Dir mitteilen, daß ich diese Mission sehr ernst nehme. Ich habe mich niemals mit einem Laufjungenstatus zufriedengegeben, wie Du dich sicher erinnern wirst, wenn Du auf mein bisheriges Leben zurückblickst. Deshalb habe ich beschlossen, das Problem, vor das Du mich stellst, mit offenen Augen und Ohren und einem scharfen Verstand und allen Fähigkeiten eines armen Juristen anzugehen. Nun, ich habe die Mission erfüllt, und ich glaube, ich habe mich bis zu einem gewissen Grad in Indien verliebt. Was für ein seltsames, schönes Land, vor allem jetzt im November! Man hat mir

gesagt, daß es hier in den Sommermonaten ganz anders und fast unerträglich ist. Aber ich fand das Klima angenehm und die Menschen gastfreundlich und höflich.

Ich kam also in Kalkutta an und suchte den indischen Anthropologieprofessor Gojee auf. Wir sahen uns mehrmals, und ich habe ausführlich mit ihm über den Fall gesprochen. Er ist charmant, intelligent und sehr einfühlsam, und er war so freundlich, mich zweimal in sein Haus zum Dinner einzuladen und mich seiner Familie vorzustellen. Sei versichert, daß das in Bengalen einiges zu bedeuten hat.

Aber bevor ich zu meinen Gesprächen mit Professor Gojee und den Schlüssen komme, die wir gezogen haben, möchte ich Dich mit dem allgemeinen Hintergrund der Angelegenheit vertraut machen.

Die Associated Press-Story scheint in allen Einzelheiten der Wahrheit zu entsprechen, soweit ich es feststellen konnte, und ich habe meine Detektivarbeit sehr gewissenhaft erledigt. Ich reiste zu dem Dorf Changa in Assam, das nicht einfach zu erreichen ist. Ich nahm zuerst ein Flugzeug, dann einen Schmalspurzug, und schließlich fuhr ich in einem Ochsenkarren weiter. Doch um diese Zeit des Jahres war das ein relativ angenehmer Trip. Das Dorf ist winzig und schäbig, aber nach indischen Maßstäben keineswegs der übelste Ort auf der Welt. Es besitzt sogar, womit wenige indische Dörfer aufwarten können – schon gar nicht in Bengalen – eine Schule. Es gibt auch einen Lehrer und ein paar Leute, die lesen und schreiben können. Das ist eine große Hilfe, wenn man Nachforschungen über irgendwelche historischen Daten und Ereignisse anstellen will, die mit dem Dorf zusammenhängen.

Der Dorfschullehrer, ein gewisser Adap Chaterjee, war mir eine große Hilfe, da er Englisch spricht, alle Leute kennt, die an dem betreffenden Geschehnis beteiligt waren, und schon im Dorf lebte, als das Kind verschwand. Das war vor zwölf Jahren.

Du weißt sicher, daß ein zwölfjähriges Mädchen in Indien bereits als erwachsen gilt. Die meisten Mädchen heiraten in diesem Alter. Was das Alter des Kindes betrifft, so gibt es keine Zweifel. Ich sprach mit den Eltern, die das Kind anhand zweier Muttermale identifiziert hatten. Ich sah diese Muttermale in der Universität von Kalkutta, wo das Mädchen zur Zeit lebt und bestens versorgt wird. Natürlich wissen wir nicht, wie lange sie dort noch festgehalten werden kann.

Alles, was mir die Eltern erzählten, schien mit der Story übereinzustimmen. Das heißt, wann immer ich ihre Aussagen und die Äußerungen anderer Dorfbewohner überprüfte, stellte ich fest, daß sie die Wahrheit gesagt hatten – wobei man natürlich bedenken muß, daß sich die Wahrheit innerhalb von zwölf Jahren leicht verändert.

Das Kind verschwand, als es acht Monate alt war. So etwas kommt in dieser Gegend öfter vor. Die Eltern arbeiteten auf dem Feld. Das Kind wurde auf den Boden gesetzt, und dann war es plötzlich nicht mehr da. Ich weiß nicht, ob es schon krabbeln konnte oder ob ich einen Zeugen finden werde, der diesbezüglich eine brauchbare Aussage machen kann. Jedenfalls sind alle der Meinung, daß das Kind gesund, lebhaft und neugierig war – ein nettes, normales Kind. In dieser Hinsicht herrscht völlige Übereinstimmung.

Ich weiß sehr gut, daß die meisten europäischen und amerikanischen Wissenschaftler alle Geschichten von Kindern, die von Wölfen oder anderen wilden Tieren aufgezogen wurden, als reine Erfindung abtun. Aber vieles, was die westliche Wissenschaft als Erfindung betrachtet hatte, erwies sich später als Tatsache oder zumindest als im Bereich des Möglichen liegend. In Indien gilt es als Faktum, daß manche Kinder im Dschungel aufwachsen. Es gibt so viele Berichte über solche Fälle, daß man gar nicht daran zweifeln kann. Es gibt auch keine andere denkbare Erklärung für das Wesen dieses Kindes.

Wie es zu den Wölfen kam – das werden wir wohl nie erfahren. Wahrscheinlich wurde es von einer Wölfin entführt, die ihre Jungen verloren hatte. Das ist doch am wahrscheinlichsten, oder? Aber ich schließe auch nicht aus, daß ein Dorfbewohner an dem Vorgang beteiligt war – eine Person, die sich aus irgendeinem Grund an den Eltern rächen wollte. Sie könnte das Kind in den Dschungel gebracht und dort ausgesetzt haben. Aber in dieser Beziehung werden wir die Wahrheit, wie gesagt, nie erfahren.

Die Wölfe von Assam gehören nicht zur Spezies *Lupus,* der europäischen Abart, sondern zu den hiesigen *Pallipes.* Der *Pallipes* ist ein respektables Tier, was Größe und Körperbau angeht – ein Tier, dem man nicht unbedingt bei Nacht begegnen möchte. Als das Kind vor einem Monat gefunden wurde, mußten die Dorfbewohner fünf Wölfe töten, bevor sie es dem Rudel entreißen konnten, und das Mädchen selbst kämpfte wie ein Teufel. Es hatte immerhin elf Jahre lang als Wölfin gelebt. Das bedeutet jedoch nicht, daß der *Pallipes* ein bösartiges Tier ist. Ich erinnere mich, daß ich einmal ein Buch über die kanadische Abart des *Lupus* gelesen habe. Der Autor erklärt, daß der *Lupus,* wenn er in einer Familie als Hund aufwächst, im Gegensatz zu einer weitverbreiteten Ansicht treuer und verläßlicher ist als jeder Haushund. Er meint, alle Geschichten über bösartige Wolfsrudel, die blutrünstig über ihre Beute herfallen und andere Wölfe in heftigen Kämpfen töten, seien reine Erfindung – und zwar eine fragwürdige Erfindung. Er behauptet, es gäbe niemals Kämpfe zwischen einzelnen Wolfsrudeln, kein Wolf würde den anderen jemals töten, und sie würden sich selbst und ihren Nachkommen ein Verantwortungsbewußtsein anerziehen, wie man es bei keiner anderen Tiergattung finden kann.

Ich persönlich würde auch den Menschen in diese Überlegung einbeziehen. Meine Mission hat mich dazu angeregt, viele Bücher über die Wölfe zu lesen und ihre Gepflogenheiten zu studieren, und das hat dazu geführt, daß Harry Felton den Wolf derzeit als ein Geschöpf betrachtet, das dem Menschen gleichwertig, wenn nicht gar überlegen ist, was die ethische Gesinnung betrifft – das heißt, wenn Du bereit bist, einem Wolf ethische Empfindungen zuzugestehen.

Aber um zu unserem Problem zurückzukehren, die Geschichte des Kindes, das bei den Wölfen gelebt hat – wird man jemals die ganze Geschichte erfahren? Ich weiß es nicht. Sie ist in mancher Hinsicht ein Wolf. Sie kann nicht aufrecht stehen, ihre Wirbelsäule ist so stark verbogen, daß sie nicht mehr korrigiert werden kann. Sie läuft auf allen vieren, ihre Hände und Füße sind mit einer dicken Hornhaut überzogen.

In der Universität habe ich sie einmal laufen gesehen. Man hatte ihr einen dicken Ledergurt um die Taille geschlungen. Dieser Gurt war durch eine Kette mit einem Kabel verbunden, das hoch oben an zwei gegenüberliegenden Wänden eines Raumes, etwa zwanzig Fuß breit, befestigt war. Ich beobachtete ungefähr fünfzehn Minuten lang, wie sie auf allen vieren hin und her lief und dabei ihre Fingerknöchel als Vorderpfoten benutzte. Sie rannte auf diese schwankende, schreckliche, katatonische Art umher, die man bei wilden Tieren in Käfigen beobachten kann.

Zuerst fand ich, daß man sie grausam behandelte. Später wußte ich es besser. Sie behandeln das Mädchen übertrieben zärtlich und rücksichtsvoll. Es liegt in der Natur des gebildeten Inders, alle Lebensformen zu respektieren. Und die Leute in der Universität verbinden diesen Respekt mit großem Mitgefühl für das Kind und sein Schicksal. Wenn Du Dich an die Bücher erinnerst, die Du über den Buddhismus gelesen hast, liebe Jean, besonders über den bengalischen Buddhismus, wirst Du wissen, daß diese Religion unter anderem die Doktrin der Wiedergeburt lehrt. Das bedeutet, daß dieses arme, verdammte Kind womöglich immer wieder, bis in alle Ewigkeit, sein sinnloses, grausames Leben führen muß – zumindest glauben die Inder daran, und das erregt ihr großes Mitleid.

Sie haben versucht, ihr beizubringen, wie man etwas mit den Händen ergreift und festhält – bisher ohne Erfolg. Uns erscheint es selbstverständlich, was der Mensch leisten kann, wenn er seinen Daumen in Beziehung zu den übrigen vier Fingern einer Hand setzt. Aber ich kann dir versichern, daß der

Daumen dieses Wolfskinds, im Zusammenhang mit seinen übrigen vier Fingern, völlig bedeutungslos ist. Es kann den Daumen nicht in Verbindung mit den vier Fingern benutzen, kann die Finger nicht ausstrecken, kann sie zu keinerlei Manipulationen verwenden, nicht einmal zu den simplen Tätigkeiten, die ihm seine Lehrer beizubringen versuchen.

Habe ich schon erwähnt, daß das Mädchen nackt herumlaufen muß? Sie reißt sich alle Kleider vom Leib, wenn man ihr welche anzuziehen versucht, und manchmal attackiert sie ihren Ledergurt in wilder, sinnloser Wut. Die Leute von der Universität legten ihr eine Matratze ins Zimmer, die sie prompt zerfetzte. Auch die Versuche, ihr beizubringen, die Toilette oder einen Nachttopf zu benutzen, verliefen erfolglos. Es ist einfacher, einen kleinen Hund zur Zimmerreinheit zu erziehen als dieses Mädchen. Ihre Lebensweise ist nach den elf Jahren, die sie im Dschungel verbracht hat, so festgefahren – oder mechanisiert, wie es die Leute von der Universität zu nennen belieben –, daß sie sich nicht mehr umerziehen läßt.

Doch ihre Lehrer geben die Hoffnung nicht auf, daß sie sich eines Tages zumindest einige Elemente zivilisierten Benehmens aneignen wird.

Aber bisher konnte sie nicht einmal die Bedeutung der Sprache erfassen, geschweige denn vernünftige Äußerungen von sich geben. Das Problem, wie man sich mit diesem Kind verständigen könnte, ist geradezu überwältigend.

Professor Sumil Gojee (der indische Anthropologe, mit dem Du Kontakt hattest) wird sowohl hier als auch in Bombay, wo er mehrmals als Gastdozent auftrat, hoch geschätzt. Er ist Gesellschaftsanthropologe und gilt als bedeutende Autorität auf dem Gebiet des bengalischen Dorflebens. Er hat sich nun eine Woche lang mit dem Wolfskind befaßt, in den letzten vier Tagen unterstützt von Professor Armen Ranand aus Bombay. Die beiden waren sehr nett zu mir und haben mir viel Zeit geopfert, was auf mein Konto geht, denn ich konnte ihnen ja nicht erklären, worauf Du hinauswillst. Denn das weiß ich nicht. Bisher konnte ich nur ein paar dumme Theorien aufstellen, mit denen ich Dich nicht langweilen will.

Zur Zeit hegen beide Männer wenig Hoffnung, daß eine Verständigung mit dem Wolfskind jemals möglich sein wird. Nach unseren Maßstäben ist das Kind ein völliger Idiot, und der wird es wahrscheinlich für den Rest seines Lebens bleiben. Diese Prognose der beiden Professoren verwirrte mich, und ich habe lange mit ihnen darüber diskutiert.

Das erste Gespräch fand statt, während wir das Kind in seinem Zimmer beobachteten. Glaub nur ja nicht, daß das Mädchen dort in herzloser Weise gefangengehalten wird. Die Leute gehen mit ihr spazieren, was äußerst schwierig ist, denn sie ist ein wildes kleines Tier, und man muß umfangreiche Vorsichtsmaßnahmen ergreifen, wann immer man sie aus ihrem Zimmer läßt. Der Raum ist mit einem dieser Spiegel ausgestattet, durch die man blicken kann, ohne von der anderen Seite gesehen zu werden. Der Spiegel ist so hoch oben an der Wand eingelassen, daß er das Mädchen nicht stören kann, und soweit ich es feststellen kann, hat sie bisher weder den Spiegel noch seine Eigenschaften bemerkt. Während wir sie beobachteten, meinte Professor Gojee, daß sie sich deutlich von einem Wolf unterscheide.

„Da sie so unmenschlich ist, sollte man doch glauben, daß sie in mancher Hinsicht wolfsähnlich ist", entgegnete ich.

„Keineswegs", sagte er. „Erstens ist sie zwölf Jahre alt, und das wäre sehr alt für einen Wolf. Verstehen Sie? Sie hat ein ganzes Wolfsleben unter den Wölfen verbracht, eine Periode, in der ihre Wolfsgefährten herangereift und teilweise sicher gestorben sind. Aber sie ist ein Kind geblieben. Sie dürfen nicht glauben, daß es ihr entgangen ist, wie sehr sie sich von den Wölfen unterscheidet. Dieser Unterschied war ihr durchaus bewußt, ebenso wie den Wölfen. Die Tatsache, daß sie das Kind bei sich aufgenommen, gefüttert und behütet haben, bedeutet nicht, daß sie dumm genug waren, es für einen Wolf zu halten. Sie wußten ganz genau, daß sie es mit einem nichtwölfischen Kind zu tun hatten. Und wie ich glaube, hatten die Wölfe innerhalb ihrer geistigen Grenzen die nebelhafte Vorstellung, daß dies ein Menschenkind ist. Das kann nur bedeuten, daß es anders behandelt wurde als die übrigen Wölfe, was zu einer Reihe von Traumata führte. Mit anderen Worten, ein Wolf, der in einer normalen Wolfsumgebung aufwächst, müßte einigermaßen frei von Neurosen sein. Das ist natürlich eine alberne Bezeichnung. Wir wissen nicht, ob es unter den Wölfen Neurosen gibt, und wir wissen auch nicht allzuviel über die menschlichen Neurosen. Aber wir können mit einiger Sicherheit annehmen, daß dieses Mädchen unter Neurosen leidet. Ich weiß nicht, ob sie pathologisch ist, aber ihre emotionale Struktur ist so deformiert, daß der Schaden nicht mehr zu beheben ist, und ihre intellektuellen Fähigkeiten sind völlig abgestumpft und jeder Möglichkeit beraubt heranzureifen."

„Was ist sie nun eigentlich?" fragte ich.

Er wandte sich zu Dr. Ranand, wiederholte mit einem traurigen Lächeln meine Frage, und der Professor aus Bombay zuckte mit den Schultern.

„Was soll ich darauf antworten? Sie ist kein Mensch – sie ist kein Wolf. Wenn wir ihre Intelligenz als Maßstab nehmen, ist sie eher ein Wolf als ein Mensch. Aber die Intelligenz eines Wolfes ist begrenzt. Anders ausgedrückt, ein Wolf ist nur so intelligent, wie ein Wolf intelligent sein kann. Ich weiß nicht, ob sie so intelligent ist wie ein Wolf. Ein Wolf mit ihrer Gehirnkapazität wäre wahrscheinlich dazu fähig, sehr viel zu lernen. Andererseits wäre das Mädchen nicht imstande zu lernen, was wir von diesem theoretisch möglichen, aber nicht existenten Wolf mit der erweiterten Gehirnkapazität erwarten könnten. Was also ist das arme Kind? Ein Mensch? Nein. Ich glaube nicht, daß es ein Mensch ist. Ein Wolf? Ganz offensichtlich ist es kein Wolf ..." Er brach ab und sah Professor Gojee an.

„Wir können zumindest die Feststellung treffen, daß sie der Möglichkeit beraubt war, ein Mensch zu werden", meinte Professor Gojee.

Am nächsten Tag gesellte sich ein gewisser Dr. Chalmers, ein Beamter von der britischen Gesundheitsbehörde, zu uns, um das Mädchen ebenfalls zu beobachten. Er war wie ich in Changa gewesen, um ihre Vergangenheit zu rekonstruieren und ihre Herkunft zu erforschen. Wie ich hatte er herausgefunden, daß in ihrer Familie seit mehreren Generationen keine Fälle von Schwachsinn aufgetreten waren. Danach untersuchte er das Kind sorgfältig. Um dies zu ermöglichen, mußte das Mädchen von einem Anästhesisten des General Hospital in Narkose versetzt werden – ein schwieriges Unterfangen. Als sie schlief, wurde sie von ihrer Kette befreit und in einen Untersuchungsraum gebracht, wo Dr. Chalmers sie in Gegenwart von Professor Gojee und Professor Ranand inspizierte. Er fand keine körperlichen Anzeichen, die man mit dem geistigen Zustand des Kindes in Zusammenhang bringen konnte, keine Deformationen des Gehirns. Seine Feststellungen deckten sich mit den Informationen, die ich in Changa erhalten hatte. Alle Dorfbewohner hatten erklärt, das Kind sei als Baby völlig normal, ja sogar überdurchschnittlich lebhaft und klug gewesen. Professor Gojee und Professor Ranand betonten, das Mädchen müsse in der Tat sehr klug und anpassungsfähig gewesen sein, um zwölf Jahre unter den Wölfen zu überleben. Sie reagierte ausgezeichnet auf die Reflex-Tests, und neurologisch betrachtet scheint sie gesund zu sein. Sie ist auch sehr kräftig – kräftiger als die meisten Erwachsenen, drahtig, bewegt sich schnell und besitzt einen stark ausgeprägten Geruchssinn sowie ein geradezu unheimliches Gehör.

Ich sah zu, als der Doktor die Wolfszeichen an ihrem Körper studierte – die physischen Merkmale, die aus ihrem Leben unter Vierbeinern resultieren. Ihr Rückgrat ist so stark gebeugt, daß dies nicht mehr korrigiert werden kann, nicht einmal durch eine Operation. Ihre Hornhaut ist gut entwickelt und sehr interessant. Offenbar lief sie meistens, vermutlich immer, auf allen vieren. Ihre Zähne sind kräftig und weisen keine Verfallserscheinungen auf, obwohl die Leute in ihrem Heimatdorf alle sehr schlechte Zähne haben. Dr. Chalmers ist kein Psychiater, aber ein erfahrener Arzt, und seine Prognosen sind keineswegs hoffnungsvoll. Wie Dr. Gojee bezweifelt er, daß das Mädchen jemals auch nur annähernd die menschliche Sprache beherrschen wird.

Professor Ranand glaubt, daß sie bald sterben wird. Er hat achtzehn Berichte über ähnliche Fälle gelesen. Diese achtzehn Fälle wurden aus mehreren hundert ausgewählt, über die im vergangenen Jahrhundert berichtet wurde. Einen Großteil dieser Berichte kann man als reine Erfindung abtun. Doch die achtzehn Fälle, die Professor Ranand sorgfältig studierte, sind seiner Meinung nach ohne jeden Zweifel authentisch. Er sagt, die achtzehn Wolfskinder, die man aus dem Dschungel geholt hatte, seien nach unseren Maßstäben Idioten gewesen – oder nach objektiven Maßstäben Wölfe.

„Aber dieses Kind ist kein Wolf?“ fragte ich ihn.

„Nein, sicher nicht. Es ist ein Menschenkind.“

„Würden Sie es als schwachsinnig bezeichnen? Würden Sie ihm einen gewissen, wenn auch noch so niedrigen Intelligenzquotienten zugestehen?“

Diese Frage irritierte Professor Ranand, und er machte ein paar Bemerkungen über unsere westlichen Methoden, die Intelligenz zu messen. „Natürlich ist das Kind nicht schwachsinnig, ebensowenig, wie ein Wolf nicht schwachsinnig ist – nur weil er nicht zu menschlichen Verhaltensweisen fähig ist.“

„Aber das Kind ist kein Wolf“, beharrte ich.

„Allerdings nicht. Das haben wir doch schon oft genug besprochen. Das Kind ist kein Wolf – aber es ist unmöglich festzustellen, was es ist. Das Kind ist irgend etwas, das die Natur niemals beabsichtigt hat. Sie mit Ihrem westlich geschulten Verstand betrachten die ganze Sache von einem klinischen Standpunkt aus. Aber wir sehen sie ganz anders. Sie erkennen die Absichten der Natur nicht an. Ihrer westlichen Wissenschaft zufolge agiert die Natur blind und mechanisch, ohne Ziel und Zweck. Doch Ihr Konzept über den Ursprung der Menschenrasse macht Sie noch viel eher blind. Ich widerspreche den Darwinschen Theorien nicht. Ich sage nur, daß die Schlüsse, die Sie aus den Darwinschen Theorien ziehen, ebenso blind sind wie Ihre allgemeine Auffassung von der Welt und dem Leben."

Zwei Tage sind vergangen, seit ich den Teil des Berichts geschrieben habe, den Du soeben gelesen hast. Gestern bekam das Wolfskind eine Art Amöbenruhr. Es scheint unfähig zu sein, gegen diese Krankheit anzukämpfen, und wird zusehends schwächer. Ich werde Dich sofort informieren, falls irgendwelche Veränderungen in seinem Zustand auftreten.

Inzwischen überarbeite ich alle meine Notizen und die Protokolle der Gespräche, die das Wolfskind zum Thema hatten. Wenn ich alle meine Aufzeichnungen in verständliche Form gebracht habe, werde ich sie Dir schicken. Ich weiß nicht, warum mich dieses ganze Erlebnis so deprimiert hat. Ich war in bester Stimmung, als ich in Indien ankam, und dieses arme Kind hat mich von Anfang an sehr interessiert. Außerdem habe ich gute Freunde gewonnen, und die Leute von der Universität, sowohl die Inder als auch die Briten, hätten gar nicht netter zu mir sein können. Ich habe also allen Grund zu behaupten, daß ich meinen Aufenthalt in Bengalen genossen habe – und doch bin ich von tiefer Trauer erfüllt, wann immer ich an dieses Mädchen denke, von einer Trauer, die über die Sorge um ihr mitleiderregendes Schicksal und ihre eigene, persönliche Tragödie hinausgeht. Vielleicht kann ich, wenn ich darüber nachdenke, diese Trauer in irgend etwas Konstruktives umfunktionieren.

Sei jedenfalls versichert, daß ich Dein Laufbursche bleiben werde, so lange Du willst. Diese ganze Sache fasziniert mich, und ich überlege jeden Abend vor dem Einschlafen, was ihr wohl vorhabt, Du und Mark. Ich habe mir ein paar höchst interessante Theorien zurechtgezimmert, und wenn Du nett zu mir bist, werde ich sie Dir vielleicht verraten. Grüße und Küsse,

Harry

5

TELEGRAMM AN MRS. JEAN ARBALAID
WASHINGTON D.C.
7. NOVEMBER 1945

WOLFSKIND HEUTE UM ZWEI UHR ORTSZEIT GESTORBEN. UNMITTELBARE TODESURSACHE AMÖBENRUHR. DEHYDRATION KONNTE NICHT GESTOPPT WERDEN. DR. CHALMERS, KEIN MYSTIKER, SONDERN EIN NÜCHTERNER BRITISCHER PRAKTIKER, IST DER ANSICHT, DASS FAST JEDER INFEKT ZUM TOD DES KINDES GEFÜHRT HÄTTE. ES HATTE KEINEN LEBENSWILLEN MEHR UND WAR TIEF DEPRIMIERT, WAS ICH DEUTLICH ERKANNTE UND WAS MEIN MITLEID ERREGTE. ICH VERSUCHE IN DIESEM TELEGRAMM NICHT, MIT WORTEN ZU SPAREN. DU KANNST ES DIR SICHER LEISTEN. WAS NUN? ERWARTE DEINE NACHRICHT IN KALKUTTA, HOTEL EMPIRE.

HARRY FELTON

TELEGRAMM AN HARRY FELTON
HOTEL EMPIRE
KALKUTTA, INDIEN
9. NOVEMBER 1945

DAS HAST DU GROSSARTIG GEMACHT, HARRY, UND WIR SIND DIR SEHR DANKBAR. ABER DEINE BERICHTE SIND ZU UNPERSÖNLICH. WIR BETRACHTEN DICH ALS INTELLIGENTEN, GEBILDETEN MENSCHEN, UND ES INTERESSIERT UNS SEHR, WAS DU PERSÖNLICH VON ALLDEM HÄLTST. BITTE BLEIB VORLÄUFIG IN KALKUTTA UND SCHREIB UNS SOFORT, WAS DEINER ANSICHT NACH MIT DEM KIND GESCHEHEN IST. TEILE UNS DEINE UREIGENSTE MEINUNG MIT, DIE IN KEINER WEISE VON DEINEN GESPRÄCHEN MIT DEN SPEZIALISTEN BEEINFLUSST WERDEN DARF.

JEAN ARBALAID

6

Kalkutta, Indien
10. November 1945

Luftpostbrief an Mrs. Jean Arbalaid
Washington, D.C.

Meine liebe Jean,
Dein Interesse für meine Meinung schmeichelt mir. Andererseits will ich nicht den Wert leugnen, den sie für Dich haben muß. Wissenschaftliche Spezialisten tendieren zu eher engstirnigen Standpunkten, die vom Hintergrund experimenteller Beweisführung oder spezifischen existenten Beweisen bestimmt werden, auf dem ihre Feststellungen basieren. Dies ist eine bewundernswerte und nützliche Methode, aber sie kann nur erreichen, was ihr die Fakten – die beweisbaren Fakten – zu erreichen erlauben.

Ich nehme an, Du hast mittlerweile alle verfügbaren Spezialisten bezüglich der Problematik von Kindern, die unter wilden Tieren aufgewachsen sind, konsultiert. Und ich bin sicher, Du hast darüber ausführlich mit allen Wichtigtuern von der Nationalen Geographischen Gesellschaft und allen Leuten diskutiert, die mehr über die Tiere wissen als die Tiere über sich selbst. Sind sie alle der Meinung, daß kein menschliches Kind jemals von sogenannten Bestien aufgezogen wurde? Daß alles nur Erfindung ist, eine Erfindung, die von Generation zu Generation verwirrendere Züge annimmt? Wenn ja, dann stimmen sie mit Euren westlichen Naturwissenschaftlern hier in Kalkutta überein. Ich habe mit dreien davon gesprochen, mit zwei Engländern und einem Franzosen, und sie sind sich alle der wissenschaftlichen und historischen Basis, auf der sie stehen, absolut sicher. Das Wolfsmädchen ist demnach das Produkt eines Schwindels. Sie wurde nicht von Wölfen aufgezogen. Sie war eine Idiotin, die aus Changa weggelaufen war und vielleicht ein paar Wochen oder Monate im Dschungel verbrachte, wobei die Hornhaut entstand. Leider kann ich das Gegenteil nicht beweisen, meine Liebe Jean. Soviel zur Beweisführung.

Und nun will ich zu den Schlüssen kommen, die ich aus alldem gezogen habe, und Dir mitteilen, was ich davon halte – so wie Du es wünschst. Wie ich Dir bereits in meinem letzten Brief schrieb, haben mich die Begegnung mit diesem Kind und sein Zustand tief deprimiert. Ich habe versucht, den Ursprung dieser Depression zu verstehen und damit fertig zu werden – und sei es auch nur, um einer Verpflichtung nachzukommen, die ich gegenüber einem dürren Psychiater fühle, der mich in Bath wieder zum Leben erweckt hat. Ich glaube, sie litt ganz einfach am Verlust der Menschlichkeit. Nun kannst Du mit Recht behaupten, daß der Verlust der Menschlichkeit ein weitverbreitetes Leiden ist, das den Großteil der menschlichen Rasse befallen hat. Da kann ich Dir nicht widersprechen. Aber egal, wie oft wir uns in Totschläger, Massenmörder, Sadisten etc. verwandeln, wir scheinen stets einen Teil unseres Ursprungs zu bewahren und die Verbindung mit unserem Anfang aufrechtzuerhalten. Zumindest sind wir als Homo sapiens erkennbar. Aber das arme Kind wurde von dieser Verbindung abgeschnitten. Es hatte zwar die Gestalt eines menschlichen Wesens, war jedoch weniger als ein menschliches Wesen, war viel weniger, als es nach der Absicht der Natur darstellen sollte.

Der Standpunkt Professor Gojees und seiner Anhänger hat mich tief beeindruckt. Ich glaube, ich muß mich ihrer Meinung über die westliche Wissenschaft anschließen. Es ist eine traurige Tatsache, daß uns die östlichen Wissenschaftler in vielen Dingen voraus sind, wenn wir sie auch übertrumpft haben, was wissenschaftliche Methoden und Entdeckungen angeht. Aber ihre große Intuition, in die sie einige Doktrinen ihrer Religion einfließen lassen, die sich auf die Bedeutung und das Schicksal der Menschheit beziehen, ist von der Tatsachenforschung unberührt geblieben.

Ich neige wie sie zu der Ansicht, daß die menschliche

Existenz irgendeinen Zweck haben muß. Ich zögere, diesen Zweck auf die Anwesenheit eines Gottes zurückzuführen. Ich glaube, daß ihre Definitionen und Konzepte ebenso durch Intelligenz begrenzt und durch Standpunkte verwirrt werden wie die meisten unserer Theorien. Aber – und jetzt spreche ich nur für mich selbst – ich war mir des Wesens der Menschheit niemals wahrhaft bewußt, bevor ich hier mit ansehen mußte, wie ein menschliches Wesen am Verlust der Menschlichkeit litt. Wir sind alle viel zu schnell bei der Hand mit unseren Beschreibungen der Menschen, die wir als unmenschlich ansehen, mit den Anklagen, die wir gegen sie erheben. Aber ich glaube nicht, daß irgend jemand von diesen Leuten der Menschlichkeit in dem gleichen Sinne beraubt war wie dieses arme kleine Wolfskind. Und das führt mich zu einer anderen Frage. Was ist unser menschliches Sein? Was ist die Essenz des Menschseins?

Ich war niemals bereit, den alles umschließenden Umwelttheorien zu vertrauen, die aus der demokratischen Bewegung im neunzehnten Jahrhundert entstanden sind. Zu oft hatte ich das Gefühl, daß die Umwelttheorien benutzt wurden, um politische Forderungen durchzusetzen, daß sie als politische Munition verwendet wurden. Und das Erbgut ist vielleicht unwichtiger, als viele Leute glauben. Um ein menschliches Wesen zu werden, braucht man die Anwesenheit, die Gesellschaft, die Umgebung anderer menschlicher Wesen. Um Deine Frage, was mit dem Kind geschehen sei, direkt zu beantworten, würde ich sagen, daß es seiner Menschlichkeit beraubt wurde. Es war kein Mensch, und es war kein Wolf. Eine Wolfsgesellschaft kann Wölfe hervorbringen, eine menschliche Gesellschaft Menschen. Ein Mensch, der in einer Wolfsgesellschaft gefangen ist, ist sehr viel weniger als ein Mensch und weniger als ein Wolf. Ich würde also sagen, daß dieses Kind nicht in der Skala der Lebewesen und Entwicklungsstufen einzuordnen ist. Es hatte nicht Teil an der Entwicklung, es war ein Nichts, es war durch mehrere Umstände zerstört worden. Es war ein verdorbener Mechanismus, der auf begrenzte Weise weiterfunktionierte. Findest Du diese Definition schrecklich – ein verdorbener Mechanismus? Vielleicht ist das Wort ‚Mechanismus' falsch. Wäre ‚ein verdorbenes Stück Leben' richtiger? Ich weiß nicht, aber nach meiner Meinung treffen beide Definitionen zu.

Ich habe eine charmante junge Dame namens Miß Edith Wychkoff kennengelernt, die Tochter eines Colonels, der einem alten indischen Regiment angehört. Es hört sich zwar wie ein Klischee an, aber sie ist tatsächlich charmant und blauäugig und wird mir die Zeit verkürzen, während ich auf Antwort warte.

Bitte, erlaube mir, weiterhin Dein theoretisierender Laufbursche zu bleiben. Wie die obigen Ausführungen beweisen, hat sich mein Geisteszustand definitiv gebessert. Ich schicke Euch beiden liebe Grüße und warte auf baldige Nachricht.

Harry

7

TELEGRAMM AN HARRY FELTON
HOTEL EMPIRE
KALKUTTA, INDIEN
14. NOVEMBER 1945

DANKE FÜR ALLES, HARRY. DU HAST EINE GROSSE LEISTUNG VOLLBRACHT, UND DEINE ERKENNTNISSE WURDEN MEHRMALS GELESEN UND ERNSTHAFT UND MIT DEM GRÖSSTEN INTERESSE DISKUTIERT. EIN ÄHNLICHER FALL TRAT IN PRETORIA, SÜDAFRIKA, AUF, IM GENERAL HOSPITAL, DAS VON DR. FELIX VANOTT GELEITET WIRD. WIR HABEN BEREITS ALLES ARRANGIERT, UND DU WIRST SOFORT HINFLIEGEN. TUT MIR LEID, DASS DU DEINE ROMANZE MIT DER TOCHTER DES COLONELS BEENDEN MUSST, ABER WENN DU ES ERNST MIT IHR MEINST, WERDEN WIR DAFÜR SORGEN, DASS DU SIE WIEDERSEHEN KANNST. AUF NACH PRETORIA!

JEAN ARBALAID

8

Pretoria, Südafrikanische Union
18. November 1945
Luftpostbrief an Mrs. Jean Arbalaid
Washington, D.C.

Meine liebe Schwester,
Ihr seid offenbar große Tiere, Du und Dein Mann, und ich würde gern wissen, was Euer gegenwärtiges Experiment bezweckt. Ich nehme an, Du wirst es mir irgendwann sagen, und bis dahin muß ich wohl oder übel Spekulationen anstellen.

Deine Prioritäten verdienen jedenfalls Respekt. Ich wurde schnell wie der Blitz nach Südafrika befördert, in ein schönes Land mit angenehmem Klima – in ein vielversprechendes Land, davon bin ich fest überzeugt.

Ich habe das Kind gesehen, das sich immer noch im General Hospital befindet, und einen Abend mit Dr. Vanott, einen ganzen Tag im Krankenhaus und einen weiteren Abend mit einer jungen, attraktiven Quäkerdame namens Miß Gloria Oland verbracht, einer Anthropologin, die an einer Dissertation über die Bantu-Neger schreibt. Sie stammt aus Philadelphia, wo sie das Swarthmore College besucht hat. Ich konnte also alle verbindenden Elemente nutzen, die zwischen Landsleuten existieren (darüber werde ich später noch einiges zu sagen haben). Ich glaube, meine Bekanntschaft mit Miß Oland ist äußerst fruchtbar, und ich werde imstande sein, Dich mit umfangreichem Hintergrundmaterial zu versorgen.

Oberflächlich betrachtet, gleicht der Fall in bemerkenswerter Weise dem von Assam. Dort handelte es sich um ein zwölfjähriges Mädchen, hier um einen etwa elfjährigen Bantu-Jungen. Das Mädchen wurde von Wölfen aufgezogen, der Junge von Pavianen – das heißt, angenommen, daß wir hier ebenso wie in Indien Tatsachen von Erfindung trennen und zu der Schlußfolgerung gelangen können, daß der Junge wirklich gestohlen und von Pavianen aufgezogen wurde. Ich habe einige Nachforschungen angestellt und mir über zwanzig Fälle notiert, wo afrikanische Kinder von Pavianen oder pavianähnlichen Affen gestohlen und aufgezogen wurden. Was diese Fälle betrifft, so ist nichts erwiesen, und man muß annehmen, daß sie zum Großteil erfunden sind. Da es mir aber gelungen ist, mich innerhalb kürzester Zeit über diese Fälle zu informieren, indem ich nur einigen wenigen Leuten Fragen stellte, muß man wohl davon ausgehen, daß solche Kindesentführungen in Südafrika relativ häufig vorkommen. Auch wenn die überwältigende Mehrheit der Stories in den Bereich der Fabel gehört, müssen ihnen doch irgendwelche Tatsachen zugrunde liegen.

Ein weißer Jäger namens Archway holte das Kind aus dem Wald, ein kräftig gebauter, einsilbiger Typ, wie aus einem Hemmingway-Roman. Leider ist dieser Ned Archway im Gegensatz zu seinen Romanbrüdern ein ekelhafter Hurensohn, und als ihn der Junge verständlicherweise biß – wofür man ihn nur loben kann –, prügelte der weiße Jäger ihn fast zu Tode.

Er habe ihn ‚gezähmt', teilte mir Mr. Archway in einer Bar bei einem großen Pfefferminz-Julep mit. Er ist ein richtiger Gentleman, wenn er mit seinesgleichen, also mit besseren Leuten zusammen ist, und so sehr ich diesen Terminus ‚bessere Leute' auch hasse, hier trifft er zu. Bei uns daheim würde man Archway als Abschaum betrachten. Mit diesem Wort kann ich ihn besser beschreiben, als wenn ich ihm mehrere Seiten widmen würde.

Ich fragte ihn nach Einzelheiten über seine Begegnung mit dem Jungen, und er verpflichtete mich zum Schweigen, da seine Aktionen offenbar ungesetzlich waren. Er schießt gern auf Paviane und bezeichnet sich als ‚Meisterschütze'.

„Ich habe schon zweiundzwanzig von diesen verdammten Biestern abgeknallt“, eröffnete er mir.

„Da müssen Sie aber wirklich ein guter Schütze sein“, sagte ich.

„Ich hätte diesen schwarzen Bastard auch abgeknallt“, fügte

er hinzu. „Aber er hat meine Neugier erregt. Ein behendes kleines Ding. Sie hätten ihn sehen sollen. Wissen Sie, ich habe einen von Ihren Jeeps, ein wunderbares Auto, großartig für den Busch geeignet. Ein Auto, wie geschaffen für diesen Teil von Afrika. Nun, ich saß also im Wagen und hatte zwei von Euren Amerikanerinnen bei mir, sehr reiche Frauen. Sie kennen ja diesen Typ – braun wie Räuchergänse, lange, dünne Beine. Sie konnten es gar nicht erwarten, bis der Krieg zu Ende war, damit sie hier endlich auf Safari gehen konnten. Sie haben die Verfolgungsjagd sehr genossen. Wir fuhren hinter dem Jungen her, und wahrscheinlich hätten wir ihn nie erwischt, wenn ihm der Jeep nicht soviel Angst eingejagt hätte. Er war ganz starr vor Angst. So was kommt bei Tieren manchmal vor."

„Er ist kein Tier", warf ich ein.

„Natürlich ist er das. Die Kaffern unterscheiden sich kaum von den Pavianen."

Er redete noch eine ganze Menge Unsinn. Mein Gespräch mit dem weißen Jäger war also keineswegs erfreulich, und es würde mir keinen großen Spaß machen, es wiederzugeben.

Im Krankenhaus vertritt man einen humaneren, sogar egalitären Standpunkt. Das Kind erhält die beste Pflege und vernünftige wissenschaftliche Zuneigung. Ich fragte das Klinikpersonal, ob es eine Möglichkeit gäbe, den Geburtsort des Jungen und seine Eltern ausfindig zu machen. Man sagte mir, das wäre nicht einmal in tausend Jahren zu schaffen. Diese Basutoland-Paviane sind offenbar sehr reiselustig, und man kann unmöglich feststellen, wo sie das Kind entführt haben. Das könnte viele hundert oder tausend Meilen von hier entfernt geschehen sein.

Man kann also nur schätzen, daß der Junge elf Jahre alt ist, und das scheint zu stimmen. Er ist zweifellos ein Bantu, und wenn ich ihn exemplarisch mit dem weißen Jäger vergleichen würde, so wäre es gar keine Frage, wer dabei besser abschnitte. Es ist ein hübsches Kind mit langen Gliedmaßen, unglaublich kräftig, nichts weist auf eine Gehirnverletzung hin. Es hat einen schmalen, länglichen Kopf und schaut sehr intelligent drein. Wie das Mädchen aus Assam ist er nach unseren Begriffen schwachsinnig, doch da besteht ein gewisser Unterschied, der mit dem Unterschied zwischen Pavianen und Wölfen gleichzusetzen ist. Das Wolfskind war unfähig, sich sprachlich zu äußern. Habe ich erwähnt, daß es heulte, wenn es sich fürchtete? Es stieß ein Wolfsgeheul aus, das Geheul der Wölfe, die in Assam beheimatet sind. Abgesehen von diesem Geheul beschränkten sich ihre stimmlichen Äußerungen auf andere Wolfslaute – Bellen, Winseln und dergleichen.

Dieser elfjährige Junge gibt Pavianlaute von sich. Seltsamerweise gibt es, zumindest in Pretoria, keine wissenschaftliche Arbeit, die sich mit den Pavianlauten auseinandersetzt. Wir müssen uns also mit einer Vielfalt von Meinungen begnügen, die mythologischen Ursprungs sind. Manche Kaffern schwören, die Paviane hätten eine eigene Sprache. Andere behaupten, die Paviansprache zu verstehen. Ich brachte ein paar Kaffernjäger dazu, solche Laute zu produzieren, nachdem ich sie gut dafür bezahlt hatte, und mir dann zu sagen, was sie bedeuten. Was dabei herauskam, ist wohl weniger auf die Sprachlaute der Paviane zurückzuführen als auf den Erfindungsgeist der Kaffern, den sie immer dann einsetzen, wenn sie einem Weißen Geld aus der Tasche ziehen können. Miß Oland ist der Meinung, daß die Paviane keine Sprache haben, und ich stimme mit ihr überein.

An der hiesigen Universität doziert ein halbwegs gebildeter Naturwissenschaftler, mit dem ich mich mal beim Lunch unterhielt. Auch er bezweifelt, daß die Paviane eine Sprache haben, hat jedoch eine interessante Ansicht geäußert. Er glaubt, daß die Sprachfähigkeit der motivierende Faktor war, der den Menschen zum Menschen machte, und daß gewisse frontale Sektionen des Gehirns vorhanden sein müssen, bevor eine Spezies ihre Sprache entwickeln kann. Er sagte, die einzige Spezies auf der Erde, die sprechen kann, sei der Mensch, und er negierte die Theorien, daß Bienen, andere Insekten und einige

Menschenaffen miteinander reden. Er sagte auch, im Gorilla-Land herrsche der Glaube, die Gorillas würden miteinander sprechen, doch er bestreite dies.

Er gibt jedoch zu, daß die Gorillas gewisse Laute von sich geben, explosionsartige Grunzlaute, die in gefährlichen Situationen geäußert werden. Diese Laute drücken Angst aus, und mein Naturwissenschaftler weigert sich, dies als Sprachform zu bezeichnen. Er meint jedoch, daß die Paviane eine Reihe von Quietsch- und Grunzlauten ausstoßen, die nicht nur Gefahr signalisieren, sondern auch Zuneigung. Ich bin geneigt, ihm zuzustimmen, denn es gibt gewisse Anzeichen dafür, daß der Bantu-Junge mit der Zeit zumindest ein paar sprachliche Äußerungsformen erlernen wird.

In dieser Hinsicht unterscheidet er sich also von dem Wolfsmädchen und ebenso durch die Tatsache, daß er seine Hände benutzen kann, um Gegenstände festzuhalten und zu inspizieren. Er ist von einer viel aktiveren Neugier erfüllt, doch dies ist, wie mir der Naturwissenschaftler erklärt hat, einer der Unterschiede, die zwischen Wölfen und Pavianen bestehen. Der Pavian ist von Natur aus neugierig und vom Forschungsgeist besessen, er befingert zahllose Gegenstände. Also sind die Neugier des Jungen und seine Fähigkeit, Dinge festzuhalten, eher darauf zurückzuführen, daß er bei den Pavianen aufgewachsen ist, als auf seine Zugehörigkeit zur Menschenrasse.

Genauso wie das Wolfskind hat er eine verbogene Wirbelsäule. Er geht wie die Paviane auf allen vieren, und seine Fingerknöchel sind von einer dicken Hornhaut überzogen. Als man ihm zum erstenmal etwas anzog, riß er sich die Kleider vom Leib, doch später akzeptierte er sie. Auch hierin unterscheidet er sich von dem indischen Fall, und dies ist ebenfalls durch eine Pavianeigenschaft zu erklären. Miß Oland erzählte mir von dressierten Pavianen, die Kleider trugen und bemerkenswerte Kunststücke machten. Sie hofft, daß der Junge bald Fortschritte machen wird, aber Dr. Vanott, der ihn im Krankenhaus getestet hat, bezweifelt, daß der Junge jemals sprechen wird. Wie sehr er hierbei von der hiesigen Einstellung gegenüber den Negern beeinflußt wird, überlasse ich Dir zu entscheiden. Jedenfalls gibt es in den zahllosen Berichten über Kinder, die bei wilden Tieren aufgewachsen waren und denen Professor Ranand aus Bombay bedingungslos Glauben schenkte, keinen einzigen Hinweis darauf, daß so ein Kind, nachdem es in die menschliche Gesellschaft zurückgekehrt war, sprechen lernte.

Nun muß ich mich wohl von meinem Kindheitshelden Tarzan und ähnlichen edlen Geschöpfen verabschieden. Der arme Lord Graystroke! Er wird wohl genauso gewesen sein wie dieses Bantu-Kind, zitternd vor Angst, unaufhörlich von dieser Angst gequält, ein Wesen, das in der Ecke eines Käfigs kauerte und seine menschlichen Gefängniswärter verwirrt und entsetzt anstarrte. Hat man Dir vielleicht eingeredet, die Tiere würden in einem anderen Sinne Furcht empfinden als wir Menschen? Was für ein Unsinn! Die Furcht ist mit ihrem ganzen Sein verwachsen, und was mir in diesen beiden Fällen am meisten ans Herz greift, ist diese konstante Furcht – eine Furcht, von der keins der beiden Kinder auch nur sekundenlang frei war.

Doch die schrecklichste Frage, die durch diese Fälle aufgeworfen wird, lautet: Wie ist die Substanz des Menschen an sich beschaffen, wenn so etwas mit ihm geschehen kann? Die gebildeten Leute in der Klinik und in der Universität haben mir zu erklären versucht, der Mensch sei ein Produkt seiner Gedanken, und diese Gedanken würden hauptsächlich von seiner Umwelt bestimmt. Dieser Gedankenprozeß – oder diese Geistestätigkeit, wie sie es gern nennen, basiert auf Worten. Ohne Worte wären die Gedanken eine Folge von Bildern, und das liegt auf der tierischen Ebene und schließt alle, auch die primitivsten, abstrakten Vorstellungen aus.

Mit anderen Worten, der Mensch kann nicht von selbst Mensch werden. Er ist das Resultat anderer Menschen, wird von der Totalität der menschlichen Gesellschaft und ihren Erfahrungen bestimmt. Ich weiß, ich drücke das etwas naiv aus, aber dies alles ist neu für mich, und Neulinge neigen zur Vereinfachung und (wie Du es nennen würdest) Vulgarisierung einer Wissenschaft, von der sie nicht viel verstehen.

Diese Gedanken kamen mir bis zu einem gewissen Grad während eines sehr angenehmen Dinners mit Miß Oland. Es war nicht leicht, sie dazu zu bewegen, mit mir zu essen. Sie mochte mich nämlich nicht besonders, wenn ich jetzt auch glaube, daß ich ihr ein bißchen sympathischer geworden bin. Doch am Anfang fühlte sie sich durch die kalte, nüchterne Art, wie ich das Schicksal des kleinen Jungen betrachtete, abgestoßen.

Miß Oland ist eine sehr intelligente, attraktive junge Dame und überzeugte Quäkerin. Sie nimmt ihre Religion sehr ernst. Die Erkenntnis, daß sie mit einer Mischung aus Widerwillen und Mitleid auf mich herabsieht, war ein ganz schöner und vielleicht auch konstruktiver Schlag für mein Ego. Aber ich glaube, Menschen wie Miß Oland schauen auf fast alle Leute herab. Das sagte ich ihr, und sie stritt es heftig ab. Sie war sogar so wütend, daß ich mich frage, ob sie einen weiteren Abend mit mir verbringen wird.

Ich bezweifle nicht, daß Leute wie Miß Oland die Rolle von Außenseitern spielen. Sie beobachten die menschliche Rasse, ohne dazuzugehören. Eine ähnliche Haltung ist mir bei einigen gebildeten Juden aufgefallen, die ich kennengelernt habe. Aber Miß Oland ist die erste Quäkerin, mit der ich mich über solche Dinge unterhielt. Es würde mich nicht überraschen, wenn andere sensitive Quäker ihre Geisteshaltung teilen.

Miß Oland betrachtet mich als Barbaren. Natürlich hält sie mich nicht für so barbarisch wie den weißen Jäger Ned Archway. Aber es ist nur der Unterschied zwischen ihm und mir, der mich halbwegs erträglich macht. Wie Miß Oland es ausdrückte: „Sie sagen, Sie seien dem weißen Jäger überlegen, und Sie finden, daß er ein ziemlich unzivilisierter Mensch ist. Aber warum verdammen Sie ihn? Weil er Paviane erschossen hat, nur zum Spaß, oder weil er das Kind geschlagen hat?“

„Aus beiden Gründen“, erwiderte ich.

„Aber er hat doch nur Tiere getötet, und das Kind wird sich von den Folgen der Schläge erholen.“

„Ist es Ihrer Meinung nach tugendhaft, Tiere zum Spaß zu erschießen – wie Sie es zu formulieren beliebten?“

„Es ist nicht tugendhaft, aber nicht so schlimm wie der Mord an menschlichen Wesen.“

„Wie meinen Sie das, Miß Oland?“

„Ich meine, daß Sie ein Jäger sind wie Ned Archway. Aber Sie haben Menschen gejagt.“

„Wieso habe ich Menschen gejagt?“

„Sie haben mir doch erzählt, daß Sie Captain bei der Infanterie waren, nicht wahr? Gehört es nicht zu den Pflichten eines Infanterie-Captains, Menschen zu jagen und niederzumetzeln?“

„Das war etwas anderes.“

„Inwiefern, Mr. Felton?“

„Du meine Güte, muß ich ihnen das alles erklären? Mit diesem alten Hut können Sie mich nicht in die Falle locken. Sie haben auf der Welt gelebt, die von Adolf Hitler bestimmt wurde. Sie haben die Welt bewohnt, auf der es Konzentrationslager, Schlachthöfe, Gasöfen und Massengräber gab. Wie können Sie mir eine so absurde Frage stellen?“

Sie nickte. „Natürlich ist die Frage absurd. Jede Frage ist absurd, wenn Sie Ihnen neu ist. Mr. Felton, wenn sie Sie irritiert oder über Ihr Fassungsvermögen geht. Meine Frage hat Sie verwirrt – und deshalb erscheint sie Ihnen absurd.“

„Sie wollen doch nicht die Nazis verteidigen?“

„Das ist nun wirklich absurd, Mr. Felton. Sie wissen, daß ich die Nazis niemals verteidigen würde. Wie können Sie so etwas denken?“

„Sie haben recht. Ich gebe zu, daß ich mir das nicht vorstellen könnte.“

„Ich habe nichts gegen Ihre Meinung über die Nazis einzuwenden – wohl aber gegen ihre Meinung über das Töten.

Offenbar paßt es Ihnen nicht, daß Paviane sinnlos und gedankenlos umgebracht werden, aber der sinnlose Mord an unzähligen Menschen scheint Sie nicht zu stören."

„Ich stelle mir gern vor, daß ich für das Überleben der menschlichen Zivilisation, der menschlichen Würde gekämpft habe, Miß Oland, und daß ich weder sinnlos noch gedankenlos getötet habe, wenn ich dazu gezwungen war."

„Ach, kommen Sie, Mr. Felton, für so etwas sind wir doch beide ein bißchen zu alt. Sie haben also für die Würde des Menschen gekämpft? Und wieso wußten Sie, daß es den deutschen Soldaten, die von Ihrer Hand starben, nicht ebenfalls bewußt war, welche Anforderung die menschliche Würde stellt? Wußten Sie, ob diese Soldaten für oder gegen Hitler waren? Sie wußten es nicht, aber Sie kannten die militärische Struktur und wußten, daß diesen Männern, genauso wie Ihnen, nichts anderes übrigblieb, als zu kämpfen."

„Sie hätten sich ergeben können", entgegnete ich.

„Wirklich, Mr. Felton? Nun werde ich Ihnen noch eine Frage stellen. Haben Sie zuerst geschossen und danach überlegt? Oder haben Sie zuerst überlegt und erst dann geschossen? Ich war noch nie auf einem Schlachtfeld, aber ich besitze eine lebhafte Phantasie, und ich habe viele Bücher über solche Kriege gelesen. Hätten sich die deutschen Soldaten ergeben können?"

„Nein", gab ich zu, „Sie haben recht. In den meisten Fällen hätten sie sich nicht ergeben können. Es gab Fälle, wo sie es tun konnten und vielleicht auch getan haben. Aber man kann nicht davon ausgehen, daß die Soldaten, die ich getötet habe, die Möglichkeit dazu hatten. Sie haben also recht, und ich will nichts gegen Ihren Standpunkt einwenden. Trotzdem glaube ich, daß wir im Zweiten Weltkrieg für eine gute Sache gekämpft haben – und daß es eine gute Sache war, für die viele von uns gestorben sind."

„Warum sagen Sie dann nicht, daß es eine gute Sache war, für die Sie getötet haben, Mr. Felton?"

„So will ich es nicht ausdrücken, weil ich mich niemals als Mörder betrachtet habe.“

„Es ist aber Tatsache, daß Sie ein Mörder sind, Mr. Felton. Sie haben Menschen getötet, nicht wahr?“

„Ja“, sagte ich mit schwacher Stimme.

„Ich will Sie nicht schlechtmachen oder herabwürdigen, glauben Sie mir, Mr. Felton. Aber es ist doch so, daß kein Mensch irgend etwas ohne Rechtfertigung tut. Wenn es anders wäre, würde er den Verstand verlieren, oder? Sie wollen, daß ich Sie dem weißen Jäger vorziehe, aber das fällt mir sehr schwer. Ich weiß, daß Sie das kränkt, und ich weiß auch, daß ich unhöflich bin – aber nach meiner Ansicht leben Sie in derselben Welt wie Mr. Archway.

„Sie nicht, Miß Oland?“

„Nein. Ich bin Quäkerin, Mr. Felton. Ich glaube, daß sich meine Kultur, die Kultur meiner Familie und meines Volkes, schon seit vielen Generationen von der Kultur anderer Menschen unterscheidet. Wir leben unter den Leuten von Ihrer Sorte, aber nicht mit Ihnen. Ihre Welt ist nicht unsere Welt – wirklich nicht, Mr. Felton. Denken Sie einmal darüber nach. Sie scheinen sich ernsthaft für das Schicksal dieses armen Kindes zu interessieren. Vielleicht können Sie, wenn Sie über meine Worte nachdenken, einen Hinweis darauf finden, was geschieht, wenn ein Menschenkind unter Pavianen leben muß.“

„Und Sie haben Ihren kleinen Triumph und die große Befriedigung, ein rechtschaffener Mensch zu sein.

Sie widersprach mir nicht. „Ja, ich glaube, ich bin rechtschaffen, Mr. Felton. Ich würde gern wissen, wie es ist, anders zu sein. Vielleicht werde ich es eines Tages erfahren. Im Augenblick bin ich noch jung genug, um mir selbst rechtschaffen vorzukommen und mich gleichzeitig angewidert zu fühlen. Sie können sich nicht vorstellen, wie oft ich angewidert bin, Mr. Felton.“

Du siehst also, ich kann ihr Unhöflichkeit und Ungastlichkeit vorwerfen, denn immerhin ist sie schon sechs Monate länger in Pretoria als ich. Aber obwohl sie nicht zu den Frauen zählt, an die ich mich stets gern erinnern werde, muß ich sie bewundern, und ich muß zugeben, daß sie die Wahrheit gesagt hat.

Und das veranlaßt mich, sachdienliche Fragen zu stellen, liebe Schwester. Der Mensch, der bei Wölfen aufwuchs, ist kein Mensch mehr, und der Mensch, der bei Pavianen aufwuchs, ist ebenfalls kein Mensch mehr. Dieses Schicksal ist unvermeidlich, nicht wahr? Egal, um was für einen Menschen es sich handelt – wenn man ihn zu den Affen steckt, wird er ein Affe und wird niemals viel mehr sein. Mein Kopf schwirrt nur so von allen möglichen Vorstellungen, die keineswegs erfreulich sind. Liebe Schwester, worauf zum Teufel wollt Ihr hinaus, Dein Mann und Du? Ist es nicht endlich an der Zeit, daß du mir Bescheid sagst, oder willst Du, daß ich nach Tibet reise und mit den Lamas rede? Ich bin auf alles gefaßt. Nichts kann mich überraschen, und ich bin bereit, überallhin zu gehen, wohin Du nur willst.

Dein böser Mordbruder Harry

9

Washington, D.C.
27. November 1945

Luftpostbrief an Mr. Harry Felton
Pretoria, Südafrikanische Union

Lieber Harry,
Du bist ein guter, reizender Bruder und auch ein bißchen scharfzüngig. Und Du bist sehr lieb. Du bist geduldig und verständnisvoll, und Du bist pflichtbewußt durch einen Irrgarten gewandert, ohne einen Weg ins Freie zu suchen.

Es geht um folgendes, Harry: Mark und ich möchten, daß Du einen Job für uns erledigst, und das verschafft Dir die Möglichkeit, kreuz und quer über den Globus zu reisen und dafür auch noch bezahlt zu werden. Um Dich zu überzeugen, um uns Deiner vollen Kooperation und auch Deiner beträchtlichen kreativen Fähigkeiten zu versichern, müssen wir nun das dunkle Geheimnis unserer Arbeit lüften. Und wir haben beschlossen, das zu tun, da wir Dich als aufrechten, vertrauenswürdigen Menschen betrachten. Die Post ist allerdings weniger vertrauenswürdig, und da wir mit der Army zusammenarbeiten, die eine konstitutionelle Vorliebe für Top Secrets und dergleichen Unsinn hegt, werden Dir die Informationen auf diplomatischem Weg zugehen.

Nachdem Du sie erhalten hast, kannst Du Dich – vorausgesetzt, Du bist einverstanden – offiziell als Staatsangestellten betrachten. Alle Deine Ausgaben werden innerhalb vernünftiger Grenzen bezahlt – Reisen, Hotels, Tagesspesen –, dazu kommen noch achttausend Dollar pro Jahr, die Du weniger mit Deiner Arbeit als mit der Tatsache verdienen wirst, daß Du eingeweiht bist. Ich finde das alles so verlockend, daß ich am liebsten meinen Job hinwerfen und Deinen übernehmen würde.

Bleib bitte in Deinem Hotel in Pretoria, bis Du die Informationen bekommst. Ich verspreche Dir, daß es nicht länger als zehn Tage dauern wird, bis der diplomatische Kurier bei Dir eintrifft. In tiefer Zuneigung und mit großem Respekt

Jean

10

Washington, D.C.
5. Dezember 1945

Nachricht an Mr. Harry Felton, Pretoria, Südafrikanische Union, *auf diplomatischem Weg übermittelt.*

Lieber Harry,
betrachte dieses Schreiben als Gemeinschaftsarbeit, die Mark und ich geleistet haben. All diese Gedanken und Schlußfolgerungen sind aus gemeinsamen Überlegungen entstanden. Und wir bitten Dich auch zu bedenken, daß Du ein sehr wichtiges Dokument in Händen hältst.

Du weißt, daß wir uns seit zwanzig Jahren mit Kinderpsychologie und der kindlichen Entwicklung befaßt haben. Es ist wohl überflüssig, unsere beruflichen Laufbahnen und die Erfahrungen zu schildern, die wir als Angestellte der Gesundheitsbehörde gesammelt haben. Unsere Arbeit während des Krieges, die zum Kindergenesungsprogramm gehörte, führte zu einer interessanten Theorie, die wir zu studieren beschlossen. Unsere Vorgesetzten gaben uns Urlaub, damit wir uns ganz auf unser neues Projekt konzentrieren können. Es handelt sich um einen Fünf-Jahres-Urlaub, und wir haben die Möglichkeit, ihn nach Ablauf der fünf Jahre auf weitere fünf auszudehnen – und danach noch einmal auf eine Periode von fünf Jahren, falls das nötig werden sollte. Kürzlich bekamen wir eine größere Summe von der Army, mit der wir arbeiten können. Als Gegenleistung mußten wir versprechen, unsere Forschungsergebnisse der Regierung zur Verfügung zu stellen.

Nun komme ich zu der Theorie, die bereits teilweise überprüft wurde. Wie du weißt, haben Mark und ich zwei Jahrzehnte praktischer Arbeit mit Kindern hinter uns. Da wir beide Medizin studiert haben, waren wir als Kinderärzte tätig. Wir haben in Krankenhäusern gearbeitet, wir haben Kinder operiert, und wir haben (besonders in Notfällen am Anfang des Krieges) Pionierarbeit auf dem Gebiet der Kinderheilkunde geleistet – ganz einfach, weil wir keine andere Wahl hatten. Aufgrund dieser vielfältigen Erfahrungen sind wir zu merkwürdigen Schlußfolgerungen gekommen. Besser gesagt, wir sind zu sehr vielen Schlußfolgerungen gelangt, haben aber unser Interesse auf eine einzige konzentriert: Mark und ich sind zu der Überzeugung gelangt, daß in den Reihen des Homo sapiens eine neue Rasse entsteht.

Nenne diese Rasse ‚Supermenschen' – nenne sie wie Du willst. Die Leute, aus denen sich die neue Rasse zusammensetzt, sind nicht erst kürzlich aufgetaucht. Es gibt sie schon seit Hunderten, seit Tausenden von Jahren. Aber sie sind in der menschlichen Umwelt gefangen, sie sind in der menschlichen Gesellschaft gefangen, und sie werden von dieser Umwelt und dieser Gesellschaft genauso geprägt wie Dein Wolfsmädchen, das bei den Wölfen gefangen war, oder wie Dein Bantu-Junge bei den Pavianen.

Alles, was Du in Assam und Südafrika herausgefunden hast, scheint unsere Vermutungen zu bestätigen. So wie das kleine Mädchen in Assam ihrer Menschlichkeit beraubt wurde, als es unter Wölfen aufwuchs, genauso wird unser theoretischer Übermensch seiner Übermenschlichkeit beraubt, wenn er unter Menschen lebt. Vielleicht bildet Dein Bantu-Junge eine noch überzeugendere Parallele zu dem, was wir glauben. Ich will an dieser Stelle nicht versuchen, Dir das genauer zu erklären. Später werde ich Dir andere Einzelheiten unserer Theorie erläutern. Und wenn Du Dich bereit erklärst, für uns zu arbeiten, wirst Du bald verstehen, worauf wir hinauswollen.

Übrigens, Deine beiden Fälle von Kindern, die von Tieren aufgezogen wurden, sind nicht die einzigen, auf die wir uns stützen. Wir haben Berichte von vereidigten Zeugen über einen Fall in Rußland, zwei Fälle in Kanada, zwei in Südamerika, einen in Westafrika und einen in den USA. Dies bedeutet nicht, daß alle sieben Berichte der reinen Wahrheit entsprechen.

Wenn wir die Fälle so genau überprüfen würden wie Du die Deinen in Indien und Südafrika, könnte sich vielleicht herausstellen, daß diese Stories alle oder zum Teil erfunden sind. Aber wir wollen die Fälle als real akzeptieren und unsere Schlüsse daraus ziehen.

Du kannst noch die dreihunderttausendundelf Parallelfälle hinzufügen, die im Lauf von vierzehn Jahrhunderten durch mündliche Überlieferung, schriftliche Berichte und Volkssagen bekannt wurden. Wir haben das Manuskript des Mönchs Hubertus, der im fünfzehnten Jahrhundert in Deutschland lebte und behauptete, er hätte fünf Fälle dieser Art persönlich beobachtet. In all diesen Fällen, auch in jenen, die von lebenden Zeugen geschildert wurden, sowie in sechzehn überlieferten Fällen kam es zu dem mehr oder weniger gleichen Ergebnis – zu dem Ergebnis, das auch du gesehen und beschrieben hast: Ein Kind, das von einem Wolf aufgezogen wurde, ist seiner Menschlichkeit beraubt.

Wir haben noch keinen Fall gefunden, auf mythologischer Ebene oder anderswo, in dem ein Wolfskind später die menschliche Sprache erlernt hat. Die Mythologie beschönigt dies ein wenig. Aber da wir gerade von Mythologie sprechen – es gibt über vierzig Fälle, die uns aus der antiken Mythologie mehrerer Völker überliefert sind.

Natürlich versuchen wir nicht zu beweisen, daß Tiere ein Menschenkind aufziehen können, daß Menschenkinder auf diese Weise aufgezogen wurden, daß sämtliche Faktoren, die mit solchen Kindern zusammenhängen, der Realität entsprechen. Wir versuchen in diesen Fällen nur Hinweise auf das Schicksal zu finden, das einem unter Menschen aufgewachsenen Übermenschen bestimmt ist. Unsere Arbeit führte zu folgendem Schluß: Ein Kind, das von Menschen aufgezogen wurde, ist ein Mensch. Und was ist ein Mensch? Im allgemeinen historischen Sinn ist ein Mensch ein Wesen, das gesellschaftliche Organisationen aufbaut, wobei der Hauptzweck solcher Organisationen die Zerstörung des Menschen ist. Wenn das, was ich soeben geschrieben habe, ein ethisches Urteil wäre, könnte man mir erfolgreich widersprechen. Aber es ist keineswegs ein Urteil, es ist nur eine historische Schlußfolgerung. Wenn man die Geschichte des Menschen völlig objektiv überprüft, läßt sich nur der Schluß daraus ziehen, daß die Existenz des Menschen als soziales Wesen hauptsächlich den Zweck hatte, Krieg zu führen. Alles, was er erreichte und aufbaute, wurde nur in den Jahren zwischen den Kriegen erreicht und aufgebaut, wobei er einen sozialen Organismus schuf, der während eines Krieges funktionieren konnte. Dies ist keineswegs ein Werturteil, auch keine historische Feststellung über den Menschen als Individuum. Der Mensch als Individuum müßte ganz anders beschrieben werden. Aber wir dürfen nicht vergessen , daß wir soeben aus einer Hölle hervorgegangen sind, die fünfzig Millionen Menschen getötet hat. Ich meine den Zweiten Weltkrieg, in dem wir alle unsere Rollen gespielt haben. Wir haben ausgerechnet, daß dieser Krieg fünfzig Millionen Menschenleben gekostet hat, auf der ganzen Welt, und dabei wurden auch die toten Frauen und Kinder mitgezählt. Das ist mehr als die gesamte Erdbevölkerung zur Zeit des römischen Reichs. Heutzutage sind wir an hohe Zahlen gewöhnt. Aber es wirft doch ein anderes Licht auf diese Zahl, daß wir innerhalb von fünf Jahren mehr Menschen vernichtet haben, als vor zweitausend Jahren auf der ganzen Erde existierten. Das stimmt einen doch nachdenklich, nicht wahr, Harry? Doch diese Beobachtung – die historische Beobachtung des Menschen – wird hier in rein klinischem Sinn und nach den Maßstäben des Übermenschen vorgenommen.

Du siehst also, wenn es den Übermenschen gibt, dann ist er ebenso gefangen wie ein Kind, das von Tieren aufgezogen wird. Und dieser Übermensch ist seines Potentials beraubt, wie es auch immer aussehen mag, genauso wie die von Tieren aufgezogenen Kinder ihrer Menschlichkeit beraubt wurden. Der Wolf, der sich um das Mädchen kümmerte, konnte sich sicher nicht vorstellen, was aus ihr geworden wäre, wenn man sie in ihrem Heimatdorf aufgezogen hätte. Der Wolf konnte sie nur als Produkt einer Wolfsgesellschaft sehen. Wenn der Übermensch existiert, so sehen wir ihn als Produkt unserer menschlichen Gesellschaft. Natürlich können wir nicht beweisen, daß er existiert, aber wir wollen es glauben, und wir haben genug Beweise, um unsere Theorie zu untermauern. Dies ist eine durchaus übliche wissenschaftliche Vorgehensweise. Einsteins Vorstellungen von der Gestalt des Universums und der Lichtkrümmung war anfangs hypothetisch, sie entstand als kreative Idee. Nachdem er die Hypothese formuliert hatte, begann er sie mit physikalischen Fakten zu beweisen. Und wir werden eine ähnliche Methode anwenden.

Warum glauben wir, daß es Superkinder gibt? Nun, dafür könnte ich viele Gründe anführen, und wir haben weder die Zeit noch genügend Raum, um sie alle zu nennen oder ins Detail zu gehen. Aber ich will Dir zwei wichtige Gründe mitteilen.

Erstens haben wir gemeinsam die Lebensläufe von Frauen und Männern studiert, die als Kinder Intelligenzquotienten von 170 oder darüber hatten. Da sie nun erwachsen sind, wurden die Tests noch nach der Binet-Simon-Methode vorgenommen, und sie ist keinesfalls verläßlich – wenn es überhaupt eine verläßliche Intelligenztestmethode gibt. Wir operieren nicht mit der Annahme, daß ein Intelligenztest objektiv verläßlich ist. Wir benutzen ihn nur als Ersatz für etwas Besseres. Obwohl diese vielen hundert Frauen und Männer als Kinder über eine vielversprechende Intelligenz verfügten, haben nur weniger als zehn Prozent Karriere gemacht. Angesichts der Tatsache, wie klein diese Gruppe ist, verdient das Ausmaß an persönlichen Katastrophen und Tragödien, auf das man hier stößt, Beachtung.

Weitere zehn Prozent gelten als unheilbar geisteskrank. Vierzehn Prozent haben oder hatten psychische Probleme, und die Hälfte dieser vierzehn Prozent war oder ist in psychiatrischer Behandlung. Neun Prozent haben Selbstmord begangen.

Ein Prozent sitzen im Gefängnis. Siebenundzwanzig Prozent haben sich einmal oder mehrmals scheiden lassen, neunzehn Prozent sind chronische Versager, und der Rest ist in keiner Weise hervorgetreten. Bei allen haben sich die Intelligenzquotienten verringert. Bei vier Prozent sind sie unter hundert gesunken. Diese Leute gelten nun als Außenseiter der Gesellschaft.

Da die Gesellschaft noch nie ausreichende Entwicklungsmöglichkeiten für so intelligente Kinder geschaffen hat, wissen wir nicht, was für ein Potential einmal in ihnen steckte. Wir haben keine beweisbaren Gründe, uns vorzustellen, daß diese oder eine ähnliche Gruppe unter anderen Bedingungen mehr erreicht hätte. Aber aus Gründen der Logik und des gesunden Menschenverstands müssen wir es annehmen. Wir glauben, daß die Mitglieder dieser Gruppe auf einen Idiotenstand reduziert wurden, der dem entspricht, was wir als normal bezeichnen. Auf diese Ebene hinabgeworfen, konnten diese Leute genausowenig Menschen werden, wie deine kleine Inderin ein Wolf werden konnte. Sie waren unfähig, ihr Leben zu leben, unfähig, Menschen zu werden. Sie wurden ganz einfach des Schicksals beraubt, das ihnen zustand, in biologischer und in anderer Hinsicht, und dadurch zerstört. Das ist der erste Grund, Harry.

Der zweite – wir wissen, daß der Mensch nur einen winzigen Teil seines Gehirns benutzt. Nach langen Testreihen sind wir in der Lage, dies als beweisbare Tatsache hinzustellen, aber wir haben keine Ahnung, was das menschliche Ego daran hindert, auch den Rest seines Gehirns zu gebrauchen. Nun müssen wir die Frage stellen, warum die Natur dem Menschen eine Ausrüstung mitgegeben hat, die er nicht nutzen kann. Es ist keine verkümmerte Ausrüstung wie der Blinddarm, sondern eine vollkommene Ausrüstung, wie sie der höchsten Lebensform, die jemals auf Erden entstanden ist, entspricht. Wir müssen fragen, warum die Natur das getan hat. Wir müssen auch fragen, ob die menschliche Gesellschaft den Menschen daran hindert, die Barriere zu durchbrechen. Mit anderen Worten – halten sich die Menschen selbst in einem Käfig gefangen, der es ihnen verwehrt, jemals etwas anderes zu sein als Menschen?

Das sind also die beiden Gründe, die ich vorhin erwähnt habe. Glaub mir, Harry, es gibt noch weitere – so viele, daß wir sogar sture, phantasielose Regierungsmitglieder von unserer Sache überzeugen konnten. Und nun haben wir die Chance, den Übermenschen zu befreien. Dabei hilft uns natürlich die Geschichte – auf die ihr eigene gemeine, würdelose Weise. Es sieht so aus, als würden wir bald einen neuen Krieg führen – diesmal mit Rußland –, einen kalten Krieg, wie er bereits genannt wurde. Vor allem wird es ein Krieg der Intelligenz sein, und die ist heutzutage Mangelware, wie einige unserer geistigen Giganten ehrlich zugegeben haben.

Unsere neue Brut von Computer-Kriegern leckte sich über die Lippen, als wir sie befragten. Sie können es gar nicht erwarten, mit ihren neuen raffinierten Tricks ein neues Blutbad anzurichten. Sie fütterten ihre Maschinen mit Daten, und dabei kamen neue, verlockende Methoden heraus, wie man die Menschheit vernichten könnte. Sie betrachten unseren Übermenschen als Geheimwaffe, als kleine Teufel, die sich mit tödlichen Strahlen und Superatombomben und ähnlichem Höllenwerkzeug auf den Feind stürzen werden, wenn die Zeit reif ist. Nun, sollen sie das nur glauben. Es ist unmöglich, für ein Projekt wie das unsere, für ein so enormes, teures Projekt, gütige Sponsoren zu finden. Das Wichtigste ist, daß Mark und ich die alleinige Projektleitung übernommen haben. Wir haben viele Millionen Dollar – und Top-Priorität. Wir sind niemandem unterworfen, müssen niemandem Rechenschaft geben, können völlig unabhängig arbeiten. Wir bekommen alles, was wir wollen, solange es sich innerhalb vernünftiger Grenzen hält, wir haben viel Zeit zur Verfügung – fünf Jahre und dann noch weitere zehn Jahre.

Das Projekt ist geheim, Harry. Ich kann das nicht oft genug betonen. Dabei handelt es sich nicht nur um das simple Top-

Secret-Getue, das die Army so liebt. Wir unterstützen sie, was die Geheimhaltung betrifft, denn es ist für uns ebenso wichtig wie für die Army, daß niemand von unserer Arbeit erfährt. Darauf muß ich Dich immer wieder mit besonderem Nachdruck hinweisen.

Was nun Deinen Job betrifft – das heißt, wenn Du jetzt noch daran interessiert bist ... Aber ich kann mir nicht vorstellen, daß Du nein sagen wirst. Deine Arbeit wird Schritt für Schritt vorangehen. Der erste Schritt: 1937 lebte in Berlin ein Professor namens Hans Goldbaum, ein Halbjude. Er dozierte Kinderpsychologie an der Universität und war auch der Leiter des Berliner Instituts für Kindertherapie. Er veröffentlichte ein kleines Buch über Intelligenztests mit Kindern, und er stellte die Behauptung auf (die wir nicht anzweifeln), daß man den Intelligenzquotienten eines Kindes schon in seinem ersten Lebensjahr eruieren kann, zu einem Zeitpunkt, wo es noch nicht zu sprechen begonnen hat. Der Terminus ‚Intelligenzquotient' stammt allerdings nicht von Professor Goldbaum. Er konnte mit dem System, daß die Binet-Simon-Leute entwickelt haben, nichts anfangen, lehnte es entschieden ab und entwikkelte eine eigene, sehr interessante Methode, um die Intelligenz eines Kindes zu testen.

Er konnte ein paar interessante Tabellen mit geschätzten Zahlen und hinterher überprüften Resultaten vorweisen. Wir wissen nicht genug über seine Methode, um sie selbst zu praktizieren. Mit anderen Worten – wir brauchen die Hilfe des Professors.

1937 verschwand er aus Berlin. Die Nachforschungen, die wir mit der großzügigen Hilfe des Geheimdienstes der Army anstellten, führten zu dem Ergebnis, daß Professor Goldbaum nicht von den Nazis ermordet wurde, sondern entkommen konnte. 1943 fanden wir heraus, daß ein Professor Hans Goldbaum, entweder der Mann, für den wir uns interessieren, oder ein Namensvetter, in Kapstadt lebt. Dies ist die letzte Adresse, die wir von ihm haben. Sie steht auf dem beiliegenden

Zettel. Und jetzt fängt Dein Job an, Harry. Du mußt sofort nach Kapstadt fliegen und feststellen, ob der Mann unser Professor Goldbaum ist. Wenn er nicht mehr in Kapstadt lebt – folge ihm. Folge ihm überallhin. Finde ihn. Ich sage Dir nicht, wie Du ihn finden sollst, und ich erwarte auch nicht, daß Du uns danach fragst. Das alles liegt bei Dir. Finde ihn! Natürlich bezahlen wir Deine Reisekosten. Vielleicht ist er schon tot. In diesem Fall mußt Du uns sofort informieren.

Jetzt frage ich Dich gar nicht mehr, ob Du den Job haben willst. Entweder Du übernimmst ihn, oder ich bin nicht mehr Deine Schwester und werde Deinen Namen verfluchen und ihn in allen Familienjournalen durchstreichen. Wir lieben Dich, und wir brauchen Deine Hilfe – dringend! Und in diesem Augenblick weiß ich nicht, wer Dich ersetzen könnte.

Jean

11

Kapstadt, Südafrika
20. Dezember 1945

Luftpostbrief an Mrs. Jean Arbalaid
Washington, D. C.

Meine Liebe Schwester,
ich könnte ein Buch über die Woche schreiben, die ich in Kapstadt verbracht habe. Diese Stadt gefällt mir nicht, und wenn ich lebend von hier wegkomme, werde ich nie mehr hierher zurückkehren. Die Tage waren sehr interessant, wie Du noch sehen wirst, und die Nächte waren erfüllt von Alpträumen, die sich um Deine haarsträubenden Pläne drehten. Statt friedlich zu schlafen, träume ich von Übermenschen, von kleinen Teufeln, die alle möglichen grausigen Waffen für Deine

Freunde von der Army erfinden. Was soll das? Nein, ich kündige nicht. Ich laufe nicht davon. Ein Job ist ein Job, und ich bleibe Dein getreuer Angestellter.

Nun will ich Dir von Professor Goldbaum erzählen. Aus irgendeinem Grund war er den Nazis sehr wichtig – so wichtig, daß sie ihn eliminieren wollten. Als der Krieg begann, trieb sich hier in Kapstadt eine große Truppe von Nazibullen herum, und sie hatten Herrn Goldbaum auf ihrer Liste. Als er ankam, unternahm man einen Anschlag auf sein Leben. Er trug nur eine leichte Schußwunde davon, die aber infiziert wurde, und er war lange krank. Die jüdische Gemeinde nahm ihn auf und versteckte ihn. Dann verschlechterte sich die Lage, und sie brachten ihn zu Freunden in ein Kaffernlager. Ich folgte seiner Spur, einer alten, fast verwischten Spur, doch es war ein Weg, auf den mich mein Pflichtbewußtsein schickte. Überlaß so etwas nur Deinem brillanten Bruder Harry! Ich traf keine Nazis, die sich irgendwo verkrochen hatten und auf den Tag der Rache warteten, wann immer er auch anbrechen würde. Nein. Ich folgte ganz einfach dieser kalten Spur ins Kaffernlager, und dabei wurde ich von der Polizei aufgegriffen und ins Gefängnis gesteckt. Sie hielten mich für einen Kommunisten – kannst Du Dir das vorstellen? Ich dachte, ich hätte schon alle schlimmen Dinge erlebt, die einem nur zustoßen könnten, aber das war der Gipfel. Es bedurfte einer zwei Tage währenden Diskussion und der Bemühungen des amerikanischen Konsuls, um sicherzustellen, daß ich der erzkonservative und eher harmlose Bruder einer bedeutenden amerikanischen Persönlichkeit bin. Allmählich geht mir der große Einfluß Deines Namens auf die Nerven, aber ich danke dem Himmel dafür, daß Du einflußreich genug bist, um mir einen längeren Aufenthalt im übelsten Gefängnis zu ersparen, in dem ich je gesessen beziehungsweise von dem ich je gehört habe. Es wimmelte nur so von Insekten – großen, gräßlichen südafrikanischen Insekten.

Als ich aus dem Gefängnis entlassen wurde, tat ich etwas sehr Vernünftiges – etwas, das ich sofort hätte tun sollen. Ich bat das

Oberhaupt der jüdischen Gemeinde, Rabbi Anatole Bibberman, um eine Unterredung. Bibberman ist offenbar ein Amateur-Assyriologe. Falls Dir nicht ganz klar ist, was damit gemeint ist – Assyriologen sind Leute, die ihre Freizeit dem Studium des alten Assyrien widmen. Ich glaube, viele betreiben das sogar von Berufs wegen. Rabbi Bibberman ist jedenfalls ein Freizeit-Assyriologe, und es stellte sich heraus, daß Professor Goldbaum seine Leidenschaft teilt. Die beiden haben ausführlich über das alte Assyrien und Babylon und solche Dinge diskutiert.

Der Rabbi erzählte mir etwas, das seiner Meinung nach jeder wissen müßte – das heißt, jeder, der sich für Professor Goldbaum interessiert. 1944 fanden die Leute in London (mit ‚Leuten' meinte er vermutlich Wissenschaftler und Ärzte etc.) heraus, daß sich Professor Goldbaum in Kapstadt versteckte. Sie wollten ihn aus irgendeinem Grund konsultieren, und so reiste er nach London – wohin auch ich fliegen werde, sobald ich diesen Brief beendet habe. Leb wohl, Kapstadt! Wenn Du meine künftigen Trips planst – sei so nett und streiche Kapstadt von der Liste.

Dein Dich liebender Bruder Harry

12

TELEGRAMM AN MRS. JEAN ARBALAID
LONDON
25. DEZEMBER 1945

VIELLEICHT MISSBRAUCHE ICH DEIN VERTRAUEN, INDEM ICH EIN KINDISCHES VERGNÜGEN DARAN FINDE, DIR LANGE, LANGE TELEGRAMME AUF KOSTEN DER ARMY ZU SCHICKEN. WIE JEDER ANDERE, DER IN DIESEM SCHEUSSLICHEN KRIEG GEKÄMPFT HAT, HEGE ICH EINE TIEFE ABNEIGUNG GEGEN DIE US ARMY. DOCH WIE DEM AUCH

SEI – ICH HABE DEN PROFESSOR GEFUNDEN. ES WAR GANZ EINFACH, DIE EINZELHEITEN WERDE ICH DIR BRIEFLICH SCHILDERN. ER IST EIN CHARMANTER KLEINER MANN. GESTERN ABEND LUD ICH IHN ZU EINEM WEIHNACHTSDINNER IM SIMPSON EIN. ES STELLTE SICH HERAUS, DASS ER VEGETARIER IST. KANNST DU DIR EINEN VEGETARIER AM WEIHNACHTSABEND IM SIMPSON VORSTELLEN? AN DIESER STELLE SOLLTE ICH WOHL EIN ‚STOP' EINFÜGEN, UM ANZUZEIGEN, DASS DIES EIN TELEGRAMM IST UND DASS ICH MIR DESSEN DURCHAUS BEWUSST BIN. ABER ICH HABE AUS VERLÄSSLICHER QUELLE ERFAHREN, DASS DIE NEW YORK TIMES-REPORTER IHRE ENDLOSEN STORIES IM VOLLEN WORTLAUT UND NICHT IM TELEGRAMMSTIL NACH HAUSE KABELN, UND DIESE GEPFLOGENHEIT WILL ICH ÜBERNEHMEN. ICH HABE DEM PROFESSOR NICHT ALLZUVIEL ERZÄHLT, ABER ER IST FASZINIERT. ICH WUSSTE NICHT, WIEVIEL ICH IHM SAGEN ODER OB ICH IHN BEDRÄNGEN DARF. WAS SOLL ICH MIT IHM MACHEN? DU SIEHST, DASS ICH MICH VORSICHTIG AUSDRÜCKE, DA DIESES TELEGRAMM DURCH VIELE HÄNDE GEHEN WIRD. ABER DU WEISST SCHON, WAS ICH MEINE, LIEBE JEAN. WAS NUN?

HARRY

13

Washington, D.C.
26. Dezember 1945

Auf diplomatischem Weg an Mr. Harry Felton, London, England, übermittelt

Lieber Harry,
ich bin zwar entzückt, daß Du Deinen kurzen depressiven Anfall überwunden hast, aber Deine Dummheit macht mir Sorgen. Ich überlege, ob Du schon immer so leichtsinnig warst wie jetzt, und ich rede Mark und mir immer wieder ein, daß der

Krieg Dich verändert haben muß. Jedenfalls bist Du unser Mann an einer strategisch wichtigen Stelle, und wir müssen mit Dir vorliebnehmen. Um die Wahrheit zu gestehen, ich nehme Dich auf den Arm. Wir haben volles Vertrauen zu Dir, aber sei bitte etwas ernsthafter. Unser Projekt ist todernst. Wir glauben, daß du trotz Deiner diversen gegenteiligen Behauptungen klug und einfühlsam genug bist, um den Professor für unsere Sache zu gewinnen. Rede mit ihm! Falls Du ihn nicht für einen Schwindler hältst – und aufgrund der wenigen Angaben, die Du über ihn gemacht hast, zweifle ich nicht an seiner Ehrlichkeit –, mußt Du ihn für Dich gewinnen. Wir geben ihm, was er haben will – in finanzieller Hinsicht. Ein Mann wie Professor Goldbaum dürfte, nach meinen bisherigen Erfahrungen mit solchen Leuten, kein Interesse an Geld haben. Trotzdem mußt Du ihm ein großzügiges Honorar anbieten. Wir wollen ein Arrangement treffen, demzufolge er für uns arbeiten wird, so lange wir ihn brauchen. Wenn er das nicht will, versuch ihn wenigstens für ein Jahr zu verpflichten. Sag ihm, daß wir ihm eine sorgenfreie Zukunft bieten würden, und wenn er das will, könnten wir ihm auch die amerikanische Staatsbürgerschaft verschaffen. Wenn er Brite bleiben will – ich glaube, das ist er zur Zeit –, werden wir dafür sorgen, daß er ungehindert in die Staaten einreisen kann. Wir werden ihm alle Schwierigkeiten aus dem Weg räumen.

Wenn Du mit ihm über die Angelegenheit sprichst, wird er Dir sicher viele Fragen stellen. Er wird viel mehr wissen wollen, als wir Dir mitgeteilt haben. Vielleicht hätten wir Dich schon früher eingehender informieren sollen, aber wir hatten unsere Vorbereitungen noch nicht abgeschlossen und auch noch nicht entschieden, welchen Weg wir gehen würden. Aber jetzt sind wir soweit.

Wir haben ein Grundstück von achttausend Morgen in Nordkalifornien gekauft, ein schönes Stück Land mit Mammutbäumen, einem herrlichen See und prachtvollen Wiesen. Auch ein Gebiet, das durch Erosion zerstört wurde, gehört dazu.

Alles in allem ist es ein landschaftlich höchst abwechslungsreiches Terrain. Hier wollen wir ein Arbeitszentrum errichten, das unter militärischer Bewachung stehen und eine völlig unabhängige kleine Welt bilden wird. In den ersten Jahren unseres Experiments wird die Außenwelt völlig ausgeschlossen sein.

In diesem Zentrum wollen wir vierzig Kinder aufziehen – vierzig Kinder, die zu Übermenschen heranwachsen sollen. Versteh mich bitte richtig, Harry, und sag das auch dem Professor – bisher arbeiten wir nur mit einer Hypothese. Der Übermensch existiert nicht und wird vielleicht niemals existieren. Wir führen ein Experiment durch, das sich auf Mutmaßungen stützt. Daran mußt Du immer denken, Harry. Du darfst nicht den Eindruck erwecken, als würden wir von Fakten ausgehen.

Das Leben in unserem Zentrum soll von den höchsten philosophischen Weisheiten bestimmt werden, die der menschliche Geist im Lauf der Zeiten hervorgebracht hat. Es gibt keine Möglichkeit, das alles in ein paar Sätzen auszudrücken. Vielleicht könnte ich sagen, daß wir nicht nach der Maxime handeln werden: ‚Was Du nicht willst, das man dir tu, das füg auch keinem andern zu.' Nein, wir werden versuchen, diese Kinder ganz anders zu behandeln, als wir behandelt wurden und behandelt werden wollten. Natürlich besagt das alles und nichts – vielleicht sogar überhaupt nichts. Aber zu gegebener Zeit werde ich Dich über alle Einzelheiten informieren und Dir mitteilen, wie unser Zentrum aussehen und wie es funktionieren soll. Das unmittelbare, wichtigste Problem besteht nun darin, geeignete Kinder zu finden. Wir brauchen einen gewissen Typ von Kindern, äußerst kluge Kinder, Genies. Da sie zudem sehr jung sein müssen, ist es fraglich, ob wir Erfolg haben werden. Aber wir wollen es zumindest versuchen.

Wie gesagt, wir wollen vierzig Kinder aufziehen. Zehn davon hoffen wir in den USA zu finden. Die anderen dreißig mußt Du gemeinsam mit dem Professor außerhalb der Vereinigten Staaten finden.

Die Hälfte soll aus Jungen bestehen. Wir wollen für ein Gleichgewicht zwischen Jungen und Mädchen sorgen, und die Gründe dafür sind wohl offensichtlich. Alle Kinder müssen zwischen sechs und neun Monaten alt sein, und alle müssen einen außergewöhnlich hohen Intelligenzquotienten besitzen. Am besten wäre es, wenn wir lauter Genies auftreiben könnten. Nun wirst Du fragen, wie man Genies im Babyalter finden kann. Dazu brauchen wir den Professor. Er soll Dein Mentor sein. Wie wir das Problem hier zu Hause lösen werden, wissen wir noch nicht. Aber glaub mir, wir haben verschiedene Anhaltspunkte und Methoden, die uns zum Erfolg führen werden. In Deinem Fall verlassen wir uns ganz auf die Methode des Professors – das heißt, wenn sie überhaupt brauchbar ist. Wenn nicht – nun, es gibt noch ein Dutzend anderer Faktoren, die einen Fehlschlag verursachen könnten, abgesehen von Professor Goldbaums Methode.

Deine Kinderschar soll sich aus fünf Rassengruppen zusammensetzen – aus Weißen, Indern, Chinesen, Malaien und Bantu-Negern. Natürlich wissen wir, daß es hierbei Überschneidungen geben kann, und Du wirst innerhalb weitgestreckter Grenzen operieren können. Rassistische Definitionen sind im schlimmsten Fall sehr politisch und im besten ungenau. Wenn Du drei oder vier Bantu-Kinder fändest, wären wir sehr zufrieden. Aber wir versteifen uns nicht auf die Bantu-Neger. Wenn Du in Südafrika ein Hottentottenbaby entdeckst, das Deine Aufmerksamkeit erregt, dann bring es bitte mit!

Die sechs Weißen müßtest Du in Europa finden. Wir schlagen zwei nordeuropäische Typen vor, zwei mitteleuropäische und zwei mediterrane. Aber das ist nur ein Vorschlag, und Du mußt Dich keineswegs daran halten. Solltest Du zufällig in Italien sieben Kinder finden, die für unser Experiment wichtig wären, mußt Du alle sieben mitnehmen, auch wenn ich Dir geraten habe, nur sechs Europäer auszuwählen.

Natürlich darfst Du die Babys nicht kidnappen. Wenn Du das wunderbarste, ungewöhnlichste Kind findest, und die Eltern wollen sich nicht von ihm trennen, müssen wir darauf verzichten – nicht nur aus ehtischen Erwägungen. Dieser Punkt ist für den Erfolg unseres Projektes sehr wichtig, und Du wirst gleich verstehen, warum.

Wie wird es uns gelingen, die Kinder in unsere Obhut zu nehmen? Wir werden sie kaufen. Das muß mit brutaler Offenheit gesagt werden. Woher werden die Kinder kommen? Unglücklicherweise für die Menschheit, aber vielleicht glücklicherweise für unser Projekt, gibt es zur Zeit zahllose Kriegswaisen – und viele Eltern, die so arm und verzweifelt sind, daß sie bereit sein werden, ihre Kinder zu verkaufen, wenn sich eine Gelegenheit dazu bietet. Wenn Du ein Kind in einer solchen Situation findest, wenn das Kind sich für unser Projekt eignen würde und die Eltern gewillt sind, es zu verkaufen – dann kauf es. Der Preis spielt keine Rolle. Natürlich mußt Du in dieser Beziehung Deinen gesunden Menschenverstand einsetzen. Wenn ich sage, daß der Preis keine Rolle spielt, so meine ich, daß du hundert- bis hundertfünfzigtausend Dollar für ein Kind bezahlen kannst, ohne mit der Wimper zu zucken. Sollte sich der Preis der Millionengrenze nähern, mußt Du allerdings gründlich nachdenken. Das heißt nicht, daß wir uns weigern, eine Million zu zahlen, falls es nötig sein sollte. Aber wenn Du soviel Geld ausgibst, mußt Du schon sehr genau wissen, was Du tust. Wir haben ungeheure Summen zur Verfügung, aber es gibt da gewisse Einschränkungen.

Jedenfalls dürfen sich keine sentimentalen Hindernisse in den Weg stellen, wenn es darum geht, die Kinder zu beschaffen, und ich möchte, daß Du diesen meinen Standpunkt teilst, ebenso wie der Professor. Wir sind Wissenschaftler, und die Wissenschaft kann keine Fortschritte machen, wenn sie von Emotionen eingeengt wird. Außerdem finde ich Sentimentalitäten an sich schrecklich. Laß Dir auf jeden Fall versichern, daß wir die Kinder lieben und gut versorgen werden – in einem Maße, wie es Menschen möglich ist, die nicht die leiblichen Eltern dieser Kinder sind. Außerdem wirst Du nicht nur die

Kinder kaufen – Du wirst auch für die Kinder eine hoffnungsvolle, vielversprechende Zukunft erkaufen. Wir wollen ihnen ein wunderbares Leben bieten – das herrlichste Leben, das man sich erträumen kann.

Wenn Du ein Kind findest, das Du erwerben willst, informiere uns bitte sofort. Wir werden die Flugreise arrangieren und Dir eine Amme zur Verfügung stellen, falls dies erforderlich ist. Du kannst uns glauben, daß wir auf alle Notwendigkeiten eingerichtet sind, die mit der Babypflege zusammenhängen. Und wir werden die besten Kinderärzte der ganzen Welt engagieren. Und solltest Du selbst auf Deinen Reisen einen Arzt brauchen, wird sofort einer zu Dir fliegen.

Andererseits erwarten wir nicht, daß wir auf ärztliche Hilfe angewiesen sein werden. Wir wollen gesunde Kinder haben – das heißt, ihre Gesundheit soll nach den Maßstäben ihres Heimatlandes beurteilt werden. Es ist uns bewußt, daß ein geniales Kind, das in einer ärmlichen Region zur Welt gekommen ist, an Unterernährung leiden oder irgendwelche gesundheitlichen Schäden davongetragen haben kann. Aber mit Professor Goldbaums Unterstützung wirst Du solche Fälle sicher richtig beurteilen können.

Viel Glück, Harry! Wir verlassen uns auf Dich, und wir lieben Dich. Wir hätten uns gewünscht, daß Du zu Weihnachten bei uns gewesen wärst, doch das war leider nicht möglich, und so begleiten Dich unsere besten Weihnachtswünsche. Möge die Zukunft der Erde und allen Menschen, die guten Willens sind, Frieden bringen.

Deine Dich liebende Schwester Jean

14

Kopenhagen, Dänemark
4. Februar 1946

Auf diplomatischem Weg an Mrs. Jean Arbalaid, Washington, D. C. übermittelt

Liebe Jean,
ich habe mich anscheinend mit Deiner Top-Secret-Krankheit angesteckt, oder vielleicht bin ich auch nur irgendwie zu der Überzeugung gelangt, daß diese Sache tatsächlich geheim bleiben muß. An solche Dinge kann man kaum glauben in einer so erdverbundenen, wirklichkeitsnahen, schönen Stadt wie Kopenhagen. Wir sind nun schon drei Tage hier, und ich bin entzückt von den Dänen. Heute will ich mich endlich für ein paar Stunden hinsetzen, Dir meine diversen Abenteuer schildern und Dir mitteilen, welche Schlüsse ich daraus gezogen habe, die für Dich wertvoll sein könnten.

Meinen Telegrammen wirst du entnommen haben, daß ich mit dem Professor von einem Babymarkt zum anderen reise. Ich muß Dir sagen, daß mir dieser Einkaufsbummel keineswegs Spaß macht, aber ich habe Dir mein Wort gegeben, und ich werde es halten. Ich werde die Einkäufe in Deinem Sinne erledigen und die Ware bei Dir abliefern. Und ich muß noch hinzufügen, daß mich Deine Pläne allmählich faszinieren und daß ich Dir unter keinen Umständen erlauben werde, mich durch einen anderen Angestellten zu ersetzen.

Übrigens nehme ich an, daß ich Dir weiterhin nach Washington schreiben soll, auch wenn Dein Zentrum fertig ist. Jedenfalls werde ich das tun, solange ich keine anderen Anweisungen von Dir erhalte.

Wie Du weißt, war es nicht schwierig, den Professor zu finden. Sein Name stand nicht nur im Telefonbuch, er ist auch sehr berühmt in London. Er hat fast ein Jahr lang an einem

Kindergenesungsprojekt mitgearbeitet und irgendwo in den Ruinen von East End gewohnt, das stark zerbombt war und nur langsam wieder aufgebaut wird. Professor Goldbaum ist ein erstaunlicher kleiner Mann, und ich habe ihn inzwischen liebgewonnen. Und er ist gerade dabei, zu lernen, mich zu tolerieren.

Ich glaube, ich habe Dir telegrafiert, daß ich ihn zum Dinner ins Simpson einlud – nur um zu erfahren, daß er Vegetarier ist. Aber als ich Deinen Namen erwähnte, war er wie verwandelt. Ich hatte keine Ahnung, wie bekannt Du in gewissen Kreisen bist, liebe Schwester. Professor Goldbaum starrte mich voller Ehrfurcht an, nur weil Du und ich dieselben Eltern hatten. Andererseits wächst mein Respekt vor bescheidenen Wissenschaftlern. Das zweite Treffen mit Professor Goldbaum fand auf der Terrasse des Unterhauses statt. Dieser kleine Bursche, der in jeder Menschenmenge untergehen würde, lud ganz beiläufig drei Parlamentarier und einen Minister Seiner Majestät ein, mit uns zu Mittag zu essen. Dabei wurde dann über Kinder diskutiert – die Fürsorge und Liebe, die sie bräuchten, über die wichtige Rolle, die sie auf unserer Welt spielen.

Was auch immer Du gegen die englische Regierung einwenden kannst, ihr Interesse für die nächste Generation ist aufrichtig, rührend, sehr groß und real. Zum erstenmal in der britischen Geschichte wird dem Durchschnittsengländer eine substantielle, adäquate und ausgewogene Diät vorgesetzt. Sie haben wunderbare Zukunftspläne, auch bezüglich der Stellung, die das Kind in der Zukunft einnehmen soll. Ich glaube, Goldbaum hat mich zu dem Essen eingeladen, damit ich von diesen Plänen erfahre. Ich weiß nicht, ob er mir vertraut. Ich meine das nicht im persönlichen Sinne – aber wer ist er, wer bin ich, und warum sollte er mir vertrauen? Eigentlich hätte er ganz recht, wenn er mir mißtrauen würde.

Bei diesem Lunch richtete er immer wieder das Wort an mich und erklärte den anderen, ich würde mich sehr für Kinder interessieren. Sie hoben die Brauen und fragten höflich, worauf sich mein Interesse gründe und was ich bezwecke.

Glaub mir, mein einziger Anspruch auf einen einigermaßen anständigen Stellenwert innerhalb der menschlichen Rasse basierte auf der Tatsache, daß ich Mrs. Jean Arbalaids Bruder bin. Als sie das erfuhren, änderte sich ihre Haltung mir gegenüber geradezu schlagartig. Ich gab mich als eine Art Amateur-Kinderpsychologe aus, der für Dich arbeitet und als Dein Assistent fungiert – und das stimmt doch, oder? Sie waren alle sehr höflich zu mir, und keiner stellte mir peinliche Fragen.

Es war ein schöner Tag, einer jener Tage, wo der Himmel in einem erstaunlichen Blau leuchtet, einer der Tage, die als willkommene Frühlingsboten gelten und die man im Februar in London nur selten erleben kann. Nach dem Lunch ging ich mit dem Professor am Bird Cage Walk spazieren, und dann wanderten wir durch den Saint James's Park zur Mall-Allee. Wir waren beide ganz locker und entspannt, und das Gefühl der Unsicherheit, das ich in Professor Goldbaum ausgelöst hatte, begann dahinzuschwinden. Ich erzählte ihm also rückhaltlos, was ich zu sagen hatte. Um die Wahrheit zu gestehen, ich hatte erwartet, daß Dein guter Ruf damit augenblicklich ruiniert wäre, aber nichts dergleichen geschah. Goldbaum lauschte interessiert, mit jeder Faser seines Seins. Er unterbrach mich nur ein einziges Mal, um mich über das Mädchen aus Assam und den kleinen Bantu-Neger zu befragen. Und das waren sehr pointierte, sorgfältig formulierte Fragen.

„Haben Sie die Kinder selbst untersucht?" wollte er wissen.

„Nicht als Arzt", entgegnete ich. „Aber ich habe sie in dem Sinne untersucht, wie ein Mensch einen anderen Menschen beobachten kann – wenn es überhaupt richtig ist, in diesem Fall von Menschen zu sprechen. Die beiden waren Tiere, die panische Angst hatten."

„Keine Tiere", verbesserte mich Goldbaum.

„Nein, natürlich nicht."

„Sehen Sie, dieser Punkt ist sehr wichtig. Sie konnten keine Tiere werden. Aber wie wurden ebenso daran gehindert, auf welche Weise auch immer, Menschen zu werden."

Das war genau der Faktor, der mir am meisten zu denken gegeben und den Professor Gojee so oft hervorgehoben hatte. Als ich meine ganze Geschichte zu Ende erzählt und sozusagen meine Karten aufgedeckt hatte, damit Professor Goldbaum sie inspizieren konnte, schüttelte er ganz einfach nur den Kopf – nicht, um seine Mißbilligung kundzutun, sondern um seine Erregung und sein sprachloses Entzücken auszudrücken. Und dann fragte ich, was er von dem Projekt hielt.

„Ich brauche Zeit“, sagte er. „Das muß ich erst einmal verdauen. Aber dieser Plan ist wunderbar, Mr. Felton – wagemutig und wunderbar. Die Überlegungen, die dahinterstecken, sind keineswegs neu. Ich habe auch schon an solche Dinge gedacht – viele Anthropologen haben daran gedacht. Dieser Gedanke war im Lauf der Jahrhunderte Gegenstand vieler philosophischer Erörterungen. Schon in der Antike wurde damit spekuliert. Aber es war immer nur eine Ausgeburt der Phantasie, ein schöner Tagtraum. Aber diesen Traum zu realisieren ... Junger Mann, Ihre Schwester ist eine bemerkenswerte Frau.“

Wie Du Dir denken kannst, habe ich das Eisen geschmiedet, solange es noch heiß war. Ich erzählte ihm von deinem Zentrum und erklärte, daß du seine Hilfe brauchst – erstens, um die Kinder zu finden, und zweitens, um im Zentrum mit ihnen zu arbeiten.

„Das Zentrum ...“, sagte er nachdenklich. „Aber wie kann sie die Umwelt der Kinder verändern, die menschliche Gesellschaft, das ganze Wesen dieser Gesellschaft, die sich selber täuscht und abergläubisch, krank und irrational ist, die sich an Legenden und Phantasien und Geistergeschichten klammert? Wer kann das jemals ändern?“

Ich hatte meine Antwort parat, und die sprach ich auch aus. Ich sagte, wenn das jemand könnte, dann sei es Mrs. Jean Arbalaid.

„Sie haben großen Respekt vor Ihrer Schwester“, meinte er. „Ich habe gehört, daß sie sehr sanftmütig ist.“

„Wenn man sich ihr nicht in den Weg stellt . . . Nun, wollen Sie mit uns zusammenarbeiten, Professor? Sie hat mich gebeten, Ihnen diese Frage zu stellen."

„Wie kann ich jetzt schon darauf antworten? Sie konfrontieren mich mit dem aufregendsten Projekt der Menschheitsgeschichte – mit einer These, die nicht nur philosophischen Charakter hat, sondern zu einem pragmatischen Experiment führen soll – und dann erwarten Sie, daß ich jetzt schon ja oder nein sage? Unmöglich!"

„Also gut, dafür habe ich Verständnis. Wie lange werden Sie brauchen, um darüber nachzudenken?"

„Eine Nacht wird mir genügen. Und nun erzählen Sie mir von Kalifornien! Ich war noch nie dort, aber ich habe ein bißchen was darüber gelesen. Sagen Sie mir, was das für ein Staat ist und wie die Umgebung aussehen würde – im physikalischen Sinne. Außerdem würde ich gern noch einiges über die Beziehungen Ihrer Schwester zur ‚Army' erfahren. Die Art, wie Sie dieses Wort aussprechen, scheint anzuzeigen, daß es sich dabei um etwas ganz anderes handelt als das, was wir in Europa unter Militär verstehen."

Und so redeten wir weiter. Meine anthropologischen Kenntnisse sind bestenfalls passabel, aber ich habe alle Deine Bücher gelesen. Mein geographisches und historisches Wissen ist umfangreicher, und wenn meine Antworten vielleicht auch unbefriedigend ausfielen, soweit sie Dein Fachgebiet betrafen, so konnte er sich doch ein Bild über Deine und Marks Arbeit machen. Ebenso konnte ich ihm soziale und politische Informationen über die amerikanische Regierung und US Army geben und ihm erklären, welche Zusammenhänge zwischen der Regierung, der Army und einigen wissenschaftlichen Projekten bestehen. Er hat die außergewöhnliche Gabe, Fragen zu stellen, die genau auf die gewünschte Information abzielen, oder, wie es mir erschien, Wasser aus einem Felsen zu quetschen.

Als ich ihn verließ, versprach er mir, über alles nachzudenken. Wir verabredeten uns für den nächsten Tag. Dann würde er mich – vorausgesetzt, er wäre bereit, mit uns zusammenzuarbeiten – in seine Methode zur Feststellung des Intellektes von Kleinkindern einweihen.

Übrigens, was seine Methode betrifft – er legt großen Wert auf die Tatsache, daß er die Intelligenz nicht testet, sondern feststellt, wobei er sich einen weitgestreckten Irrtumsbereich zugesteht. Vor vielen Jahren, im Vorkriegsdeutschland, hatte er eine Liste von etwa fünfzig charakteristischen Eigenschaften, die ihm an kleinen Kindern aufgefallen waren. Diese Eigenschaften standen in irgendeiner Beziehung zu Intelligenz- und Reaktionsfaktoren. Als die Kinder, bei denen er diese Qualitäten festgestellt hatte, herangewachsen waren, wurden sie regelmäßig nach Standardmethoden getestet. Die Ergebnisse dieser Tests wurden dann mit seinen anfänglichen Beobachtungen verglichen. Daraus zog er gewisse Schlüsse, die er während der nächsten fünfzehn Jahre immer wieder überprüfte. Mit Hilfe all dieser Resultate erarbeitete er dann die Liste der Eigenschaften, die ein kleines Kind aufweisen müßte, wenn ihm ein besonders hoher Intelligenzgrad zugesprochen werden soll. Goldbaums Methode ist ebenso brillant wie einfach. Ich lege einen unveröffentlichten Artikel von ihm bei, der noch mehr ins Detail geht. Es ist wohl überflüssig, darauf hinzuzufügen, daß er mich vom Wert seiner Methode überzeugt hat.

Später, während ich ihm zusah, wie er hundertundvier britische Babys untersuchte und unser erstes „Genie“ auswählte, wurde mir erst so richtig bewußt, wie brillant dieser Mann ist. Glaub mir, Jean, alles, was Du über seine Talente gehört haben magst, kann nicht an die Wirklichkeit herankommen.

Als wir uns am nächsten Tag trafen, erklärte er sich dazu bereit, Dein Angebot anzunehmen. Und nachdem er sich dazu entschlossen hatte, kannte er keine Zurückhaltung mehr. Er scheint die Konsequenzen viel klarer als ich zu überschauen, und er teilte mir mit großem Ernst mit, was seine Mitarbeit an Deinem Experiment zu bedeuten hätte. Danach schrieb ich mir auf, was er gesagt hatte:

„Sie müssen Ihrer Schwester gegenüber betonen, daß mir die Entscheidung nicht leichtgefallen ist. Wir werden mit der menschlichen Seele experimentieren – vielleicht sogar mit dem Schicksal des Menschen. Das Projekt kann fehlschlagen – aber wenn es Erfolg hat, wird es das wichtigste Ereignis unseres Zeitalters sein, viel wichtiger und folgenschwerer als dieser schreckliche Krieg, den wir hinter uns haben. Und Sie müssen ihr noch etwas sagen. Ich hatte eine Frau und drei Kinder. Sie wurden getötet, weil sich ein ganzes Volk in Tiere verwandelt hatte. Ich habe überlegt und diese Transformation beobachtet – diese unglaubliche, monströse Massentransformation, in deren Verlauf Menschen zu Bestien wurden. Und ich wäre nicht am Leben geblieben, wenn ich nicht geglaubt hätte, daß dieses Wesen, das sich in ein Tier verwandeln kann, auch menschliche Züge annehmen könnte. Wir – die derzeitige Erdbevölkerung – sind weder Tiere noch Menschen. Wenn ich das Wort ‚Mensch' benutze, so spreche ich es voller Stolz aus. Menschsein – das ist ein Ziel, das wir erreichen wollen, keine bestehende Tatsache. Es ist ein Traum, keine Realität. Der Mensch existiert nicht. Aber wir glauben, daß er existieren könnte. Und wenn wir den Menschen wieder ins Leben rufen wollen, müssen wir demütig sein. Wir sind nur Werkzeuge, keine Schöpfer, und wenn wir Erfolg haben, werden wir selbst viel weniger sein als die Resultate unserer Arbeit. Sie müssen Ihrer Schwester auch sagen, daß die Verpflichtung, die ich heute eingehe, zeitlich unbegrenzt ist. Ich bin nicht mehr jung, und wenn wir das Experiment richtig durchführen, wird ihm der Großteil, vielleicht der ganze Rest meines Lebens geweiht sein. Es fällt mir nicht leicht, Ihrer Schwester den Rest meiner Existenz zu widmen – aber ich tue es trotzdem."

Er ist genau der Mann, den du brauchst, Jean, und wie ich schon sagte – ein brillanter Wissenschaftler. Ich habe seine Ausführungen wortwörtlich wiedergegeben. Er sprach auch über die künftige Umwelt der Kinder, über die Weisheit, die Urteilskraft und die Liebe, die man einsetzen muß, um diese

Umgebung zu schaffen. Er weiß natürlich, daß wir dazu gezwungen sein werden, uns bei der Suche nach geeigneten Kindern hauptsächlich auf ererbte Talente zu stützen. Er negiert den Faktor des Erbguts keineswegs, betont aber, daß ein Erbe ohne die richtige Umgebung nicht zur Entfaltung kommen kann. Es würde uns sicher helfen, wenn Du mir genauere Informationen über das geplante Zentrum schicken würdest. Vielleicht könnte Dir Professor Goldbaum noch einige wertvolle Ratschläge geben, während die Anlage gebaut wird.

Inzwischen haben wir Dir vier Kinder geschickt. Morgen fliegen wir nach Rom, und danach geht's nach Casablanca. Wir werden mindestens zwei Wochen in Rom bleiben, Du kannst mir also dorthin schreiben oder telegrafieren. Die Botschaft wird über meinen genauen Aufenthaltsort informiert sein.

Erfüllt von größerem Ernst denn je und keineswegs sorgenfrei,

Harry

15

Via Washington, D. C.
11. Februar 1946

Auf diplomatischem Weg an Mr. Harry Felton, Rom, Italien, übermittelt

Lieber Harry,
hier sind ein paar Informationen über das Reservat – nicht annähernd so viele, wie ich Dir gern geben würde, aber sie dürften vorerst genügen, so daß sich Professor Goldbaum ein Bild machen kann. Wir sind tief beeindruckt von den enthusiastischen Worten, die Du für diesen Mann gefunden hast, und

wir können es kaum erwarten, bis er seine Arbeit in Europa beenden und bei uns in Amerika eintreffen wird. Übrigens ist er bisher unser einziger Mitarbeiter. Das werde ich später noch genauer erläutern. Inzwischen haben Mark und ich Tag und Nacht am Zentrum gearbeitet, und nun will ich schildern, was wir zu erreichen hoffen und wie die Umgebung aussehen soll, in der die Kinder aufwachsen und erzogen werden sollen.

Das ganze Reservat wird von einem etwa elf Fuß hohen Drahtzaun umgeben sein, wie ein Tennis- oder ein Spielplatz. Der obere Rand des Zauns wird unter Strom stehen, außerdem wird er vierundzwanzig Stunden am Tag von Army-Einheiten bewacht werden. Die Wachtposten dürfen aber nur bis auf dreihundert Yards an den Zaun herankommen. Sie werden die strikte Order erhalten, unter keinen Umständen näher zu kommen. Am Außenrand dieses Gürtels, der dreihundert Yards breit sein wird, soll ein zweiter Zaun errichtet werden – ein gewöhnlicher Weidenzaun. Die Wachtposten werden außerhalb dieses Zauns patrouillieren und nur unter besonderen Bedingungen die Erlaubnis erhalten, auf die Innenseite des Zauns ins neutrale Gebiet zu kommen. Auf diese Weise hoffen wir, unterstützt durch dichte Vegetation, daß die Kinder in den ersten zehn Jahren keinen einzigen Soldaten sehen werden. Sie sollen nicht einmal ahnen, daß außerhalb des Zauns bewaffnete Männer patrouillieren.

In unserem Reservat wollen wir nicht nur Wohnhäuser und Schulgebäude errichten, sondern auch Werkshallen, in denen man zum Beispiel das Steinmetzhandwerk, Holzschnitzen, Spinnen und Weben erlernen kann – mit anderen Worten, fast alles, was man zu einem unabhängigen Leben braucht. Das bedeutet nicht, daß wir überhaupt keine Verbindung zur Außenwelt haben werden. Man wird uns ständig mit Material und anderen Dingen beliefern müssen, die wir nicht selbst produzieren können.

Was nun die Bewohner des Reservats angeht – wir werden dreißig bis vierzig Lehrer oder Gruppeneltern einstellen, junge

Ehepaare, die Kinder lieben und bereit sind, sich diesem Projekt mit Leib und Seele zu verschreiben. Es wird nicht einfach sein, solche Leute zu finden, denn die Verpflichtung, die sie eingehen müssen, bedeutet eine noch größere Selbstaufgabe als die Einberufung in die Army vor fünf Jahren. Wir werden den Ehepaaren, die sich auf unsere Anzeige hin melden, mit allem Nachdruck sagen, daß sie uns mindestens fünfzehn Jahre lang zur Verfügung stehen müssen und im Höchstfall vielleicht sogar ihr ganzes restliches Leben bei uns verbringen werden. Mit anderen Worten, die Menschen, die zu uns kommen, werden sozusagen den Planeten Erde verlassen, ihre Freunde, ihre Verwandten, nicht nur für Tage, Monate oder Jahre, sondern vielleicht für immer. Es ist ungefähr genauso, als würdest Du zwanzig Ehepaaren vorschlagen, auf einen unbewohnten Planeten zu emigrieren, ohne die Möglichkeit, auf die Erde zurückzukehren.

Kannst Du Dir vorstellen, was das bedeutet, Harry? Kannst Du Dir vorstellen, wieviel Enthusiasmus diese Leute mitbringen müssen? Du wirst vielleicht sagen, daß wir solche Personen niemals finden werden, doch da täuschst Du Dich. Wir haben auf der ganzen Welt nach geeigneten Elternpaaren gesucht, ebenso wie nach Kindern. Und nun haben wir bereits zwölf Ehepaare aus verschiedenen Nationen engagiert – ganz großartige Menschen. Unsere freudige, erwartungsvolle Erregung wächst mit jedem Schritt, den wir unternehmen. Du mußt bedenken, daß es nicht genügt, Leute zu finden, die bereit sind, sich ganz in den Dienst der Sache zu stellen. Sie müssen außerdem einzigartige Qualifikationen besitzen. Und die Tatsache, daß wir schon so viele qualifizierte Personen gefunden haben, beglückt uns und bestärkt uns im Glauben an unseren Erfolg.

Zu Beginn des Experiments müssen wir davon ausgehen, daß irgendwann während der sogenannten zivilisierten Kindesentwicklung etwas schiefläuft – auf tragische Weise schiefläuft. Deshalb wollen wir zu antiquierten Gesellschaftsformen zurückkehren. Eine dieser Formen ist die Gruppenehe. Das bedeutet nicht, daß wir wahllos miteinander schlafen, aber wir wollen den Kindern das Gefühl geben, daß wir alle ihre Mütter und Väter sind, nicht dem Blute nach, sondern aufgrund der Liebe, die uns alle umschließt.

Was den Unterricht betrifft, so werden wir unseren Kindern nur die Wahrheit lehren. Wir werden ihnen nichts beibringen, von dessen Wahrheitsgehalt wir nicht restlos überzeugt sind. Sie werden nichts über Mythen, Legenden, Aberglauben, falsche Prämissen und Religionen erfahren. Es wird keine Götter, keine Geister und keine namenlosen Ängste geben. Wir werden Liebe, Mitgefühl und Kooperationsbereitschaft lehren. Und das alles werden wir in unserer Lebensweise, in allen unseren Taten demonstrieren. Wir wollen gemeinsam für größtmögliche Sicherheit und Geborgenheit kämpfen. Wir werden ihnen auch alles beibringen, was wir über die Menschheit wissen – aber erst, wenn sie dazu bereit sind, wenn sie fähig sind, mit diesem Wissen fertig zu werden. Ganz sicher werden wir ihnen nicht erzählen, was die Menschheit im Lauf ihrer Geschichte geworden ist, bevor sie ihr achtes Lebensjahr vollendet haben. Bis dahin werden sie nichts von Kriegen und Mördern erfahren, nichts wissen von diesem seltsamen Ding namens Patriotismus, von Haß- und Angstgefühlen, von den Feindseligkeiten, die zum gemeinsamen Erbe aller Menschen zählen.

Während der ersten neun Jahre, die unsere Kinder im Reservat verbringen, behalten wir die völlige Kontrolle. Wir haben bereits eine Druckerei, ein Fotolabor und ein Filmstudio eingerichtet, außerdem haben wir ein Kino gebaut. In diesen Räumlichkeiten machen wir die Fotos und drehen die Filme, die wir in den ersten Jahren als Unterrichtsmaterial brauchen werden. Wir schreiben auch unsere eigenen Lehrbücher. Wir formen die Geschichte so, wie sie den Kindern am Anfang nahegebracht werden soll – die Geschichte ihrer eigenen Personen, ihres Lebens im Reservat. Sie sollen in einer Art Utopia aufwachsen – mit Gottes Hilfe in einer Utopie ohne die tragischen Irrtümer, die der Mensch in ähnlichen Phantasiegebilden bisher begangen hat. Und wenn die Kinder stark und charakterfest genug sind, werden wir ihnen die Welt zeigen – so wie sie ist. Klingt das zu simpel oder zu anmaßend? Es tut mir leid, Harry, daß ich es nicht komplizierter darstellen kann, faszinierender, wunderbarer – aber Mark und ich sind überzeugt, daß die Essenz dessen, was wir versuchen, unglaublich einfach ist. Wir versuchen nichts weiter, als etwas loszuwerden, was sich die Menschen selbst angetan haben. Wir wollen vierzig Kinder von diesem undefinierbaren Etwas befreien, und daraus wird etwas ganz Wundervolles, unfaßbar Großartiges entstehen. Darauf hoffen wir. Aber das Reservat, das ich oben beschrieben habe, ist alles, was wir zur Erreichung dieses Zieles beitragen können, Harry. Professor Goldbaum wird das sicher verstehen und nicht mehr von uns verlangen. Es ist ohnehin sehr viel mehr, als jemals auf dieser Welt für Kinder getan wurde.

Ich wünsche Euch beiden viel Glück. Möge Eure Arbeit gut vorangehen und zu einem befriedigenden Ende kommen. Sobald Ihr fertig seid, soll Professor Goldbaum zu uns in die Staaten fliegen, um an unserem Experiment mitzuwirken. Ich bitte Dich nicht, ebenfalls daran mitzuarbeiten, Harry, und ich glaube, Du verstehst, warum ich Dich nicht in eine Lage bringen will, wo Du eine Entscheidung treffen müßtest. Ich habe erkannt, wie intensiv Du Dich für unser Experiment interessierst. Mark und ich wissen, daß Du nicht in Worte kleiden kannst, wie sehr Dich das alles berührt, aber ich kenne Dich so gut, lieber Harry, und ich habe erraten, was in Dir vorgeht. Wenn ich Dich bäte, mit uns zusammenzuarbeiten, würdest Du Dir nicht gestatten, nein zu sagen. Doch ich glaube nicht, daß Deine Straße ins Glück auf einen anderen Planeten führt. Wie immer Du in dieser Beziehung auch empfinden magst, Harry – Du bist viel zu eng mit der Realität dieser Welt verbunden, so wie sie ist. Noch hast Du nicht die Frau gefunden, die für Dich bestimmt ist – aber wenn Du sie findest, werdet Ihr beide Euren eigenen Weg gehen.

Obwohl Du versuchst, Deine Briefe in unpersönlichem Stil abzufassen, haben sie uns doch einen Hinweis auf die Veränderung gegeben, die in Dir vorgegangen ist. Weißt Du, Harry, jeder, der irgendwie mit diesem Projekt zu tun hat, beginnt sich zu verändern. Auch wir spüren diesen seltsamen Prozeß in unserem Innern.

Wenn ich ganz einfach zu Papier bringe, was wir tun und was wir in Zukunft zu tun beabsichtigen, erscheint es mir fast zu offensichtlich, um irgendeine tiefere Bedeutung zu haben. Wenn man das alles liest, kommt es einem lächerlich simpel, sinnlos und hoffnungslos vor. Was tun wir, Harry? Wir nehmen ganz einfach eine Gruppe hochbegabter Kinder in unsere Obhut, um ihnen Wissen und Liebe zu schenken. Genügt das, um zu jenem Teil des Menschen vorzudringen, der ungenutzt und unbekannt ist? Ich kann es Dir nicht sagen, Harry, aber mit der Zeit werden wir es erfahren. Bring uns die Kinder, und wir werden weitersehen. In Liebe,

Jean

16

An einem Vorfrühlingstag im Jahre 1965 flog Harry Felton von London nach Washington. Vor dem Flughafengebäude stieg er in ein Taxi und fuhr zum Weißen Haus, wo er erwartet wurde.

Felton war soeben fünfzig geworden, ein großer, attraktiver Mann, schlank, mit grauem Haar. Als Aufsichtsratsvorsitzender der Shipways AG, einer der größten Import- und Exportfirmen in den Staaten, die nicht nur in New York, sondern auch in London Büros unterhielt, durfte er von Eggerton, dem Verteidigungsminister, einen gewissen Respekt erwarten. Eggerton war ein kaltherziger, verschlossener und ziemlich unbeliebter

Mann, der häufig eine Haltung arroganter Überlegenheit annahm, und, wenn diese wirkungslos blieb, auf kontrollierte Feindseligkeit umschaltete. Doch er war klug und einfühlsam genug, um nicht den Fehler zu begehen, Felton einschüchtern zu wollen.

Statt dessen begrüßte er ihn überraschend freundlich – das heißt, in einer Attitüde, die man bei Eggerton als freundlich bezeichnen konnte. Die beiden setzten sich in ein kleines Zimmer im Weißen Haus, in dem sonst niemand anwesend war. Drinks und Sandwiches waren bereitgestellt worden – für den Fall, daß Felton hungrig war. Aber Felton war nicht hungrig. Er prostete Eggerton zu, der daraufhin das Gespräch eröffnete.

Der Verteidigungsminister sagte, daß Felton vielleicht wüßte, warum man ihn nach Washington gebeten hätte.

„Das kann ich nicht behaupten“, erwiderte Felton – nicht ganz wahrheitsgemäß. Aber er mochte Eggerton nicht und fühlte sich in seiner Gegenwart unbehaglich.

„Sie haben eine erstaunliche Schwester.“

„Das weiß ich schon lange.“ Felton schien einen Augenblick lang über das nachzudenken, was er soeben gesagt hatte, dann lächelte er. Was immer ihn auch belustigte, es blieb Eggerton verborgen, der ihn nach einer Weile fragte, ob seine Bemerkung irgendwie komisch gewirkt hätte. „Keineswegs“, sagte Felton mit ernster Miene.

„Sie sind sehr vorsichtig, Mr. Felton“, meinte der Minister, „aber Sie haben sich vermutlich zur Schweigsamkeit erzogen. Soviel wir feststellen konnten, hat nicht einmal Ihre Familie vom Übermenschen gehört. Das ist sehr lobenswert.“

„Vielleicht – vielleicht auch nicht“, erwiderte Felton kühl. „Das alles ist schon so lange her. Aber wieso konnten Sie ‚feststellen‘, daß ich verschwiegen bin? Das würde mich interessieren, Sir.“

„Bitte, seien Sie nicht so naiv, Mr. Felton.“

„Ich habe mich mein Leben lang bemüht, naiv zu sein. Und

es ist wirklich nicht sehr taktvoll von Ihnen, daß Sie mich nun bitten, meine Gepflogenheiten zu ändern. Ich finde, ein gewisser Grad an Naivität paßt zu meiner Schweigsamkeit. Aber was hat das alles zu bedeuten, Sir? Wurde meine Post kontrolliert?“

„Hin und wieder“, gab der Minister zu.

„Wurden Wanzen in meinen Büros angebracht?“

„Gelegentlich.“

„Auch in meinem Haus?“

„Es gab gewisse Gründe, die uns veranlaßten, Sie ständig zu beobachten, Mr. Felton. Wir tun, was nötig ist. Und was wir tun, wurde durch eine völlig überflüssige Publicity allgemein bekannt. Ich sehe also keinen Sinn darin, daß Sie den Unwissenden mimen.“

„Ich bin sicher, daß es nötig ist, was Sie tun.“

„Wir müssen es tun – und ich hoffe, daß unsere heutige Unterredung nicht dadurch beeinflußt wird.“

„Bestimmt nicht. Aber was soll dieses Gespräch? Worüber wollen wir überhaupt reden?“

„Über Ihre Schwester.“

Felton nickte. „Ich verstehe – über meine Schwester.“ Er schien nicht überrascht zu sein.

„Haben Sie in letzter Zeit von Ihrer Schwester gehört, Mr. Felton?“

„Nein, Sie hat sich seit einem Jahr nicht mehr gemeldet.“

„Macht Ihnen das keine Sorgen?“

„Was soll mir denn Sorgen machen?“

„Daß Ihre Schwester nichts mehr von sich hören läßt.“

„Sollte mich das alarmieren? Nein, es alarmiert mich nicht. Meine Schwester und ich stehen uns sehr nahe, aber ihr Projekt läßt keine häufigen verwandtschaftlichen Kontakte zu. Außerdem habe ich meinen Wohnsitz in England. Wenn ich auch sehr oft nach Amerika fliege, so verbringe ich doch den Großteil meiner Zeit in London und Paris. Es gab schon früher längere Perioden, in denen ich nichts von meiner Schwester hörte. Wir sind beide ziemlich schreibfaul.“

„Ich verstehe“, sagte Eggerton.

„Ich muß also annehmen, daß meine Schwester der Grund dieser Unterredung ist?“

„Ja.“

„Geht es ihr gut?“

„Ja, soweit wir das feststellen konnten.“

„Und was kann ich für Sie tun?“

„Sie können uns helfen“, antwortete Eggerton mit ruhiger Stimme. Er mußte sich sichtlich beherrschen. Es war, als hätte er sich vor diesem Treffen eingetrichtert, daß er unter keinen Umständen die Fassung verlieren dürfte, daß es unbedingt erforderlich wäre, kontrolliert, kühl und höflich zu bleiben. „Ich werde Ihnen erzählen, was geschehen ist, Mr. Felton, und danach können Sie uns vielleicht helfen.“

„Vielleicht“, stimmte Felton zu. „Sie müssen wissen, Mr. Eggerton, daß ich weder Ihre Methoden noch Ihre offenkundige Zielsetzung schätze. Sie irren sich, wenn Sie mich als Verbündeten betrachten. Ich habe die ersten vierundzwanzig Jahre meines Lebens in den Staaten verbracht. Seither lebe ich im Ausland und komme nur zu Besuch hierher. Sie können also nicht von mir erwarten, daß ich patriotische Gefühle hege. Ich fürchte, ich bin ein totaler Internationalist.“

„Das überrascht mich nicht, Mr. Felton.“

„Damit hätte ich auch nicht gerechnet. Sie haben sicher meine Lebensumstände und meine Denkungsart genau überprüft und vermutlich auch Tonbandaufnahmen von meinen Gesprächen mit intimen Freunden gehört, so daß Sie genau wissen, welche Standpunkte ich vertrete.“

Der Verteidigungsminister lächelte, als wollte er andeuten, daß sogar er, der Verteidigungsminister, Sinn für Humor habe. „So schlimm war es nun auch wieder nicht, Mr. Felton, aber es freut mich, daß Sie so großen Respekt von unseren Methoden haben. Es stimmt, daß wir eine ganze Menge über Sie wissen, und es stimmt auch, daß wir voraussehen können, welchen Standpunkt Sie in dieser oder jener Angelegenheit vertreten werden. Aber wir wollen nicht an Ihren Patriotismus appellieren, sondern an gewisse Dinge, die Ihnen wichtig sind."

„Zum Beispiel?"

„Wir appellieren an Ihre Menschlichkeit, an Ihr Gefühl für menschliche Anständigkeit, an Ihr Bedürfnis, die Zukunft der Menschheit zu schützen – dergleichen überwindet alle nationalen Grenzen. Dieser Meinung sind Sie doch auch, Mr. Felton?"

„O ja."

„Also gut. Sprechen wir einmal über das Projekt Ihrer Schwester, ein Projekt, an dem sie nun schon seit vielen Jahren arbeitet. Ich brauche da nichts zu vertuschen, denn Sie wissen darüber sicher genauso gut Bescheid wie die Regierung, vielleicht sogar noch besser, weil Sie am Anfang an der Verwirklichung dieser Pläne mitgewirkt haben. Damals waren Sie ein Angestellter Ihrer Schwester. Wenn ich nicht irre, bestand ein Teil Ihrer Mission darin, gewisse Kinder zu ihr zu bringen, die sie für ihr Experiment brauchte."

„Ihr Tonfall erweckt den Eindruck, als hätten wir diese Kinder am Spieß grillen und verschlingen wollen", entgegnete Felton lächelnd. „Aber ich kann Ihnen versichern, daß das nicht der Fall war. Wir waren weder Kidnapper noch Kannibalen. Unsere Motive waren durchaus moralisch."

„Da bin ich sicher."

„Sie sagen das so, als wären Sie sich keineswegs sicher."

„Vielleicht hege ich gewisse Zweifel – und vielleicht werden Sie meine Skepsis teilen, wenn Sie mir zugehört haben, Mr. Felton. Ich finde, Sie sollten eigentlich erkennen, daß ein Projekt wie das Experiment Ihrer Schwester entweder sehr ernst genommen werden oder als völlig lächerlich abgetan werden mußte. Bis zum heutigen Tag hat es die Regierung der Vereinigten Staaten über hundertvierzehn Millionen Dollar gekostet, und so was kann man nicht als lächerlich abtun."

„Ich hatte keine Ahnung, daß es so teuer war. Andererseits haben Sie vielleicht etwas bekommen, daß diese hundertvierzehn Millionen wert ist."

„Das bleibt dahingestellt. Sie verstehen natürlich, daß die Einzigartigkeit des Projekts hauptsächlich in seiner Exklusivität liegt. Ihre Schwester hat immer wieder erklärt – und das tut sie auch heute noch –, daß der Erfolg des Experiments von seiner Exklusivität abhängt, von einem völlig abgeschlossenen Reservat. Wir waren gezwungen, ihre Forderungen zu akzeptieren – falls wir mit dem Projekt einverstanden waren. Und die Leute, die das Projekt unterstützten, waren offensichtlich mit allem einverstanden. Ich sage ‚wir', Mr. Felton, weil dieses Wort in Regierungskreisen stets benutzt wird. Aber wie Sie wissen, wurde das Reservat vor fast zwanzig Jahren gegründet, und damals gehörte ich der Regierung noch nicht an. Wir gingen also auf die Forderungen Ihrer Schwester ein, erklärten uns bereit, während eines Zeitraums von fünfzehn Jahren keine Beobachter in das Reservat zu schicken. Natürlich fanden während dieser fünfzehn Jahre viele Gespräche mit Mr. und Mrs. Arbalaid sowie einigen ihrer Mitarbeiter statt, unter anderem auch mit Dr. Goldbaum."

„Dann wissen Sie sicher mehr über meine Schwester als ich", sagte Felton. „Ich habe Sie seit der Gründung des Reservats nur ein einziges Mal gesehen."

„Das ist uns bekannt. Trotzdem sind wir nicht sonderlich gut informiert, Mr. Felton. Bei diesen Gesprächen berichtete man uns nur in höchst nebelhaften, vagen Worten über die Fortschritte, die man im Reservat erzielt hatte. Man gab uns zu verstehen, daß man zu lohnenden, aufregenden Ergebnissen gelangt sei – aber das war auch schon alles."

„Das war zu erwarten, denn das ist nun mal die Methode, nach der meine Schwester arbeitet. Die meisten Wissenschaftler arbeiten so. Sie konzentrieren sich auf ein Projekt, das sie als etwas ganz Besonderes betrachten, das kompliziert und sehr schwierig zu erklären ist. Sie erstatten nicht gern Bericht über die einzelnen Stationen ihrer Experimente. Sie wollen ihre Arbeit abschließen und Resultate vorweisen können, bevor sie damit an die Öffentlichkeit treten."

„Das weiß ich, Mr. Felton, und wir haben uns auch an unseren Teil der Vereinbarung gehalten. Nachdem die fünfzehn Jahre verstrichen waren, teilten wir Ihrer Schwester und ihrem Mann mit, daß sie sich nun ebenfalls an die Abmachung halten und uns gestatten müßten, Beobachter in das Reservat zu schicken. Wir waren so liberal und flexibel, wie man es in unserer Position nur sein kann. Wir sagten ihnen, sie dürften sich die Beobachter aussuchen, sie könnten bestimmen, was unser Team sehen dürfte und was nicht, welche Fragen es stellen dürfte – aber wir würden unsere Leute auf alle Fälle in das Reservat schicken."

„Und haben Sie es getan?" erkundigte sich Felton.

„Nein, und das ist auf die Überredungskunst Ihrer Schwester und Ihres Schwagers zurückzuführen. Sie flehten uns an, ihnen noch etwas mehr Zeit zu geben, sonst sei der Erfolg des ganzen Projekts gefährdet. Die beiden argumentierten so überzeugend, daß wir ihnen eine Frist von weiteren drei Jahren gewährten. Diese Gnadenfrist ist vor ein paar Wochen abgelaufen. Mrs. Arbalaid kam nach Washington und bat um eine weitere Frist. Ich nahm an jenem Gespräch teil, und ich kann Ihnen versichern, Mr. Felton, ich habe nie zuvor erlebt, daß sich eine Frau mit soviel Enthusiasmus und Beharrlichkeit für ihre Sache eingesetzt hätte."

Felton nickte. „Ich kann mir vorstellen, daß meine Schwester alle Register gezogen hat. Haben Sie ihrer Bitte entsprochen?"

„Nein."

„Sie haben alle ihre Vorschläge abgelehnt?"

„Nicht alle. Als sie erkennen mußte, daß wir nicht nachgeben würden, bat sie uns, ihr wenigstens noch zehn Tage Zeit zu geben, damit sie die Angelegenheit mit ihrem Mann besprechen und die beiden Beobachter auswählen könnte, die das Team bilden sollten. Diesen Wunsch haben wir erfüllt. Und dann kehrte sie nach Kalifornien zurück . . ."

„Und was geschah dann?" fragte Felton. „Hat meine Schwester kompetente Beobachter ausgesucht?"

„Sie wissen es nicht?“

„Ich weiß einiges, aber ich fürchte, ich weiß nichts, was Sie in diesem Augenblick interessieren könnte. Und ich weiß ganz bestimmt nicht, was geschehen ist.“

„Das war vor drei Wochen bei uns, Mr. Felton. Sie hat keine Beobachter ausgesucht und auch keine Verbindung mehr mit uns aufgenommen.“

„Wie merkwürdig ...“

„Das ist allerdings merkwürdig, Mr. Felton, viel merkwürdiger, als Sie sich das vorstellen können.“

„Was taten Sie, als die zehn Tage vorbei waren und meine Schwester sich nicht gemeldet hatte?“

„Wir warteten noch ein paar Tage, dann versuchten wir Kontakt mit ihr aufzunehmen.“

„Und?“

„Es war unmöglich. Wissen Sie was, Felton? Wenn ich daran denke, was ich Ihnen jetzt erzählen werde, komme ich mir wie ein verdammter Narr vor. Und ich habe auch ein bißchen Angst. Ich weiß nicht, welche Empfindung vorherrscht – die Angst oder das Gefühl, ein Narr zu sein. Als wir Ihre Schwester nicht erreichen konnten, fuhren wir natürlich zum Reservat.“

„Sie waren also dort.“

„Ja, wir waren dort.“

„Und was haben Sie festgestellt?“

„Nichts.“

„Ich verstehe nicht“, sagte Felton.

„Habe ich mich nicht klar ausgedrückt, Mr. Felton? Wir waren dort und haben nichts festgestellt.“

„Oh ...“

„Sie scheinen nicht überrascht zu sein, Mr. Felton.“

„Ich habe schon längst aufgehört, mich über meine Schwester zu wundern. Das Reservat war also leer, Mr. Eggerton?“

„Nein, so meine ich das nicht. Ich wünschte zu Gott, es wäre so gewesen. Ich wünschte, es wäre so einfach, so erklärbar gewesen. Ich wünschte, wir könnten von der Tatsache ausgehen, daß Ihre Schwester und Ihr Schwager zwei clevere, skrupellose Schwindler sind, die der Regierung hundertvierzehn Millionen Dollar abgenommen haben. Das wäre uns ein reines Vergnügen gewesen, Mr. Felton. Das hätte unsere Herzen erwärmt – im Vergleich zu dem, was wir vorgefunden haben. Wir wissen nämlich nicht, ob das Reservat leer ist oder nicht, Mr. Felton, weil das Reservat nicht da ist."

„Was?"

„Es ist genauso, wie ich sagte. Das Reservat ist nicht da."

„Ach, kommen Sie!" rief Felton lächelnd. „Meine Schwester ist zwar eine bemerkenswerte Frau, aber sie kann kein Grundstück von achttausend Morgen verschwinden lassen."

„Ich finde Ihren Humor im Augenblick nicht sonderlich amüsant, Mr. Felton."

„Nein, natürlich nicht – tut mir leid. Ich sehe ein, daß dies wohl kaum der richtige Moment ist, um Witze zu machen. Aber – was soll ich dazu sagen, wenn Sie behaupten, daß achttausend Morgen Land verschwunden sind? Was ist denn nun an dieser Stelle? Ein großes Loch?"

„Scherzen Sie immer noch, Mr. Felton?"

„Wie soll ich denn nach Ihrer Meinung reagieren?"

„Oh, Sie sind natürlich im Recht, Mr. Felton. Wenn die Zeitungen von der Sache Wind bekämen, würden sie noch ganz anders reagieren."

„Wie wäre es denn, wenn Sie mir das alles mal erklären würden? Wir wissen beide nicht, was wir voneinander zu halten haben. Vielleicht nehmen wir uns gegenseitig auf den Arm – vielleicht auch nicht. Reden wir doch mal vernünftig miteinander, und drücken wir uns so aus, daß einer den anderen versteht."

„Also gut", sagte der Minister. „Ich will es versuchen ... Ich kann es nicht erklären, denn es geht über mein Begriffsvermögen hinaus, aber ich will es Ihnen beschreiben. Das Reservat liegt im Fulton National Forest, einem hügeligen Land mit Mammutwäldern. Es ist ein nierenförmiges Gebiet und allein schon durch seine landschaftlichen Eigenheiten von der Außenwelt abgeschlossen. Es ist ein großes Tal, das Hügel, kleinere Täler, Ebenen und Gewässer enthält, und es wurde von einem Zaun umgeben, von einer dreihundert Yards breiten neutralen Zone, die von den Wachtposten der Army nicht überschritten werden darf. Letzte Woche fuhr ich mit unserem Inspektionsteam hin – mit General Myers, zwei Army-Ärzten, dem Psychiater Gorman, Senator Totenwell vom Komitee unserer gesamten Streitkräfte und Lydia Gentry, unserer Unterrichtsministerin. Sie müssen zugeben, daß wir ein kompetentes, intelligentes Team gebildet haben, das einen guten Querschnitt durch die amerikanische Gesellschaft darstellte. Zumindest meiner Ansicht nach. Ich verehre die amerikanische Gesellschaft noch immer."

„Ich teile Ihre Bewunderung, Sir, wenn nicht sogar Ihre Verehrung. Aber ich finde, dieses Gespräch sollte nicht zu einem Wettstreit zwischen uns beiden ausarten, in dem es um unsere Einstellung gegenüber den Vereinigten Staaten geht."

„Das liegt keineswegs in meiner Absicht, Mr. Felton. Lassen Sie mich fortfahren. Wir flogen nach Kalifornien, und dann legten wir die sechzig Meilen bis zum Reservat in zwei Regierungsautos zurück. Nur eine einzige Straße führt ins Reservat, eine Sandstraße, die bewacht wird. Der Posten hielt uns natürlich auf. Er tat nur seine Pflicht. Das Reservat lag direkt vor uns. Der Sergeant kam auf uns zu, und in diesem Augenblick verschwand das Reservat."

„Hören Sie doch mit dem Unsinn auf!"

„Ich versuche vernünftig mit Ihnen zu reden und höflich zu sein, Mr. Felton, und ich glaube, das gleiche kann ich auch von Ihnen erwarten. Ich sagte, daß das Reservat verschwunden ist."

„Einfach so?" flüsterte Felton. „War da kein Lärm – keine Explosion – kein Erdbeben?"

„Kein Lärm, keine Explosion, kein Erdbeben, Mr. Felton. Eben noch lag ein Mammutwald vor uns – und im nächsten Augenblick ein graues Nichts."

„Nichts – das ist keine Tatsache, Sir. Nichts ist nicht einmal eine Beschreibung. Nichts ist nur ein äußerst abstraktes Wort."

„Ich weiß kein anderes Wort, das dieser Situation entsprechen würde."

„Sie sagen also, da war ein Nichts. Was meinen Sie damit? Haben Sie versucht, das Gebiet zu betreten – durch dieses Nichts hindurchzugehen?"

„Ja, Sie können sicher sein, daß wir das versucht haben, Mr. Felton. Und seither haben das die namhaftesten amerikanischen Wissenschaftler versucht. Ich prahle nicht gern mit meiner Tapferkeit, aber ich darf wohl behaupten, daß ich kein Feigling bin. Aber glauben Sie mir, es dauerte eine ganze Weile, bis ich genügend Mut aufbrachte, um zum Rand dieses grauen Nichts zu gehen und es zu berühren."

„Und dann haben Sie es berührt?"

„Ich habe es berührt."

„Wenn es ein Nichts war, hätten Sie es nicht berühren können. Und wenn Sie es berühren konnten, muß es etwas gewesen sein – ganz gewiß kein Nichts."

„Wenn Sie so wollen, dann war es eben etwas. Es hat mir drei Finger verbrannt." Eggerton streckte seine rechte Hand aus. Drei Finger waren mit Brandblasen übersät.

„Ich spürte keine Hitze und keine Kälte – trotzdem habe ich mir die Finger verbrannt. So was kann einen ganz schön umhauen, Felton."

„Natürlich."

„Da bekam ich's mit der Angst zu tun. Ich glaube, wir alle hatten Angst. Und wir haben immer noch Angst. Verstehen Sie das, Mr. Felton? Es ist heutzutage äußerst diffizil, das Gleichgewicht der Mächte auf dieser Welt zu halten. Wenn wir erfahren, daß die Chinesen Atomwaffen entwickelt haben, fürchten wir uns. Unsere diplomatische Attitüde muß diese Furcht reflektieren, unsere diplomatischen Beziehungen zu den Chinesen müssen sich ändern. Als die Franzosen anfingen, Atomwaffen zu horten, hat sich unsere Haltung gegenüber den

Franzosen geändert. Wir sind eine pragmatische, realistische Regierung, Mr. Felton. Wir leugnen unsere Angst nicht, wir erkennen die Macht anderer Nationen an. Wir haben Respekt vor der Angst und vor der Macht. Und wir haben sehr große Angst vor diesem verdammten Ding da draußen in Kalifornien."

„Ich brauche Sie wohl nicht zu fragen, ob Sie versucht haben, irgendwelche Maßnahmen zu ergreifen."

„Wir haben alles versucht, Mr. Felton. Wissen Sie, ich schäme mich ein bißchen, das zu sagen, und es ist ganz gewiß nicht für die Ohren der Öffentlichkeit bestimmt ... Sie werden doch sicher meine Bitte in dieser Hinsicht erfüllen?"

„Ich bin nicht als Reporter hierhergekommen."

„Natürlich nicht. Aber diese Sache ist äußerst delikat. Sie fragen, ob wir versucht haben, irgendwelche Maßnahmen zu ergreifen. Wir haben alles mögliche versucht. Wir haben sogar eine kleine Atombombe abgeworfen. Ja, Mr. Felton. Wir haben vernünftige und verrückte Versuche unternommen. Wir gerieten in Panik, fanden unsere Fassung wieder, taten alles, was wir nur konnten – es war sinnlos."

„Haben Sie die Angelegenheit geheimgehalten?"

„Ja, bisher schon, Mr. Felton. Sie können sich nicht vorstellen, an wie vielen Drähten wir ziehen mußten, um das alles geheimhalten zu können. Wir mußten unseren ganzen Einfluß einsetzen – und bisher ist es uns gelungen."

„Wie steht es mit Flugzeugen? Haben Sie das Gebiet überflogen?"

„O ja. Aber wenn man über ein Nichts hinwegfliegt, sieht man nichts. Wie gesagt, das Reservat liegt in einem Tal, und wenn man es überfliegt, sieht man einen grauen Nebel, der dieses Tal auszufüllen scheint. Vielleicht ist es wirklich ein Nebel ..."

Felton lehnte sich nachdenklich zurück.

„Nehmen Sie sich Zeit", sagte der Minister. „Wir drängen Sie nicht, Mr. Felton, und glauben Sie mir, wir wollen Sie nicht unter Druck setzen. Wir wollen, daß Sie mit uns zusammenarbeiten – und wenn Sie wissen, was das alles zu bedeuten hat, dann möchten wir, daß Sie es uns erklären."

„Was glauben denn Ihre Leute, was es sein könnte?"

Eggerton lächelte kühl und schüttelte den Kopf. „Sie wissen gar nichts. Zuerst dachten sie, es würde sich um eine Art Kraftfeld handeln. Seither habe ich gelernt, daß ‚Kraftfeld' ein Terminus für ein Gebiet ist, wo positive Aktionen stattfinden, von denen man nicht allzuviel versteht. Aber als sie versuchten, das Rätsel auf mathematischem Weg zu lösen, funktionierte die Mathematik nicht. Als man Computer einsetzte, weigerte sich die Mathematik immer noch zu funktionieren. Ich habe nicht viel Ahnung von Mathematik, Mr. Felton. Ich bin kein Physiker und auch kein Mathematiker, und ich erzähle Ihnen nur, was man mir gesagt hat. Das Ding ist kalt, und über diese Tatsache regen sich die Leute furchtbar auf. Das scheint sie maßlos zu verwirren. Es ist schrecklich kalt. Glauben Sie nicht, daß ich konfuses Zeug von mir gebe, Mr. Felton. Wie gesagt, ich bin kein Naturwissenschaftler und kein Mathematiker, aber ich kann Ihnen versichern, daß die Naturwissenschaftler und Mathematiker das gleiche konfuse Zeug brabbeln. Was mich betrifft, so habe ich die Nase voll davon. Ich will nichts mehr von diesem Gequatsche akzeptieren, und ich will auch keine Entschuldigungen mehr hören. Und deshalb haben wir beschlossen, Sie nach Washington zu holen und mit Ihnen zu reden. Wir dachten, Sie würden vielleicht wissen, was das für ein Ding ist, das uns den Zugang zum Reservat versperrt – Sie könnten uns sagen, was man bloß tun muß, um es auszuschalten ..."

„Ich habe nicht die leiseste Ahnung, was es ist", erwiderte Felton, „aber wenn ich es wüßte – warum glauben Sie, ich würde Ihnen sagen, wie man es loswird?"

„Sie glauben doch nicht, daß dieses Ding seine Berechtigung hat!"

„Wie kann ich feststellen, ob es gut oder schlecht ist? Ich

weiß ja nicht einmal, was es ist – und ich bin mir heutzutage auch nicht mehr sicher, ob ich noch weiß, was gut oder schlecht ist."

„Dann können Sie uns also nicht helfen?"

„Das habe ich nicht gesagt. Vielleicht kann ich Ihnen helfen."

Zum erstenmal erwachte Eggerton aus seiner Lethargie, aus seiner Depression. Plötzlich war er erregt und von übertriebener Herzlichkeit. Er versuchte Felton einen weiteren Drink aufzuzwingen, und als sein Besucher ablehnte, bestellte er Champagner. Felton grinste ihn an, und der Minister gab zu, daß er kindisch sei. „Ach, Sie können sich gar nicht vorstellen, was für eine Last Sie mir von der Seele genommen haben, Mr. Felton."

„Ich weiß nicht, womit mir das gelungen sein sollte. Jedenfalls lag es nicht in meiner Absicht, Ihnen eine Last von der Seele zu nehmen. Und ich weiß auch gar nicht, ob ich Ihnen wirklich helfen kann. Ich habe nur gesagt, es wäre vielleicht möglich." Felton zog einen Brief aus der Tasche. „Den hat mir meine Schwester geschrieben."

„Sie haben doch behauptet, Sie hätten seit fast einem Jahr nichts mehr von ihr gehört", sagte der Minister mißtrauisch.

„Das stimmt. Diesen Brief habe ich vor einem Jahr bekommen." Feltons Stimme klang ein wenig traurig. „Ich habe ihn noch nicht geöffnet, denn sie schickte ihn mir in einem Umschlag, in dem außerdem noch ein kurzes Schreiben steckte. Darin versicherte sie mir, daß es ihr gutginge und daß sie glücklich sei, und sie bat mich, den beiliegenden Brief erst zu lesen, wenn es unumgänglich sei. So ist meine Schwester nun einmal ... Und sie weiß, daß sich unsere Gedankengänge auf den gleichen Ebenen bewegen. Ich glaube, jetzt ist der Zeitpunkt gekommen, wo es unumgänglich ist, den Brief zu lesen, finden Sie nicht auch?"

Der Minister nickte langsam, aber er sagte nichts. Er ließ

Felton nicht aus den Augen, während dieser einen Brieföffner vom Schreibtisch nahm, den Umschlag aufschlitzte und mehrere Blätter Durchschlagpapier herausholte.

Felton faltete die Blätter auseinander, dann begann er den Brief vorzulesen.

17

12. Juni 1964

Mein lieber Harry,
nun habe ich Dich seit zweiundzwanzig Jahren weder gesehen noch mit Dir gesprochen. Das ist eine sehr lange Zeit für zwei Menschen, die einander lieben und achten. Und jetzt, wo Du es für nötig hältst, diesen Brief zu lesen, müssen wir beide der Tatsache ins Auge sehen, daß wir uns wahrscheinlich nie mehr sehen werden – es sei denn, wir haben sehr viel Glück. Und ich habe so viele Wunder miterlebt, daß ich zögere, von einem weiteren zu träumen. Ich habe Deinen Briefen entnommen, daß Du eine Frau und drei Kinder hast, und ich habe ihre Fotos gesehen. Soweit ich es feststellen kann, sind sie alle wunderbare Menschen, und ich bedaure es sehr, daß ich Deine Kinder niemals sehen werde, daß ich nicht miterleben werde, wie sie heranwachsen, daß ich Deiner Frau keine Schwester sein kann.

Nur dieser Gedanke stimmt mich traurig. Ansonsten sind Mark und ich sehr glücklich – vielleicht so glücklich, wie es zwei Menschen nur sein können. Wenn Du diesen Brief gelesen hast, wirst Du verstehen, warum.

Was die Barriere betrifft – sie muß existieren, sonst hättest Du diesen Brief nicht geöffnet –, so sag ihnen, daß sie völlig ungefährlich ist. Niemand wird dadurch zu Schaden kommen. Man kann sich schlimmstenfalls ein paar Brandblasen zuziehen, wenn man sie berührt. Aber die Barriere kann nicht durchbrochen werden, denn sie ist eher eine negative als eine positive Kraft, sozusagen eine Abwesenheit und keine Präsenz. Später will ich Dir mehr darüber mitteilen, aber ich glaube nicht, daß ich es besser erklären kann. Meine physikalischen Kenntnisse sind begrenzt, und dies sind Dinge, von denen wir Menschen keine realen Vorstellungen haben. Es ist fast unmöglich, das alles in visuelle Begriffe oder für einen Laien verständliche Worte zu fassen – ich kann es jedenfalls nicht. Einige Kinder würden es Dir sicher klarmachen können. Aber dies soll mein Bericht sein – kein Bericht, den die Kinder formuliert haben.

Seltsam, daß ich sie immer noch Kinder nenne – daß sie immer noch Kinder für mich sind –, wenn in Wirklichkeit wir die Kinder sind und sie die Erwachsenen. Aber sie besitzen immer noch die Eigenschaften, die wir im besten Sinne als kindlich betrachten – jene reine Unschuld, die den Kindern in der Außenwelt so schnell abhanden kommt, wenn sie das Pubertätsalter erreichen.

Lieber Harry, ich muß Dir erzählen, was aus unserem Experiment geworden ist – zumindest teilweise. Nur teilweise – denn wie könnte ich jemals die ganze Geschichte der seltsamsten zwei Jahrzehnte niederschreiben, die der Mensch je erlebt hat? Es ist unglaublich – und doch ganz einfach. Wir nahmen wunderbare Kinder bei uns auf und schenkten ihnen ein Übermaß an Liebe, Geborgenheit und Wahrheit – aber ich glaube, es war die Liebe, die am wichtigsten war. Und weil wir ihnen diese drei Dinge schenken konnten – Liebe, Geborgenheit und Wahrheit –, konnten wir ihnen auch ihr Erbe zurückgeben. Oh, was für ein Erbe das ist, Harry!

Im ersten Jahr schickten wir die Ehepaare weg, die nicht die volle Bereitschaft zeigten, unsere Kinder zu lieben. Ich erwähne das nur, weil Du nicht glauben sollst, daß es immer einfach war, daß immer alles ganz glatt lief. Wir übersiedelten mit dreiundzwanzig Ehepaaren in das Reservat. Sechs, also zwölf Personen, bestanden unsere Prüfung nicht. Sie mußten gehen.

Aber sie sind trotzdem wunderbare Menschen, die ihr Schweigegelübde nicht gebrochen haben.

Es ist so leicht, unsere Kinder zu lieben, und es war von Anfang an leicht. Ich nenne sie unsere Kinder, Harry, denn im Lauf der Jahre wurden sie tatsächlich unsere Kinder, in jeder Beziehung. Die Kinder der Ehepaare, die hier im Reservat geboren wurden, wurden ganz einfach in die Gruppe eingegliedert. Keines hatte einen Vater oder eine Mutter. Wir alle waren Eltern für alle unsere Kinder.

Es ist sehr leicht, das alles niederzuschreiben und als Tatsache hinzustellen. Aber es war keineswegs einfach zu erreichen. Wir mußten harte Kämpfe durchstehen, unser Innerstes nach außen kehren, uns immer wieder prüfen und uns von andern prüfen lassen – wir mußten uns die Seelen und die Herzen aus dem Leib reißen, damit wir uns den Kindern als Wesen präsentieren konnten, die zumindest eine entfernte Ähnlichkeit mit Menschen haben. Wir mußten Vernunft, Wahrheitsliebe und Sicherheit ausstrahlen. Hier sind viel spektakulärere Dinge geschehen, Harry – aber vielleicht war keins davon so wunderbar wie die Tatsache, daß es uns Erwachsenen gelungen ist, uns völlig zu verwandeln, damit wir den Kindern eine Chance geben konnten.

Und wozu führte diese Chance? Soll ich Dir erzählen, daß ein fünfjähriger Indianer eine großartige Sinfonie komponierte? Soll ich von dem Bantu-Neger und der Italienerin berichten, die im Alter von sechs Jahren eine Maschine konstruierten, mit der man die Lichtgeschwindigkeit messen kann? Wirst Du es glauben, daß wir Erwachsenen ganz still und respektvoll dasaßen und zuhörten, als uns diese Sechsjährigen ihre neue Lichttheorie erklärten? Wir lauschten, und vielleicht verstanden einige von uns, worum es da ging, aber die meisten konnten es nicht begreifen. Ich begriff jedenfalls nichts davon. Ich kann nur wiederholen, was die Kinder sagten – daß die Lichtgeschwindigkeit überall konstant ist, ungeachtet der Bewegung materieller Körper, und daß man deshalb die Entfernung zwischen den Sternen nicht mit dem Maßstab der Lichtgeschwindigkeit messen kann, da die solcherart gemessene Entfernung auf unserer Seinsebene nicht existiert und auf dieser Ebene auch kein Äquivalent hat. Siehst Du irgendeinen Sinn in all dem? Ich nicht. Wenn ich mich schlecht ausgedrückt habe, ist meine Ignoranz schuld daran.

Ich habe nur diesen einen Fall geschildert. Aber ich hatte in Hunderten – nein, in Tausenden von Fällen das Gefühl, eine völlig ungebildete Frau zu sein, deren geliebtes Kind ins Wunderreich des Wissens eingeführt wurde. Ich verstehe nur sehr wenig von dem, was diese Kinder leisten. Wenn ich ein Wunder nach dem anderen schildern würde, das diese Kinder mit sechs oder sieben, mit acht oder neun Jahren vollbracht haben – Du würdest voller Mitleid an die armen, gepeinigten Kreaturen denken, deren Eltern damit prahlen, daß ihre Kinder Intelligenzquotienten von 160 oder 170 haben und im gleichen Augenblick stöhnen, weil ihnen das Schicksal keine normalen Sprößlinge geschenkt hat. Verstehst Du, was ich damit sagen will, Harry? In Deiner Welt wären unsere Kinder dazu verdammt, eine Katastrophe zu erleiden, eine schreckliche Katastrophe, die über die Superklugen, die Superempfindsamen hereinbricht, die sie entwürdigt und vernichtet – genauso, wie das indische Mädchen vernichtet wurde, das bei den Wölfen aufwuchs. Nun, unsere Kinder waren und sind ganz normale Kinder. Vielleicht sind es die ersten normalen Kinder, die diese Welt seit langer Zeit gesehen hat – seit vielen tausend Jahren. Wenn Du sie nur lachen oder singen hören könntest, würdest Du erkennen, daß ich recht habe. Wenn Du nur sehen könntest, wie groß und stark und schön sie sind, wie anmutig sie sich bewegen ... Sie sind anders als alle Kinder, die ich zuvor gekannt habe.

Ich glaube, Du wärst erst einmal schockiert, wenn Du sie sehen würdest, Harry – genauso wie ein Großteil der Leute in der Außenwelt schockiert wäre. Sie tragen fast nie Kleider. Sie haben den Sex stets als reines Vergnügen betrachtet und genießen ihn auf die gleiche natürliche Weise, wie wir essen oder trinken – noch viel natürlicher, denn wir sind nicht unersättlich, wenn wir essen oder miteinander schlafen.

Diese Kinder küssen und liebkosen einander und tun viele Dinge, die in der Außenwelt als schlecht, verboten, schmutzig und obszön gelten. Aber was immer sie auch tun, sie tun es mit Grazie und Freude, und sie haben nicht die geringsten Schuldgefühle. Sie kennen nicht einmal die Bedeutung des Wortes ‚Schuld'.

Ist das alles möglich? Ist es ein Traum – eine Illusion? Ich sage Dir, daß dies seit fast zwanzig Jahren mein Leben ist. Ich lebe mit diesen Kindern zusammen, mit Jungen und Mädchen, die niemals krank sind und keine bösen Gedanken kennen, die wie Heiden oder Götter sind – je nachdem, wie Du es betrachten willst.

Die Geschichte dieser Kinder und ihres Alltagslebens wird eines Tages erzählt werden, zum richtigen Zeitpunkt – am richtigen Ort. Ich habe weder die Zeit noch die Gabe, Dir das alles hier und jetzt zu schildern, Harry. Du mußt Dich mit den Andeutungen zufriedengeben, die ich in diesem Brief machen kann, und ich kann zusammenfassend nur feststellen, daß unsere Kinder wunderbare Talente und Fähigkeiten besitzen. Doch das steckte bereits in ihnen, als wir sie auswählten. Mark und ich haben nie bezweifelt, daß wir diese Resultate erzielen würden. Wir wußten, daß diese Kinder mehr lernen würden als die Kinder in der Außenwelt, wenn sie in der richtigen Umgebung aufwachsen könnten.

Und so war es auch. Wie hätte es anders sein können – es sei denn, Mark und ich hätten alles verdorben und uns wie sentimentale Narren benommen. Doch ich glaube nicht, daß diese Gefahr jemals bestanden hat. Ohne selbstgefällig zu sein, kann ich sagen, daß wir beide, natürlich auch Professor Goldbaum (der in all den schwierigen Jahren bei uns war) und unsere Assistenten, ganz genau wußten, was wir taten und wie wir es tun mußten.

In ihrem siebenten Lebensjahr befaßten sich die Kinder ganz selbstverständlich mit wissenschaftlichen Problemen, wie sie in der Außenwelt normalerweise nur auf Universitäten zur Sprache kommen. Aber das war zu erwarten, und wir wären sehr enttäuscht gewesen, wenn sich die Dinge anders entwickelt hätten. Es war das Unerwartete, auf das wir hofften, um das wir beteten, von dem wir träumten. Und so warteten wir auf ein Aufblühen, auf eine Entwicklung des menschlichen Geistes, die unvorhersehbar war, die wir nur auf negative Weise erfassen konnten, indem wir die Theorie aufstellten, daß eine solche Entwicklung in den Menschen der Außenwelt blockiert ist.

Und was wir ersehnt hatten, trat tatsächlich ein. Es begann mit einem Chinesenkind im fünften Jahr unserer Arbeit, zum zweitenmal tauchte es in einem amerikanischen Kind auf, zum drittenmal in einem kleinen Burmesen. Seltsamerweise fanden die Kinder selbst das gar nicht ungewöhnlich. Wir merkten erst im siebenten Jahr, was da geschah, also erst zwei Jahre, nachdem der Prozeß angefangen hatte. Und um diese Zeit war das Phänomen bereits in fünf Kindern aufgetreten. Allein schon die Tatsache, daß es so allmählich, so natürlich geschah, ist ein beruhigendes Symptom.

Ich will Dir erzählen, wie wir herausfanden, was da passierte. Mark und ich gingen an jenem Tag spazieren. Ich erinnere mich noch gut daran. Es war ein schöner, kühler, klarer, typisch nordkalifornischer Tag. Auf einer Wiese trafen wir etwa ein Dutzend Kinder. Sie saßen in zwei Gruppen im Gras. Fünf Kinder bildeten einen Kreis, ein sechstes saß in der Mitte. Die sechs steckten die Köpfe zusammen, so nah, daß sie sich fast berührten. Sie kicherten, waren fröhlich und sichtlich zufrieden. Die anderen saßen etwas abseits und beobachteten die sechs aufmerksam, ernsthaft und respektvoll.

Als wir näher traten, waren sie keineswegs alarmiert und fühlten sich auch nicht gestört. Die Zuschauer legten die Finger an die Lippen, um uns zu bedeuten, daß wir still sein sollten. Also sahen wir ebenfalls zu, ohne ein Wort zu sagen.

Nach etwa zehn Minuten sprang das kleine Mädchen in der Mitte des Kreises auf und schrie aufgeregt: „Ich habe euch gehört! Ich habe euch gehört! Ich habe euch gehört!"

Ihre Stimme klang unsagbar glücklich. Nie zuvor hatte ich einen so ekstatischen Jubelruf gehört, nicht einmal inmitten *unserer* Kinder. Die anderen umarmten und küßten das Mädchen, dann tanzten sie selig umher. Wir schauten uns das alles an, ohne unsere Überraschung und Neugier zu zeigen. Denn obwohl dies das erstemal war, daß etwas geschah, das unsere Erwartungen und unser Begriffsvermögen überstieg, hatten wir bereits besprochen, wie wir auf solche Ereignisse reagieren würden. Wir hatten beschlossen, uns so zu verhalten, als sei dieser Vorgang völlig natürlich und als hätten wir damit gerechnet.

Als die Kinder zu uns liefen, um sich beglückwünschen zu lassen, nickten wir lächelnd und sagten, es sei wirklich ganz wunderbar.

„Wer ist jetzt dran?" fragte Mark.

Sie nannten alle Männer „Vater" und die Frauen „Mutter". Ein kleiner Senegalese wandte sich zu mir und rief aufgeregt: „Jetzt bin ich dran, Mutter! Ich kann es – nun ja, ich kann es schon beinahe. Nun können mir sechs Kinder helfen, und da wird es mir viel leichter fallen."

„Seid ihr stolz auf uns?" schrie ein anderer Junge.

„Sehr stolz", sagte ich. „Wir könnten gar nicht stolzer sein."

„Werdet ihr es jetzt tun?" fragte Mark den Jungen.

„Jetzt nicht. Wir sind zu müde. Weißt du, wenn man das mit einem Anfänger macht, ist es schrecklich anstrengend. Wenn er es schon kann, ist es nicht mehr so ermüdend – nur beim erstenmal."

„Und wann werdet ihr es wieder tun?" wollte ich wissen.

„Vielleicht morgen."

„Dürfen wir dabeisein? Ich meine – wollt ihr uns dabeihaben, oder ist es in unserer Gegenwart schwieriger?"

„Nein", meinte ein Kind.

„Natürlich könnt ihr dabeisein“, sagte ein anderes. „Wir würden uns freuen.“

„Dürfen wir alle beide zusehen?“ fragte Mark.

„Klar, ihr beide – und alle anderen Mütter und Väter auch.“

Danach sagten wir nichts mehr, aber am Abend, auf einer unserer regelmäßigen Elternversammlungen, berichteten wir, was geschehen war.

„Vor ein paar Wochen habe ich das gleiche beobachtet“, berichtete Mary Hengel, unsere Semantiklehrerin. „Ich schaute ihnen zu, aber sie entdeckten mich nicht, oder meine Anwesenheit störte sie nicht.“

„Bist du näher herangegangen?“ fragte ich.

„Nein, ich war mir nicht sicher, ob ich es tun sollte. Ich war etwa vierzig oder fünfzig Yards von den Kindern entfernt.“

„Wie viele waren es?“ fragte Professor Goldbaum gespannt.

„Drei – ein viertes Kind saß in der Mitte. Sie steckten die Köpfe zusammen. Ich dachte, es sei nur ein Spiel, und so ging ich nach einer Weile weiter.“

„Sie haben kein Geheimnis daraus gemacht“, bemerkte jemand anderer.

„Nein, dieses Gefühl hatten wir auch“, sagte ich. „Sie dachten, daß wir wüßten, was sie tun. Und sie waren sehr stolz auf ihre Leistung.“

„Und während sie es taten, sagten sie kein Wort“, fügte Mark hinzu. „Das könnte ich beschwören.“

„Trotzdem haben sie irgend etwas gehört“, erklärte ich. „Daran besteht kein Zweifel. Sie lauschten, und schließlich hörten sie etwas. Und dann lachten sie und freuten sich, als würden sie ein herrliches Spiel spielen.“

Nun ergriff Abel Simms das Wort, der Leiter unseres Konstruktionsprogramms. „Natürlich wissen sie nicht, was nach unseren Begriffen richtig oder falsch ist, und nichts, was sie tun, kann ihnen jemals falsch erscheinen, ebenso wie ihnen nichts richtig vorkommt. Wir können also aus ihrem Verhalten keine Schlüsse auf das ziehen, was sie tun.“

Wir diskutierten noch eine Weile darüber, und schließlich traf Professor Goldbaum den Nagel auf den Kopf. „Weißt du, Jean – du hast immer davon geträumt, daß wir eine neue Ära des menschlichen Geistes heraufbeschwören könnten, der bisher in allen Gehirnen blockiert war. Ich glaube, sie haben einen Weg gefunden, diese Blockade zu durchbrechen. Sie lernen etwas voneinander, das ihnen ganz natürlich erscheint – sie lernen Gedanken zu hören."

Danach trat ein langes Schweigen ein, und dann sagte Atwater, einer unserer Psychologen, unbehaglich: „Ich weiß nicht, ob ich das glauben soll. Ich habe jeden Test und jeden Bericht über Telepathie studiert, der jemals in diesem Land veröffentlicht wurde, ebenso einschlägige Literatur aus anderen Ländern – alles, was ich nur bekommen und übersetzen konnte, Berichte über die Duke-Experimente und dergleichen. Nichts davon konnte einer ernsthaften Prüfung standhalten. Nichts wies darauf hin, daß Telepathie tatsächlich existiert. Wir haben Gehirnwellen gemessen, und wir wissen, wie schwach sie sind. Die Vorstellung, daß Gehirnmittel als Verständigungsmittel dienen könnten, erscheint mir einfach zu phantastisch."

„Moment mal", entgegnete Tupper, ein Experimentalphysiker. „Der scheinbar offenkundige Zusammenhang zwischen Gehirnwellen und Telepathie ist bedeutungslos. Wenn die Telepathie tatsächlich existiert, dann ist sie nicht das Resultat der Gehirnwellen, dieser schwachen elektrischen Stöße, die wir messen können. Dabei müssen ganz andere Aktionen stattfinden, auf einer ganz anderen Ebene der physikalischen Realität. Ich habe keine Ahnung, was das für eine Ebene sein könnte. Aber wir gelangen allmählich zu der Überzeugung, daß es in der Physik verschiedene Realitätsebenen gibt, verschiedene Aktionsebenen, verschiedene Ebenen für das Zusammenspiel der Kräfte und Gegenkräfte. Und deshalb können wir nicht behaupten, daß es keine Telepathie gibt, nur weil wir nicht glauben, daß sie mittels Gehirnwellen funktionieren könnte."

„Und wie steht es mit dem statistischen Faktor?" fragte

Rhoda Lannon, eine Mathematikerin. „Wenn die Telepathie möglich ist, wenn dieses Potential in der Menschheit vorhanden ist – warum wurde berichtet, daß dieses Phänomen irgendwann einmal aufgetreten ist? Es müßte nicht nur einmal, sondern viele tausend Mal aufgetreten sein."

„Vielleicht wurde darüber berichtet", entgegnete Fleming, einer unserer Historiker. „Denkt doch an all die Hexen, die vor ein paar Jahrhunderten verbrannt wurden, an die Halbgötter, die Zauberer und Alchimisten. Wißt ihr, welche von diesen Leuten Telepathen waren und welche nicht? Man kann die Angelegenheit aber noch von einem anderen Standpunkt aus betrachten. Angenommen, ein Telepath allein ist unfähig. Angenommen, man braucht zwei Telepathen, damit die Sache funktioniert, und sie können sich nur über eine begrenzte Entfernung hinweg verständigen. Dann wird der statistische Faktor bedeutungslos, denn es ist nicht zu erwarten, daß jeder Telepath irgendwann im Laufe seines Lebens auf einen anderen trifft."

„Nun, bis zu einem gewissen Grad stimme ich mit Dr. Goldbaum überein", sagte Mark. „Die Kinder scheinen sich zu Telepathen zu entwickeln. Das wäre die einzige vernünftige Erklärung für den Vorgang, den Jean und ich beobachtet haben. Wenn ihr mit Recht darauf hinweist, daß unsere Kinder die Begriffe ‚falsch' und ‚richtig' nicht kennen, dann müssen wir hinzufügen, daß sie unfähig sind zu lügen. Sie wissen nicht, was eine Lüge ist, sie wissen auch nicht, daß Lügen manchmal notwendig sein können. Wenn sie mir also sagen, daß sie Gedanken hören können, dann glaube ich ihnen. Dabei werde ich weder von historischen noch von statistischen Erwägungen beeinflußt, denn unser Reservat ist absolut einzigartig. Es gibt keinen Anhaltspunkt dafür, daß eine Gruppe von ungewöhnlichen Kindern irgendwann im Verlauf der Menschheitsgeschichte unter ähnlichen Bedingungen aufgewachsen ist. Vielleicht handelt es sich hier – sehr wahrscheinlich sogar – um eine Fähigkeit, die schon in der Kindheit auftreten und geübt werden muß, sonst wird sie für immer blockiert. Ich glaube, Dr. Haenigson wird mir beipflichten, wenn ich behaupte, daß mentale Blockaden, die während der Kindheit entstehen, gar nicht so selten sind."

Dr. Haenigson, unser Chefpsychiater, nickte. „Allerdings. Kaum ein Kind entrinnt der Notwendigkeit, mentale Blockaden in seinem Gehirn zu errichten. Ohne die Fähigkeit, solche Barrieren aufzubauen, würden nur sehr wenige Kinder in unserer Gesellschaft überleben. Wir müssen die Tatsache akzeptieren – und das ist keine Theorie oder Hypothese, sondern eine Tatsache, eine beweisbare Tatsache, die wir als Psychiater gelernt haben –, daß große Teile des menschlichen Gehirns schon in der frühen Kindheit blockiert werden. Dies ist eines der tragischen Merkmale der menschlichen Gesellschaft, und die Entfernung – nicht die völlige Entfernung, denn das ist unmöglich, sondern die teilweise Entfernung solcher Blöcke zählt zu den Hauptaufgaben der praktizierenden Psychiater."

Dr. Goldbaum warf mir einen seltsamen Blick zu. Ich hatte gerade etwas sagen wollen, aber nun schwieg ich und wartete. Schließlich murmelte er: „Ich frage mich, ob wir zu begreifen beginnen, was wir getan haben – ohne zu wissen, wozu es führen würde. Denn was hier geschieht, hat eine wundervolle, fast unerträgliche Bedeutung. Was ist der Mensch? Die Summe seiner Erinnerungen und Erfahrungen. Diese sind in seinem Gehirn verschlossen, und jede neue Erfahrung wird einfach auf der Struktur dieser Erinnerungen aufgebaut. Noch wissen wir nicht, welches Ausmaß die Macht der Begabungen annehmen wird, die unsere Kinder zu entwickeln scheinen. Aber ich nehme an, sie werden einen Punkt erreichen, wo sie an der Totalität aller menschlichen Erinnerungen teilhaben können. Es kommt nicht nur darauf an, daß sie keine Lügen und keine Täuschung kennen, keine Unterordnung unter die Vernunft, keine Geheimnisse, keine Schuldgefühle – es ist viel mehr als das."

Er blickte von einem zum anderen. Und da begannen wir zu

verstehen, was er andeutete. Ich erinnere mich noch genau an die Gefühle, die mich in jenem Moment erfaßten – ein Staunen, eine so herzzerreißende Freude, daß mir Tränen in die Augen stiegen, eine unbeschreibliche Erregung.

„Ich glaube, ihr wißt es alle“, fuhr Dr. Goldbaum fort. „Ihr habt es alle mehr oder weniger deutlich erkannt. Und ich glaube, es liegt an mir, das alles in Worte zu fassen, damit ihr es noch deutlicher erkennt. Ich bin viel älter als ihr, und ich habe die schlimmsten Jahre des Grauens und der Bestialität miterlebt, die jemals über die Menschheit hereingebrochen sind. Als ich beobachtete, wie der Nationalsozialismus aufkam, als ich mit ansah, wie die Konzentrationslager entstanden, die Gasöfen, dieser ganze unfaßbare Wahnsinn, der darin gipfelte, daß Lampenschirme aus Menschenhaut hergestellt wurden und Seife aus Menschenfleisch und Menschenfett – als ich das alles sah und beobachtete, fragte ich mich mindestens tausendmal: Was ist der Sinn der menschlichen Existenz? Oder hat sie gar keinen Sinn? Ist der Mensch vielleicht nur eine Zufallserscheinung, eine ungewöhnliche, komplexe Molekularstruktur ohne Sinn, ohne Zweck und Hoffnung? Ich weiß, daß ihr euch diese Frage auch schon oft gestellt habt. Welcher sensible, denkende Mensch stellt sie nicht? Wer sind wir? Was sind wir? Was ist unser Schicksal? Was ist der Zweck unseres Lebens? Wo in diesem kämpfenden, kranken, mörderischen Haufen ist Vernunft zu finden? Wir töten, wir quälen, wir verletzen, wir vernichten wie keine andere Spezies. Wir fördern den Mord, die Falschheit, die Heuchelei und den Aberglauben. Wir zerstören unsere Körper mit Drogen und giftigen Nahrungsmitteln. Wir täuschen uns selbst genauso wie die anderen. Und wir hassen und hassen und hassen – bis alle unsere Aktionen nur noch Resultate unseres Hasses sind. Und nun ist etwas geschehen. Etwas Neues, etwas anderes, etwas Wunderbares. Wenn diese Kinder einander ihre Gedankenwelten öffnen, dann werden sie nur noch eine einzige Erinnerung haben. Die Summe ihrer Erfahrungen wird ihnen allen gehören, sie werden nur noch gemeinsame Träume haben. Wißt ihr, was das bedeutet? Sie werden unsterblich sein. Und wenn eins dieser Kinder stirbt, wird sich ein anderes zu ihrer Einheit gesellen, dann noch eines ... und noch eines ... Es wird keinen Tod für sie geben. Der Tod wird seine Bedeutung und seinen dunklen Schrecken verlieren. Die Menschheit wird hier in unserem seltsamen kleinen Reservat beginnen, zumindest einen Teil ihres vorausbestimmten Schicksals zu erfüllen. Sie wird ein einziges, wunderbares Ganzes werden, fast im Sinne eines eurer Dichter, John Donnes, der fühlte, was wir alle irgendwann einmal gefühlt haben – daß kein Mensch eine Insel für sich allein ist. Unsere Tragödie bestand darin, daß wir immer Einzelwesen waren. Wir haben nie wirklich gelebt, wir waren immer nur Fleischfragmente am Rande der Realität, am Rande des Lebens. Sagt mir doch – hat jemals ein denkender Mann oder eine denkende Frau gelebt, ohne sich nach dieser Ganzheit des menschlichen Wesens zu sehnen und davon zu träumen? Ich glaube nicht. Ich glaube, wir alle haben diese Sehnsucht, und deshalb haben wir alle in der Dunkelheit gelebt, in der Nacht. Jeder von uns kämpft mit seinem eigenen armen kleinen Gehirn, um dann zu sterben, unterzugehen mit all seinen Erinnerungen, und sein Lebenswerk ist für immer zerstört. Es ist kein Wunder, daß wir so wenig erreichen. Es ist ein Wunder, daß wir überhaupt soviel erreicht haben. Aber alles, was wir wissen, was wir getan haben, wird nichts sein, wird primitiv und idiotisch sein, verglichen mit dem, was diese Kinder leisten und schaffen werden. Es geht über meine Vorstellungskraft hinaus."

Das sagte der alte Mann, Harry. Ich kann nicht alle seine Worte wiedergeben – aber Du siehst, daß er schon in diesem Augenblick, am Anfang des ganzen Prozesses, dessen ganze große Bedeutung erkannte. Ich glaube, das war sein Lohn – daß er imstande war, in die Zukunft zu schauen, in die unbekannte Zukunft, und daß er dort das unglaubliche Glück sah, das auf uns wartet.

Nun, das war also der Anfang, Harry. Zwölf Monate später waren alle unsere Kinder telepathisch miteinander verbunden. Und in den nächsten Jahren wurden alle Kinder, die in unserem Reservat geboren wurden, in diesen Bund aufgenommen. Nur wir, die Erwachsenen, sind für immer davon ausgeschlossen. Wir gehören der alten Ära an, die Kinder der neuen. Der Weg, den sie gehen, ist uns versperrt, auch wenn sie in unsere Gehirne eindringen können und das auch tun, wenn es erforderlich ist. Aber wir konnten sie niemals in unseren Gedanken spüren, konnten niemals Zugang zu ihren Gehirnen finden und uns mit ihnen auf die Weise verständigen, die zwischen ihnen üblich ist.

Ich weiß nicht, wie ich Dir die Jahre schildern soll, die dann folgten. In unserem kleinen, streng bewachten Reservat wurde der Mensch das, wozu er bestimmt war, aber ich kann Dir das nur unvollkommen erklären. Ich kann es kaum begreifen und noch viel weniger erklären, was es bedeutet, gleichzeitig in vierzig Körpern zu wohnen, was es für jedes einzelne Kind bedeutet, die Persönlichkeiten der anderen in sich zu fühlen und ein Teil aller anderen zu sein. Werde ich mir jemals vorstellen können, was es heißt, mit dem geliebten Menschen eins zu sein, nicht nur im Fleisch, sondern auch im Geist?

Konnten die Kinder uns das erklären? Wohl kaum, denn soweit wir feststellen konnten, muß diese Transformation vor der Pubertät stattfinden, und die Kinder akzeptieren diesen Vorgang als etwas völlig Normales, Natürliches, als die natürlichste Sache von der Welt. Sie betrachten uns als unnatürlich, und das einzige, was sie niemals ganz verstehen werden, ist unsere Einsamkeit. Sie verstehen nicht, wie wir es ertragen können, am Rande des Todes und der Vernichtung zu leben, während uns das Wissen um den Tod und die drohende Vernichtung stets gegenwärtig ist. Aber könnten wir einem Blinden erklären, was Farben, Farbnuancen, Formen und Licht sind? Könnten wir ihm die Bedeutung von Licht- und Formkombinationen erklären? Wohl kaum, und ebensowenig können uns die Kinder ihre Verbundenheit erklären – uns, die wir allein und einzeln leben.

Was das Wissen der Kinder um unser Wesen angeht, so sind wir glücklich und dankbar, weil sie uns erst allmählich erkannt und durchschaut haben. Am Anfang konnten sie ihre Gedanken nur austauschen, wenn sie die Köpfe zusammensteckten. Das war unsere Rettung, denn hätten sie schon ganz am Anfang unsere Gedanken lesen können, so wären sie nicht imstande gewesen, sich davor zu schützen. Allmählich lernten sie, auch größere Entfernungen gedanklich zu überwinden – aber nur ganz langsam. Erst fünfzehn Jahre nach der Gründung unseres Reservats begannen die Kinder die Gabe zu entwickeln, mit ihren Gedanken auf Reisen zu gehen und in alle Erdteile vorzudringen. Dafür danken wir Gott. Denn da waren die Kinder bereits auf das vorbereitet, was sie vorfanden. Zu einem früheren Zeitpunkt hätte es sie vernichtet.

Ich muß erwähnen, daß die Kinder uns schon sehr bald erklärt haben, die telepathischen Fähigkeiten hätten nichts mit Gehirnwellen zu tun. Nach ihren Worten ist die Telepathie eine Funktion der Zeit, aber ich weiß nicht genau, was sie damit meinen, und deshalb kann ich es Dir auch nicht erklären.

Ich muß auch erwähnen, daß zwei von unseren Kindern starben. Eins im neunten, eins im elften Lebensjahr. Sie erlitten tödliche Unfälle. Doch die Wirkung ihres Todes auf die anderen Kinder ist nicht mit der Wirkung gleichzusetzen, die der Tod in unserer Welt ausübt. Da war ein kleines Bedauern, aber keine Trauer, kein Gefühl des Verlustes, da waren keine Tränen. Sie betrachten den Tod ganz anders als wir. Für sie bedeutet er nur den Verlust des Fleisches, denn die Persönlichkeit des Toten ist unsterblich und lebt in ihnen weiter.

Als wir ihnen vorschlugen, Grabmäler zu errichten, die uns stets an die beiden toten Kinder erinnern würden, lächelten sie mitleidig und sagten, wir sollten ruhig Grabsteine aufstellen, wenn uns das ein Trost sei. Doch ihre Sorge galt nur uns – nicht den beiden Toten, die uns verlassen hatten.

Am seltsamsten erscheint es mir, daß unsere Kinder trotz aller Gemeinsamkeiten äußerlich so unterschiedlich sind. Außerdem hat jedes seine individuellen Eigenschaften, seine Gewohnheiten, seine eigene Persönlichkeit. Die Jungen und Mädchen lieben sich auf normale, heterosexuelle Weise – und alle nehmen an jedem einzelnen Liebeserlebnis teil. Kannst Du das begreifen? Ich nicht. Aber ich kann ja auch die anderen Bereiche ihrer Gefühlswelt nicht begreifen. Ich weiß nur, daß für sie alles anders ist. Nur die uneingeschränkte Zuneigung einer Mutter zu ihrem hilflosen Kind kann der Zuneigung nahekommen, die sie alle aneinanderbindet. Doch in ihrer Liebe liegt noch etwas anderes, etwas Tieferes, tiefer als alles, was wir aus unserer emotionalen Erfahrung kennen. Bevor sich die Kinder zu Telepathen entwickelten, zeigten sie auch Unwillen, Ärger und Zorn. Doch danach haben wir nie wieder laute, wütende Stimmen gehört. Wie sie es selbst ausdrücken – alle Probleme, die unter ihnen auftauchen, werden einfach hinweggespült, alle Krankheiten werden geheilt.

Nach ihrem neunten Lebensjahr wurden sie nicht mehr krank. Sie hatten gelernt, ihre Körper zu kontrollieren. Wenn sie infiziert, also von Keimen und Viren befallen wurden, konnten sie die Reaktion und Konzentration ihrer Körper auf die Infektion kontrollieren. Und mit dieser bewußten Kontrolle, mit dieser bewußten Fähigkeit, das chemikalische Gleichgewicht ihrer Körper zu verändern, den Herzschlag zu ändern, ihren Blutkreislauf zu beeinflussen, den Kreislauf in einem Teil des Körpers zu verstärken, in einem anderen abzuschwächen, die Funktion der verschiedenen Organe zu steigern oder zu verringern – mit dieser Art von Kontrolle waren sie absolut immun gegen alle Krankheiten. Sie gingen sogar noch weiter. Wenn sie uns auch keine Teilnahme an dem Ganzen ermöglichen konnten, das sie als selbstverständlichen Ausdruck ihres Lebens genossen, so konnten sie doch unsere Krankheiten heilen. Drei oder vier Kinder drangen in unsere Gehirne ein, wenn wir krank wurden, um unsere Organe zu kontrollieren und uns wieder gesund zu machen. Aber wir, die Empfänger dieser Heilbehandlung, spürten nichts von ihrer Anwesenheit.

Wenn ich Dir das alles schildere, Harry, und versuche, die einzelnen Vorfälle lebendig darzustellen, benutze ich gewisse Worte und Phrasen nur, weil mir keine anderen geeigneten Worte und Phrasen einfallen. Es gibt keine Sprache, die dem Leben dieser Kinder angemessen wäre. Ich benutze die Worte, die ich kenne, aber ich weiß, daß sie nicht adäquat sind, und Du mußt das auch schon bemerkt haben. Diese Worte können dem Zweck nicht dienen, für den ich sie einsetzen will. Obwohl ich nun seit so vielen Jahren mit den Kindern zusammenlebe, Tag und Nacht, kann ich das Wesen ihrer Existenz nur vage begreifen. Ich weiß, was sie rein äußerlich sind, denn das sehe ich. Sie sind freier, gesünder und glücklicher als alle Menschen, die zuvor gelebt haben. Aber ihr inneres Leben bleibt mir verschlossen.

Wir haben immer wieder mit unseren Assistenten darüber diskutiert, auch mit den Kindern, die in dieser Beziehung keine Zurückhaltung übten. Sie waren gern dazu bereit, mit uns über diese Dinge zu reden, doch diese Gespräche waren kaum besonders ergiebig. Zum Beispiel das Gespräch, das ich mit Arlene führte, einem großen, schönen Mädchen, das wir aus einem Waisenhaus in Idaho geholt hatten ... Wie alle anderen Kinder war sie schon als Baby zu uns gekommen. Jetzt war sie vierzehn. So viel war in diesen letzten Jahren geschehen ... Wir diskutierten über ihre Persönlichkeit, und ich sagte ihr, ich könnte nicht verstehen, wie sie als Individuum leben und arbeiten könnte, wo sie doch ein Teil der anderen sei und diese anderen ein Teil von ihr seien.

Sie sah kein Problem darin und lehnte es ab, daß ich eins daraus machen wollte.

„Aber wie kannst du unter diesen Umständen du selbst sein?“ beharrte ich.

„Ich bleibe ich selbst“, antwortete sie schlicht und einfach, „ich könnte niemals aufhören, ich selbst zu sein.“

„Aber sind die anderen nicht auch du selbst?"

„Ja, natürlich – was sonst. Und ich bin ebenso das, was sie sind."

Dies wurde mir als etwas ganz Selbstverständliches präsentiert. Wie Du siehst, können sie unsere Vorstellungswelt ebensowenig begreifen wie wir die ihre.

„Aber wer kontrolliert deinen Körper?" fragte ich Arlene.

„Ich natürlich."

„Malen wir uns einmal eine hypothetische Situation aus, Arlene. Nehmen wir an, daß einige andere Kinder über deinen Körper bestimmen wollen, statt die Kontrolle dir zu überlassen."

„Warum sollten sie das wollen?"

„Nun, wenn du etwas getan hättest, das sie nicht billigen ...", erwiderte ich unsicher und geriet immer tiefer in das Loch hinein, das ich mir gegraben hatte.

„Wie könnte ich etwas tun, das sie nicht billigen? Wie kannst du etwas tun, das dir mißfällt?"

„Ich fürchte, daß ich das kann, Arlene, und ich tue es auch manchmal."

„Das verstehe ich nicht, Jean. Warum tust du so etwas?"

„Ich kann nicht immer kontrollieren, was ich mache."

Das war eine neue Erkenntnis für Arlene. Wenn sie auch die Fähigkeit besaß, meine Gedanken zu lesen – dies war ihr neu. „Du kannst nicht kontrollieren, was du tust?" fragte sie.

„Nicht immer."

„Arme Jean! Wie schrecklich! Was für ein furchtbares Leben du führen mußt!"

„Es ist nicht so schlimm, Arlene. Für uns ist das ganz normal."

„Wie kann so etwas normal sein?"

So entwickelten sich alle diese Diskussionen, und so gingen sie auch zu Ende. Die Verständigungsmöglichkeiten zwischen den Kindern und uns waren begrenzt, obwohl wir sie liebten und obwohl sie unsere Liebe erwiderten. Wir, die Erwachsenen, konnten nur Worte als Kommunikationsmittel einsetzen, und Worte haben ihre Grenzen. Aber seit ihrem zehnten Lebensjahr hatten die Kinder Verständigungsmethoden entwickelt, die weit über Worte hinausgingen – genauso wie die Worte über die stumpfsinnigen Bewegungen der Tiere hinausgehen. Wenn ein Kind irgend etwas beobachtete, so brauchte es das, was es sah, den anderen nicht zu beschreiben. Sie konnten es mit den Augen des Kindes sehen, das die Beobachtung machte, im Wachen und im Schlafen. Sie hatten sogar dieselben Träume.

Ist Dir schon einmal aufgefallen, daß Du Dir, wenn Dir etwas weh tut, gar nicht erst zu sagen brauchst, daß es schmerzt? Wenn Du ein bestimmtes Gefühl hast, brauchst Du Dir dieses Gefühl nicht zu erklären. Diese Empfindung ist ganz einfach da. Genau das ist der Kommunikationsprozeß, der diesen Kindern so natürlich erscheint. Sie betrachten sich als Einheit, als ein Körper, und trotzdem bleiben sie Individuen.

Ich könnte Dir stundenlang all das beschreiben, was mein Fassungsvermögen übersteigt, aber das wäre sinnlos, nicht wahr? Aber ich muß wenigstens versuchen, Dir klarzumachen, was geschehen ist, was geschehen mußte und was in der Zukunft geschehen muß.

Als die Kinder zehn Jahre alt waren, hatten sie alles gelernt, was wir wissen, hatten alles in sich aufgenommen, was wir als Unterrichtsmaterial zur Verfügung hatten. Der ganze Schatz unserer Erfahrungen war aufgebraucht. Wir unterrichteten ein einziges Gehirn, das sich aus den unblockierten, ungehemmten Talenten von vierzig großartigen Kindern zusammensetzte. Stell Dir das einmal vor! Ein Gehirn, vierzigmal so groß, so aktiv, so umfassend wie das fähigste Gehirn, das die Menschheit je hervorgebracht hat, ein Gehirn – so klug und rein, daß es uns nur als Gegenstände liebevollen Mitleids betrachten konnte ... Zu unseren Gruppeneltern zählen auch Alex Cromwell und seine Frau. Er ist einer unserer besten Physiker, und er hat auch an der Entwicklung der ersten Atombombe mitgearbeitet.

Danach kam er zu uns, mit einer inneren Einstellung, als wollte er in ein Kloster gehen. Er gab sich seiner ganz persönlichen Buße hin, auf die einzige Weise, die ihm Befriedigung und die Hoffnung schenken konnte, von seiner schrecklichen Schuldenlast befreit zu werden. Er gab den Kindern zusammen mit seiner Frau Physikunterricht, aber acht Jahre später lernte Cromwell von den Kindern. Und ein Jahr danach konnten sie ihm nichts mehr beibringen. Er war unfähig, ihre mathematischen Überlegungen nachzuvollziehen, und ihr Symbolismus stand außerhalb seines Vorstellungsvermögens. Stell Dir einmal vor, daß ein hochintelligenter Mann wie Cromwell, um den sich die Kinder überaus rücksichtsvoll und mit großer Liebe bemühten – er ist sehr charmant und liebenswert –, daß ein solcher Mann nicht imstande war, in die Denkbereiche vorzudringen, die sich diese Neunjährigen geschaffen hatten.

Das ist erschreckend, nicht wahr? Wenn Du diesen Brief den Menschen zeigst, die das Schicksal der Vereinigten Staaten bestimmen (natürlich wollen wir, daß sie den Brief lesen), werden sie ganz sicher erschrecken. Ich glaube, einer der traurigsten Aspekte unserer Gesellschaft ist die Angst, die das Kind im Erwachsenen hervorruft. Dies ist ein kontinuierliches Faktum unserer Gesellschaft. Wenn eine Generation herangereift ist, fürchtet sie die kommende Generation, betrachtet sie als gewissen- und sittenlos. Kein Talent, das die Erwachsenen in der Außenwelt besitzen, wird soviel Angst erwecken wie das Talent, die Brillanz unserer Kinder. Damit mußt Du rechnen, Harry.

Ich will Dir ein Beispiel der Fähigkeiten nennen, die unsere Kinder entwickelt haben. Auf unserem Baseball-Platz erhob sich ein Felsblock, der etwa zehn Tonnen wog. Übrigens muß ich hier hinzufügen, daß nicht nur die geistigen, sondern auch die athletischen Fähigkeiten der Kinder bewundernswert sind. Sie haben fast alle Weltrekorde gebrochen. Sie können rascher laufen als unsere Pferde. Ihre Reflexe und Bewegungen sind so schnell, daß wir dagegen wie lahme Enten wirken. Wenn sie wollen, können sie ihre Arme und Beine so blitzartig bewegen, daß unsere Augen nicht imstande sind, diesem Tempo zu folgen. Sie spielen sehr gern Baseball, auf eine Art und Weise, die Du Dir nicht vorstellen kannst. Aber um auf diesen Felsblock zurückzukommen – wir, die Erwachsenen, hatten vor ein paar Jahren überlegt, ob wir ihn sprengen oder mit Hilfe schwerer Bulldozer aus dem Weg räumen sollten, aber irgendwie ist es nie dazu gekommen. Eines Tages stellten wir fest, daß der Felsen verschwunden war. An seiner Stelle lag ein Haufen aus rotem Sand, den der Wind rasch verwehte. Wir versuchten herauszufinden, was da geschehen sein mochte, zerbrachen uns eine Zeitlang die Köpfe, und als wir zu keinem Ergebnis kamen, gingen wir zu den Kindern und fragten sie, was mit dem Felsblock passiert sei. Sie erzählten uns, sie hätten den Stein zu Sand reduziert – als sei das eine Kleinigkeit, als hätten sie nur einen Kiesel mit einem Fußtritt beseitigt, und als könnte jedermann einen gigantischen Felsbrocken zu Sand reduzieren. Warum auch nicht?

Cromwell wandte sich an einen Jungen namens Billy. „Aber wie habt ihr das gemacht?"

„Nun, auf die übliche Weise."

„Du meinst – es gibt eine ganz gewöhnliche Möglichkeit, einen Felsblock zu Sand zu reduzieren?"

„Natürlich", sagte ein anderes Kind. „Oder etwa nicht?"

Billy war etwas geduldiger. Er spürte, daß wir verwirrt waren, und fragte mit sanfter Stimme, ob Cromwell die gewöhnliche Methode nicht kennen würde und deshalb ein komplizierteres Verfahren angewendet hätte.

„Ich hätte den Felsbrocken auch zu Sand reduzieren können", erwiderte Cromwell. „Aber dazu hätte ich Sprengstoff gebraucht. Das hätte eine Menge Lärm gemacht, und außerdem wäre es ziemlich teuer gewesen."

„Aber das Resultat wäre dasselbe gewesen?" fragte Billy.

„Ich nehme es an – wenn du den Sand meinst."

„Nein, ich meine die Technik", entgegnete Billy.

„Was für eine Technik?“ erkundigte sich Cromwell in leichter Verzweiflung.

„Nun, unsere Technik. Wenn man irgendwas zu Sand oder Staub machen will, braucht man es nur zu befreien. Wir lockern die Molekularstruktur – ganz langsam. Es wäre gefährlich, wenn man das zu schnell macht. Man muß die Struktur langsam und allmählich lockern, bis das Ding zerfällt. Es explodiert nicht, es löst sich nur ganz einfach auf, zu pulverisierter Form. Eine Zeitlang behält es noch seine ursprüngliche Gestalt, aber wenn man es anfaßt, fällt es auseinander.

„Aber – wie könnt ihr das bewerkstelligen?“

„Am besten ist natürlich der direkte Weg. Man muß es mit dem Verstand machen. Man denkt an das Ding, dann legt man es sozusagen beiseite als ein Phänomen, das man verstandesmäßig erfaßt hat, und dann läßt man es langsam zerfallen.“

Aber je weiter sich Billy von Cromwells Vorstellungswelt entfernte, desto unbegreiflicher wurden seine Worte. Und schließlich gaben die Kinder mit einem mitfühlenden Lächeln den Versuch auf, uns das alles zu erklären. So war es immer, wenn etwas geschehen war, das wir als Wunder betrachteten.

Doch es war nicht immer so. Sie benutzten die Werkzeuge unserer Zivilisation – nicht weil sie diese Werkzeuge bewunderten oder weil sie mechanische Dinge brauchten, sondern ganz einfach nur, weil sie fühlten, daß unsere Ängste bis zu einem gewissen Grad nachließen, wenn sie altmodische Methoden anwandten. Mit anderen Worten, sie wollten einen Teil unserer Welt konservieren, um unsere sentimentalen Bedürfnisse zu befriedigen. Zum Beispiel errichteten sie ein normales Atomkraftwerk, das unseren Energiebedarf deckte. Dann bauten sie sogenannte Freifelder in allen unseren Lastwagen und Autos ein, so daß sich die Fahrzeuge in die Lüfte erheben konnten. Sie hätten viel funktionstüchtigere Maschinen bauen können. Laster und Autos eignen sich nun mal nicht zum Fliegen. Aber sie wollten Rücksicht auf uns nehmen und die Aspekte unserer technischen Welt nicht allzu einschneidend verändern.

Die Art, wie sie ihre Gedanken benutzen, um atomare Strukturen zu beeinflussen, ist ihr bemerkenswertestes Talent, abgesehen von der Telepathie. Mit der Kraft ihrer Gedanken können sie Dinge in Atome zerlegen, die Atome kontrollieren, die Elektronen neu arrangieren. Sie können Atom- und Elektronensysteme in unbegrenzter Vielfalt schaffen und verändern. Sie können alle Elemente aus anderen Elementen herstellen, und das alles erscheint ihnen so selbstverständlich, daß sie es manchmal machen, um uns zu amüsieren, in der Art, wie man Zauberkunststücke vorführt. Sie wollen uns unterhalten und uns überraschen, uns die Langeweile vertreiben, so wie ein Erwachsener bestimmte Tricks anwendet, um ein Kind zu erfreuen.

Ich habe Dir nun in groben Zügen geschildert, was hier im Lauf der Jahre geschehen ist, lieber Harry – natürlich längst nicht alles, was ich Dir gern erzählen würde. Ich hätte von Anfang an ein Tagebuch führen sollen. Dann hätte die Außenwelt eines Tages einen genauen Bericht über alles erhalten, was sich hier in den letzten neunzehn Jahren Tag für Tag, Stunde um Stunde ereignet hat. Denn glaub mir, jeder einzelne Tag war aufregend.

Jetzt werde ich Dir noch etwas mitteilen, was Du wissen mußt. Und Du kannst es allen Leuten sagen, die es Deiner Meinung nach erfahren müssen. In dieser Hinsicht solltest Du Dich auf Deine eigene Urteilskraft verlassen. Nichts in diesem Schreiben ist geheim, Harry. Nichts braucht vertuscht zu werden. Du kannst die Welt über alles informieren. Wieviel die ganze Welt davon wissen soll – das mag die Regierung entscheiden. Versuch nicht, sie in dieser Entscheidung zu beeinflussen, Harry. Und vor allem – verschweige nichts von dem, was ich Dir geschrieben habe.

Im fünfzehnten Jahr unseres Experiments hielten wir Eltern eine Konferenz mit den Kindern ab. Damals war die Zahl der Kinder auf zweiundfünfzig angewachsen. Die Kinder, die im Reservat geboren worden waren, hatten sich in das große

Ganze eingefügt, das die anderen geschaffen hatten. Ich muß betonen, daß dies möglich war, obwohl die Kinder, die hier auf die Welt gekommen sind, ursprünglich einen niedrigeren Intelligenzquotienten hatten als die anderen. Sobald die Gruppe ihre telepathischen Fähigkeiten entwickelt hatte, seit dieser intensive Gedankenaustausch stattfand, war es nicht mehr nötig, daß die einzelnen Gruppenmitglieder über hohe Intelligenzquotienten verfügten. Wir haben überlegt, ob das Experiment den gleichen Erfolg gehabt hätte, wenn wir damals, vor fast zwanzig Jahren, keine hochbegabten, sondern x-beliebige Babys ausgewählt hätten. Doch das werden wir niemals wissen.

Was nun diese Konferenz betrifft – wir führten ein sehr ernsthaftes Gespräch. Es war vielleicht die wichtigste Sitzung im Verlauf unseres ganzen Experiments. Wir hatten noch dreißig Tage Zeit, bevor ein Beobachtungsteam in unser Reservat kommen sollte, den Vereinbarungen zufolge, die wir mit der Army getroffen hatten. Wir hatten ausführlich darüber diskutiert, wir Erwachsenen unter uns, mit den Kindern, und natürlich hatten die Kinder auch in unserer Abwesenheit darüber debattiert. Und nun befaßten wir uns alle gemeinsam mit diesem Thema.

Die Kinder hatten Michael zu ihrem Sprecher ernannt, aber sie redeten natürlich alle mit uns. Michael war nur das Sprachrohr, das sie brauchten, um sich mit uns zu verständigen. Er ist Italiener, ein großer, hübscher Junge und ein sehr talentierter Maler. An dieser Stelle muß ich erwähnen, daß spezifische Talente einzelnen Individuen vorbehalten sind, daß nicht die ganze Gruppe daran partizipiert. Das Wissen, daß sie sich erarbeiten, gehört allen gemeinsam, aber über die kreativen Begabungen können nur die Kinder verfügen, denen sie angeboren sind.

Michael sagte uns, wie sehr die Kinder uns liebten und respektierten – uns, die Erwachsenen, die einst ihre Lehrer gewesen waren.

Ich unterbrach ihn, um klarzustellen, daß es überflüssig sei, uns darauf hinzuweisen. Wenn wir uns auch nicht auf telepathischem Wege mit ihnen verständigen könnten, hätten wir doch niemals an ihrer Liebe gezweifelt. Dazu hätten sie uns nicht den geringsten Grund gegeben.

„Das wissen wir", erwiderte Michael. „Aber gewisse Dinge müssen ausgesprochen werden – in eurer Sprache. Solange sie nicht gesagt sind, existieren sie nicht wirklich – so wie sie in unserer Beziehung zu euch existieren müssen. Glaubt uns, es ist uns vollauf bewußt, daß wir euch alles zu verdanken haben, was wir sind, was wir besitzen. Ihr seid unsere Eltern und Lehrer, und wir lieben euch so sehr, daß man es gar nicht in Worten ausdrücken kann. Wir wissen, daß ihr uns als Geschöpfe betrachtet, die euch weit überlegen sind. Dies mag der Wahrheit entsprechen, aber es ist ebenso eine Tatsache des Lebens, daß mit jedem Schritt nach vorn, bei allem, was wir gewinnen, auch etwas verlorengeht. Da ist ein Nehmen und Geben, ein Nehmen, bei dem gleichzeitig andere Dinge beiseite gelegt werden. Seit Jahren bewundern wir eure Geduld und Selbstaufgabe, denn wir sind in eure Gehirne eingedrungen und kennen eure Sorgen, eure Zweifel, eure Verwirrung, die Ängste, die euch erfüllen. Aber da ist noch etwas anderes, von dem ihr bisher nichts gewußt habt."

Er machte eine Pause und sah uns der Reihe nach an, dann blickte er mich an, forschend und fragend, und ich nickte, um ihm zu bedeuten, daß er uns alles sagen und nichts verschweigen sollte.

„Wir sind auch in die Gedankenwelt der Soldaten eingedrungen, die unser Reservat bewachen", fuhr Michael fort. „Unsere Fähigkeit, fremde Gehirne zu studieren, ist ständig gewachsen, so daß es jetzt, im fünfzehnten Jahr unseres Lebens, auf der ganzen Welt keinen einzigen Menschen gibt, dessen Gedanken wir nicht lesen können. Ich brauche euch wohl nicht zu sagen, wie viele Tausend Gehirne wir schon erforscht haben."

Wieder legte er eine Pause ein, und ich schaute Dr. Goldbaum an. Der alte Mann schüttelte den Kopf, Tränen rollten über seine Wangen, und er flüsterte: „Oh, mein Gott! Was müßt ihr gesehen haben? Wie konntet ihr es ertragen?“

„Ihr habt nie gewußt, wieviel wir ertragen können“, antwortete Michael. „Wir hatten stets eine Eltern-Kind-Beziehung. Es war eine gute Beziehung. Ihr habt stets versucht, uns zu schützen, euch zwischen uns und die Außenwelt zu stellen. Doch das wäre nicht nötig gewesen. Es tut mir weh, euch das zu sagen – aber ihr müßt wissen, daß ihr schon vor langer Zeit die Kinder geworden seid und wir die Eltern.“

„Das wissen wir“, erwiderte ich. „Wenn wir auch nie davon gesprochen haben – wir wissen es, schon lange.“

„Seit unserem siebten Lebensjahr sind uns alle Einzelheiten dieses Experiments bekannt. Wir wußten, warum wir hier sind, was ihr erreichen wolltet – und seit damals überlegen wir, wie unsere Zukunft aussehen wird. Wir haben auch versucht, euch zu helfen – euch, die wir so sehr lieben, und vielleicht haben wir euch auch geholfen, indem wir euch von Sorgen und Krankheiten befreiten, indem wir euch in schrecklichen Nächten voller Alpträume beistanden, erfüllt von dem Grauen, das ihr ebenso wie alle anderen Menschen Schlaf nennt. Wir taten, was wir konnten, aber alle unsere Bemühungen, euch mit uns zu vereinen, eure Seelen zu öffnen, schlugen fehl. Schließlich erkannten wir, daß jener Teil des Gehirns, der für die Telepathie verantwortlich ist, schon vor der Pubertät geöffnet werden muß. Danach verändert sich das Gewebe des Gehirns, die Gehirnzellen verlieren die Fähigkeit, sich weiterzuentwickeln, der Geist wird für immer eingeschlossen. Von allen Dingen, denen wir ins Auge blicken müssen, bedrückt uns dies am meisten, denn ihr habt uns das kostbarste Erbe der Menschheit geschenkt, und wir können keine Gegenleistung erbringen.“

„Das stimmt nicht“, widersprach ich. „Ihr habt uns sehr viel gegeben.“

„Vielleicht“, sagte Michael. „Oder vielleicht hilft es euch, das zu denken und auszusprechen. Ihr seid sehr gut und freundlich. Ihr besitzt eine Fähigkeit, zärtlich zu lieben, die wir nie haben werden, denn diese Fähigkeit erwächst aus eurer Angst, aus euren Schuldgefühlen, aus dem Grauen, mit dem ihr leben müßt. Wir waren nie imstande, ein solches Grauen, eine solche Furcht zu empfinden, und das wollen wir auch gar nicht. Dies alles ist uns fremd. Wir wissen zwar um diese Dinge, werden aber niemals die Art von Liebe, die Opferbereitschaft empfinden können, all diese Gefühle, die ein ganz selbstverständlicher Teil eures Wesens sind. Das müssen wir euch sagen. Und nun, liebe Eltern, sind die fünfzehn Jahre vorbei. In dreißig Tagen wird ein Beobachtungsteam zu uns kommen."

Ich schüttelte den Kopf. „Nein. Das müssen wir verhindern. Sie dürfen nicht hierherkommen."

Wieder blickte Michael der Reihe nach in unsere Gesichter. „Aber was wird geschehen? Könnt ihr euch das vorstellen? Was wird in Washington geschehen? Darüber müssen wir jetzt nachdenken."

Einigen von uns fehlten die Worte, denn unsere Kehlen waren wie zugeschnürt in der Verwirrung unserer Gefühle. Cromwell, der Physiker, erwiderte: „Wir sind eure Lehrer, eure Väter und Mütter, aber wir können diese Entscheidung nicht treffen. Ihr müßt bestimmen, was wir tun sollen. Ihr werdet wissen, was zu tun ist. Und ihr wißt auch, daß ihr es uns sagen müßt."

Michael nickte, und dann teilte er uns mit, was die Kinder beschlossen hatten. Sie waren zu der Überzeugung gelangt, daß das Reservat weiterbestehen mußte. Sie brauchten noch fünf Jahre. Ich sollte mit Mark und Dr. Goldbaum nach Washington fliegen und eine Fristverlängerung erwirken. Sie meinten, das dürfte nicht allzu schwierig sein, und wenn man uns diese Frist gewährt hätte, würden sie in Aktion treten können.

„Was habt ihr vor?" fragte Dr. Goldbaum.

„Wir sind zu wenige", antwortete Michael. „Wir brauchen noch viel mehr Kinder. Wir müssen sie hierher ins Reservat bringen. Mit anderen Worten, wir müssen das Reservat verlassen, die Kinder hierherholen und erziehen."

„Warum müßt ihr sie hierherbringen?“ wollte Mark wissen. „Ihr könnt sie doch erreichen, wo immer sie auch sind. Ihr könnt in ihre Gehirne eindringen und sie zu einem Teil von euch machen. Die Seelen der Kinder auf der ganzen Welt stehen euch offen. Warum müßt ihr sie hierherbringen?“

„Das Problem besteht darin, daß die Kinder uns nicht erreichen können. Noch lange nicht. Sie wären allein, und ihre Gehirne würden Schaden erleiden, wenn wir uns allzu intensiv mit ihnen vereinten. Was würden die Leute da draußen mit solchen Kindern machen? Was geschah in früheren Jahrhunderten mit den Menschen, die von Dämonen besessen waren, die Stimmen und Engelsgesänge hörten? Manche wurden heilig gesprochen, andere auf Scheiterhaufen verbrannt, zu Tode gepeitscht, aufgespießt, auf die schlimmsten Arten gemartert, die sich die Menschheit nur ausdenken konnte.“

„Und wenn ihr die Kinder beschützen würdet . . .“, wandte eine Lehrerin ein.

„Eines Tages wird uns das gelingen. Aber jetzt sind wir noch nicht so weit. Wir sind einfach zu wenige. Erst einmal müssen wir Kinder hierherholen – viele hundert Kinder. Dann müssen wir andere Reservate gründen. Das alles braucht Zeit. Es dauert mindestens fünfzehn Jahre, bis sich ein Kind, auch wenn es unser Potential besitzt, bis zur Perfektion entwickelt hat. Es stimmt, daß wir schon mit acht, neun und zehn Jahren sehr viel wußten, aber wir waren immer noch Kinder. So wird es auch mit den anderen sein. Ihr seht also, wir brauchen viel Zeit. Die Welt ist groß, und es gibt viele Kinder. Wir müssen sie sehr sorgfältig erziehen. Die Menschen draußen haben Angst – die Angst beherrscht ihr Leben. Und die Angst, die sie vor uns haben werden, wird die schlimmste von allen sein. Sie werden verrückt vor Angst sein, und sie werden nur einen einzigen Gedanken haben – uns zu töten, uns zu vernichten.“

„Und unsere Kinder können sich nicht wehren“, sagte Dr. Goldbaum. „Daran müssen wir stets denken. Das ist sehr wichtig. Kampf, Mord, Feindschaft – das sind die Methoden der Menschheit, schon seit so langer Zeit, daß wir sie niemals in Frage gestellt haben. Kann ein menschliches Wesen töten? Kann es kämpfen? Wir haben es einfach als selbstverständlich betrachtet, daß dies alles menschliche Attribute sind. Denkt doch mal an die Juden – seit zweitausend Jahren haben sie keinen Krieg geführt, zumindest nicht als Volkseinheit. Man sagte, sie hätten die Bereitschaft verloren zu kämpfen und zu töten. Doch als sie den Staat Israel gegründet hatten, kehrte diese Bereitschaft zurück. Es gibt also keinen Ort auf Erden, wo der Mensch das Töten nicht sehr schnell erlernen kann. Als die friedliebenden Inder von der englischen Herrschaft befreit waren, kämpften sie gegeneinander, und es kam zu einem unglaublichen, unvorstellbaren, monströsen Massenbrudermord. Aber unsere Kinder sind anders. Sie können nicht töten. Das müssen wir uns klarmachen. Egal, welche Gefahr ihnen droht, egal, welches Schicksal auf sie wartet, sie könnten nicht töten. Sie können kein menschliches Wesen verletzen, geschweige denn töten. Es wäre ihnen unmöglich, irgend jemandem weh zu tun. Sicher, sie töten Kühe, alte Hunde und Katzen – aber niemals Menschen."

(Hier spielte Dr. Goldbaum auf die Tatsache an, daß wir unsere Rinder nicht mehr schlachten. Wir hatten Hunde und Katzen, und wenn sie alt und krank wurden, versetzten die Kinder sie in einen tiefen Schlaf, aus dem sie nicht mehr erwachten. Eines Tages fragten sie uns, ob sie das nicht auch mit den Rindern machen könnten, die wir schlachteten. In diesem Zusammenhang muß ich einen Punkt erwähnen, damit Du die Kinder besser verstehst, Harry. Wir halten uns Rinder, weil einige von uns immer noch glauben, sie würden nicht ohne Fleisch auskommen. Aber die Kinder essen kein Fleisch, nur Eier, Gemüse und Obst. Daß wir Tiere schlachten, um ihr Fleisch zu essen, deprimiert sie immer wieder. Doch es wäre ihnen niemals eingefallen, uns zu maßregeln. Dergleichen ist ihnen fremd. Sie bitten uns niemals, irgend etwas nicht zu tun. Sie treten nur im positiven Sinn an uns heran – um uns zu bitten, dies oder jenes zu tun. Aber wenn wir etwas machen, was sie abstoßend finden, werden sie uns niemals bitten, damit aufzuhören.)

„Nein, sie könnten keine Menschen töten", fuhr Dr. Goldbaum fort. „Gott helfe uns – die Kinder können keinem Menschen weh tun. Wir sind imstande, Dinge zu tun, von denen wir wissen, daß sie falsch sind. Dies ist eine der Fähigkeiten, die wir besitzen und die den Kindern abgehen. Sie können nicht töten, sie können nicht verletzen. Habe ich recht, Michael, oder täusche ich mich?"

„Du hast recht", erwiderte Michael. „Wir müssen uns langsam und geduldig unserem Ziel nähern, und die Welt darf nicht erfahren, was wir tun, solange wir nicht gewisse Maßnahmen ergriffen haben. Ich glaube, wir brauchen noch drei Jahre. Fünf Jahre wären noch besser. Aber wenn du eine Frist von drei Jahren erwirken kannst, Jean, so werden wir uns damit begnügen, und wir werden es irgendwie schaffen, in diesem Zeitraum zu tun, was wir tun müssen. Wirst du mit Mark und Dr. Goldbaum nach Washington fliegen und um diese drei Jahre bitten?"

„Ja", sagte ich, „und ich bin ganz sicher, daß man unseren Wunsch erfüllen wird."

„Wir brauchen nicht nur diese Frist, wir brauchen auch eure Hilfe", fügte Michael hinzu. „Natürlich werden wir euch nicht hier festhalten, wenn ihr gehen wollt. Aber wir brauchen euch so dringend – so wie wir euch immer gebraucht haben. Wir lieben euch, und wir flehen euch an, bei uns zu bleiben."

Überrascht es Dich, daß wir alle geblieben sind, Harry? Daß es keiner von uns übers Herz brachte, die Kinder zu verlassen, daß wir bei ihnen bleiben werden bis zu unserem Lebensende?

Sie brauchten diese Frist, und sie wurde ihnen gewährt, und deshalb konnte ich Dir in aller Öffentlichkeit mitteilen, was geschehen war.

Mark, Dr. Goldbaum und ich baten also um diese Gnadenfrist, und wir fanden offenbar die richtigen Worte, denn wir erreichten unser Ziel. Was nun diese graue Barriere betrifft, die unser Reservat umgibt – die Kinder haben mir gesagt, das sei eine ganz simple Vorrichtung. Das hat natürlich nicht viel zu bedeuten. Sie haben viele Vorrichtungen, die sie als simpel bezeichnen und die weit über das Begriffsvermögen normaler Menschen hinausgehen. Aber um auf die Barriere zurückzukommen – soweit ich es verstehe, haben sie die Zeitsequenz des Reservats geändert, nur um eine Zehntausendstelsekunde. Das hat dazu geführt, daß Eure Außenwelt nun um eine Zehntelsekunde früher existiert als unser Reservat. Auf uns scheint dieselbe Sonne wie auf Euch herab, dieselben Winde wehen, und von unserem Reservat aus sehen wir die übrige Welt unverändert – so wie sie ist. Aber Ihr könnt uns nicht sehen. Wenn ihr auf uns schaut, so ist der jeweilige Moment unserer Existenz, der Moment, dessen wir uns bewußt sind, für euch noch nicht vorhanden. Statt der Realität seht Ihr ein Nichts, keinen Raum, kein Licht, nur die undurchdringliche Mauer des Nicht-Existierenden. Wenn Du das liest, wirst Du natürlich sagen, daß das keinen Sinn ergibt, und ich will auch gar nicht so tun, als würde ich einen Sinn darin erkennen. Ich fragte die Kinder, wie ich es beschreiben soll. Sie erklärten es mir, so gut wie sie konnten, angesichts des Umstands, daß sie Worte gebrauchen mußten, die ich halbwegs verstehe. Sie baten mich, mir einen existierenden Zeitraum vorzustellen, und erklärten daß wir mit einem gewissen Punkt unseres Bewußtseins durch diesen Raum reisen und daß dieser Punkt unseren Weg markiert. Sie haben den Punkt geändert – und was das bedeutet, wird ein armseliger Mensch wie ich nie erfassen können.

Ich muß noch hinzufügen, daß wir das Reservat verlassen, als würden wir aus der Vergangenheit in die Zukunft gehen können. Die Brücke, die von uns zu Euch führt, besteht ja nur aus einer Zehntausendstelsekunde. Ich habe das selbst gemacht, als wir mit der Barriere experimentierten. Dabei fühlte ich einen Schauer, eine momentane Übelkeit, aber sonst nichts. Es gibt auch einen Weg, wieder ins Reservat zurückzukehren, doch darüber kann ich Dir nichts mitteilen, was Du sicher verstehen wirst.

So sieht unsere Situation also aus, Harry. Wir werden uns nie wiedersehen, aber ich versichere Dir, daß Mark und ich glücklicher sind denn je. Der Mensch wird sich ändern. Nichts auf der Welt kann diese Transformation verhindern. Sie hat bereits begonnen, und im Zuge dieser Veränderung wird der Mensch den Weg gehen, der ihm von Anfang an bestimmt war. In Liebe, von Wissen beseelt, wird er zu den Sternen greifen, das ganze Universum erfüllen. Wenn ich die Worte lese, die ich da geschrieben habe, so finde ich, daß dies der schönste Gedanke ist, der mir jemals in den Sinn kam. Meine Haut prickelt, wenn ich mir das alles ausmale ... Harry, ist das nicht der Traum, den der Mensch schon immer geträumt hat? Keine Kriege, kein Haß, kein Hunger, keine Krankheit, kein Tod ... Wie glücklich sind wir doch, daß wir leben dürfen, während das alles geschieht! Mehr könnten wir uns gar nicht wünschen.

Und nun sage ich Dir Lebewohl, mein lieber Bruder, und beende diesen Brief. In tiefer Liebe,

Deine Schwester Jean Arbalaid

Ein langes Schweigen entstand, als Felton den Brief vorgelesen hatte, und die beiden Männer blickten sich an. Schließlich sagte der Verteidigungsminister: „Sie wissen, daß wir weiterhin an diese Barriere klopfen müssen, Felton – wir können nicht aufhören. Irgendwie müssen wir eine Möglichkeit finden, sie zu durchbrechen."

„Ich weiß."

„Es wird einfacher sein, nachdem Ihre Schwester alles erklärt hat."

„Das bezweifle ich", erwiderte Felton müde. „Ich glaube nicht, daß sie es uns erklärt hat."

„Uns beiden vielleicht nicht. Aber die Wissenschaftler werden herausfinden, was für eine Bewandtnis es mit dieser Barriere hat. Sie finden alles heraus – immer ..."

„Diesmal vielleicht nicht."

„O, doch. Wir müssen dieses Projekt stoppen. Wir waren schon oft bedroht – aber noch nie in dieser Weise. Ich brauche mich nicht über dieses Konzept von der Unsterblichkeit zu verbreiten, von dieser Unmoral, dieser Gottlosigkeit, der Nacktheit, dieser sittenlosen Sexualität, diesem Gedankenlesen, über die Art, wie diese Kinder die Privatsphäre der gesamten Menschheit und allen Anstand verletzen. Das alles brauche ich Ihnen nicht zu sagen – Sie wissen ebensogut wie ich, daß dies jeden einzelnen Menschen auf der Erde gefährdet. Die Kinder haben recht. Oh, sie verstehen das alles sehr gut. Dies ist nicht nur eine nationale Bedrohung. Es ist etwas ganz anderes als der Kommunismus. Hier werden nicht nur die Souveränität, die Freiheit der Vereinigten Staaten, der amerikanische Lebensstil bedroht. Hier wird nicht nur die Demokratie bedroht, sondern Gott und die Menschheit. Hier wird alles bedroht, was anständig und heilig ist – alles, woran wir glauben, alles, was wir verehren. Es ist eine Krankheit, Felton. Das wissen Sie doch, nicht wahr? Sie haben erkannt, daß es eine Krankheit ist?"

„Sind Sie wirklich dieser Meinung?" fragte Felton. „Glauben Sie allen Ernstes, was Sie mir da sagen?"

„Ob ich es glaube? Wer würde es nicht glauben, Felton? Es ist eine Krankheit, und es gibt nur eine einzige Möglichkeit, eine Krankheit zu bekämpfen. Man muß die Keime ausrotten, die sie verursacht haben. Wissen Sie, wie man diese Krankheit bekämpfen muß, Felton? Ich werde es aussprechen – und viele andere Menschen werden es ebenfalls aussprechen. Man muß die Kinder töten. Das ist der einzige Weg. Ich wünschte, es gäbe einen anderen – aber es gibt keinen."

Daniel Keyes (geb. 1927) gehört zu jenen Autoren, an die man sich wegen einer einzigen Story immer erinnern wird, denn „Blumen für Algernon" ist eines der berühmtesten Werke in der Geschichte der Science-Fiction. Es wurde sofort als Klassiker erkannt, als es in der Aprilausgabe 1959 des Magazine of Fantasy and Science Fiction *erschien. 1966 wurde diese Erzählung zu einem Roman erweitert und 1968 unter dem Titel* Charly *verfilmt. 1960 gewann sie den* Hugo *für Kurzgeschichten.*

Wir möchten Sie auch gern auf zwei andere großartige Stories von Daniel Keyes aufmerksam machen – auf „Crazy Maro" *und* „The Quality of Mercy" *(beide 1960).*

Daniel Keyes

Blumen für Algernon

FLOWERS FOR ALGERNON

Fordschridsberichd 1 – 5. Märtz 1965

Dr. Strauss sagd ich soll schreiben was ich denke – über alles was von nun an mit mir geschied. Ich weiß nicht warum, aber er sagd es ist wichdig, damid sie sehen ob sie mich gebrauchen können. Ich hoffe, daß sie mich gebrauchen können. Miß Kinnian sagd vielleichd können sie mich klug machen. Ich will klug sein. Ich heiße Charlie Gordon. Ich bin 37 Jahre ald und vor zwei Wochen war mein Geburdsdag. Jetzd weiß ich nichd mehr, was ich schreiben soll, und so mache ich für heude Schluß.

Fordschridsberichd 2 – 6. Märtz

Heude machden sie einen Test mid mir. Ich glaube den habe ich vermasseld. Wahrscheinlich werden sie mich jedzd doch nichd gebrauchen. Ein nedder junger Mann war im Zimmer und er hadde weiße Karden voller Dindenkleckse. Er sagde – Charlie, was siehsd du auf diesa Karde? Ich hadde Angsd, obwohl ich meine Hasenpfode in der Dasche hadde denn als kleiner Junge habe ich in der Schule immer alle Tests vermasseld und viel Dinde verschüdded.

Ich sagde ihm daß ich einen Dindenfleck sehe. Er sagde ja und das dad mir gud. Ich dachde das wäre alles aber als ich aufsdehen und gehen wollde hield er mich zurück. Er sagde sedz dich Charlie wir sind noch nichd ferdig. Ich weiß das nichd mehr so genau aber ich glaube er wollde daß ich sage was in der Dinde isd. Ich sah nichds in der Dinde aber er sagde da wären Bilda und andere Leude würden Bilda sehen. Aber ich sah keine Bilda. Ich bemühde mich wirklich. Ich hield die Karde ganz nah vor die Augen und dann ganz weid weg. Ich sagde wenn ich meine Brille hädde könnde ich bessa sehen. Ich brauche die Brille nur wenn ich ins Kino geh oder fernseh. Ich sagde die Brille wäre im Schrank in der Halle. Ich holde sie. Dann sagde ich er soll mir die Karden noch mal zeigen ich wedde, ich könnde jedzd alles sehen. Und dann had er mir die Karden wieder gezeicht.

Ich versuchde es aber ich fand die Bilda noch imma nichd. Ich sah nur Dinde. Ich sagde daß ich vileichd eine neue Brille brauche. Er schrieb sich was auf und ich hadde Angsd daß ich den Test wieder vermasseld habe. Ich sagde ihm da wäre ein hübscher Dindenfleck mit lauder Punkden drumherum. Er schaude sehr draurig drein also wars das nichd. Ich sagde bidde darf ichs noch mal versuchen. Ich würde in ein paar Minuden draufkommen und ich wäre nun mal nichd so schnell. Ich lese auch gans langsam in Miß Kinnians Klasse für langsame Erwaxene aber ich bemüh mich.

Er gab mir noch eine Changs mit einer anderen Karde wo zwei Dindenflecke drauf waren ein roda und ein blaua.

Er war sehr nedd und redede ganz langsam wie Miß Kinnian und erklärde mir das wäre ein *roha Schock*. Er sagde daß die Leude Dinge in der Dinde sehen. Ich sagde er soll mir mal zeigen wo. Er sagde ich soll mal nachdenken. Ich sagde ihm ich denke an einen Dindenfleck aber das wars nichd. Er fragde an was mich der Fleck erinnerd – ich soll so dun als würde er mich an was erinnan. Ich machde die Augen zu und versuchde so zu dun. Dann sagde ich ihm ich denke an einen Füllfedahalda von dem Dinde auf ein Dischduch dropfd. Da stand er auf und ging raus.

Ich glaube nichd daß ich den Rohschocktest bestanden hab.

Fordschridsberichd 3 – 7. Märtz

Dr. Strauss und Dr. Nebuhr sagen das mid den Dindenflecken sei nichd so schlimm. Ich sagde ihnen ich hädde die Dinde nichd auf die Karden gekleckst und ich konnde nichds in der Dinde sehen. Sie sagden vileichd würden sie mich trodzdem gebrauchen, Ich sagde Miß Kinnian würde nie solche Tests mid mir machen. Bei ihr müßde ich nur lesen und schreiben. Sie sagden Miß Kinnian hädde ihnen erzähld daß ich ihr besda Schüla in der Erwaxenenabendschule bin weil ich mich so bemüh und wirklich was lernen will. Sie fragden wieso bisd du von selba in die Abendschule gegangen Charlie. Wie hasd du die gefunden. Ich sagde ich hädde die Leude gefragd und jemand hädde mir gesagd wo ich lesen und schreiben lernen kann. Sie fragden warum wolldesd du das. Ich sagde ihnen weil ich imma schon klug und nichd dumm sein wollde. Aba es ist sehr schwer klug zu sein. Sie sagden das würde wahrscheinlich demporär sein Miß Kinnian had das auch schon gesagd. Aba es machd mir nichtds wenns we dud.

Heude machde ich noch ein par verrückde Tests. Die nedde

Dame nannde mir den Namen und sagde mir auch wie man das buchsdabirt damid ichs in meinen Fordschridsberichd schreiben kann. Der Test heißd *Thematischer Apperzeptionstest*. Diese zwei Wörda kenne ich nichtd aba ich weiß was ein Test isd. Man muß ihn besdhehen oda man kriegd schlechde Noden. Diesa Test ist leichd weil ich die Bilda sehen kann. Aba diesmal will sie nichd daß ich ihr von den Bildan erzähl. Das bringd mich ganz durcheinanda. Ich sagde der Mann gesdan wollde daß ich ihm sage was ich in der Dinde sehe. Sie sagde das wäre egal. Sie sagde ich soll Geschichden von den Leuden auf den Bilda erzählen.

Ich fragde wie kann ich Geschichden von Leuden erzählen die ich nichd kenne. Ich fragde warum ich ihr was vorlügen soll. Ich lüge nie mehr weil sie mich immer erwischd haben.

Sie sagde mid diesem Test und mid dem anderen dem Rohschocktest würden sie meine Persönlichkeid besdimmen. Da mußde ich lachen. Ich fragde wie man das mit Dinde und Fodos machen kann. Da war sie saua und steckde ihre Bilda ein. Mir war das egal. Das Ganze war blöd. Ich glaube ich habe diesen Test auch vermasseld.

Späda führden mich ein par Männa in weißen Mändeln in einen anderen Deil des Krankenhauses und gaben mir ein Spiel mid dem ich spielen sollde. Es war wie ein Weddrennen mit eina weißen Maus. Sie nannden die Maus Algernon. Algernon war in einer Schachdel mit vielen Windungen und Wänden und sie gaben mir einen Bleisdifd und ein Papier mit Linien und vielen Käsdchen. Auf der einen Seide stand *Start* und auf der anderen *Ziel*. Sie sagden das sei ein Labrint und Algernon in der Schachdel und ich müßden uns in demselben Labrint zurechdfinden. Ich verstand nichd, warum wir denselben Labrint hadden wo doch Algernon in der Schachdel war und ich ein Papier hadde aba ich sagde nichds. Dazu war auch keine Zeid weil das Weddrennen anfing.

Eina von den Männan hadde eine Uhr und er versuchde sie zu versdecken damid ich sie nichd sehen konnde. Und ich versuchde nichd hinzuschauen und das machde mich nervös. Jedenfalls war diesa Test noch schlimma als die anderen weil sie es zehnmal mit verschiedenen Labrints machden und Algernon jedesmal gewann. Ich habe gar nichd gewußd daß Mäuse so schlau sind. Vileichd isd das so weil Algernon eine weiße Maus isd. Vileichd sind weiße Mäuse schlaua als andere.

Fordschridsberichd 4 – 8. Märtz

Sie werden mich gebrauchen! Ich bin so aufgeregd das ich kaum schreiben kann. Dr. Strauss und Dr. Nemur haben deshalb gesdridden. Dr. Nemur war im Büro als Dr. Strauss mid mir reinging. Dr. Nemur meinde ich wäre nichd geeigned aber Dr. Strauss sagde, Miß Kinnian hädde mich empfoln denn ich wäre der besde von allen ihren Schülan. Ich mag Miß Kinnian weil sie eine sehr kluge Lehrerin isd. Und sie sagde Charlie du kriegsd eine zweide Changs. Wenn du dich für dieses Experimend meldesd wirsd du klug werden. Sie wissen nichd ob es permanend sein wird aba da isd eine Changs. Deshalb sagde ich okay obwohl ich Angsd hadde weil sie sagde daß es eine Oparadion isd. Sie sagde hab keine Angsd Charlie du hasd so viel mid so wenig erreichd und ich glaube du hasd es am meisden verdiend.

Ich hadde aba drodzdem Angsd als Dr. Nemur und Dr. Strauss sdridden. Dr. Strauss sagde ich hädde was sehr Gudes – ich hädde eine gude *Motor-Vation*. Das habe ich nichd gewußd. Er sagde daß nichd jeda so was had der einen Eikju von 68 Had. Ich weiß nichd was das isd und wo ich das habe aber er sagde Algernon hädde das auch. Algernons *Motor-Vation* isd der Käse den sie ihm in die Schachdel legen. Aber daran kanns nichd liegen denn ich habe in diesa Woche keinen Käse gegessen.

Dann sagde er was zu Dr. Nemur das ich nichd verstand und während sie rededen schrieb ich mir ein par von den Wördan auf.

Er sagde Dr. Nemur ich weiß Charlie isd nichd das was Sie im Sinn hadden als Exemplar Ihrer neuen Zuchd von Intellek ... (ich hab das Word nichd verstanden) Supermann im Sinn hadden. Aba die meisden Leude von seina niederen Ment ... sind feindselig und unkoop. .. Sie sind auch apath. .. und es isd schwer an sie ranzukommen. Aber er ist indaressird und eifrig.

Dr. Nemur sagde bedenken Sie daß er das ersde menschliche Wesen sein wird dessen Intelligens durch chirurgische Middel verdreifachd werden wird.

Dr. Strauss sagde genau. Schaun Sie wie gud er schon schreiben und lesen kann. Für einen Burschen mid seinen geringen geisdigen Fähigkeiden isd das eine große Leisdung. Das ist genauso als würden Sie und ich Einsdeins Teori von der ... vität ohne Hilfe lernen. Das zeigd seine indensive Motor-Vation. Es isd eine relat... immense Leisdung. Ich würde sagen wir nehmen Charlie.

Ich habe nichd alles verstanden. Sie rededen so schnell. Aber es klang so als wäre Dr. Strauss auf meina Seide und der andere nichd.

Dann nickde Dr. Nemur und sagde gud vileichd haben Sie rechd. Wir werden Charlie nehmen. Als er das sagde war ich ganz aufgeregd und sprang auf und schüttelde ihm die Hand weil er so gud zu mir war. Ich sagde danke Doc und es wird ihnen nichd leiddun daß Sie mir noch eine Changs geben. Und so meine ich es auch. Nach der Oparadion will ich versuchen klug zu sein. Ich werde mich sehr ansdrengen.

Fordschridsberichd 5 – 10. Märtz

Ich habe Angsd. Viele Leude die hier arbeiden die Schwesdern und die Leude die diese Tests mid mir gemacht haben kamen zu mir und brachden mir Bongbongs und wünschden mir Glück. Ich hoffe daß ich Glück haben werde. Ich habe meine Hasenpfode und meinen Glückspfennig und meinen Pferdehuf. Aba als ich ins Krankenhaus kam lief mir eine schwarze Kadze üba den Weg. Dr. Strauss sagde sei nichd abagläubisch Charlie das ist Wissenschafd. Jedenfalls behalde ich meine Hasenpfode bei mir.

Ich fragde Dr. Strauss ob ich Algernon nach der Oparadion schlagen kann und er sagde vileichd. Wenn die Oparadion klappd werde ich diesem Mäusarich zeigen daß ich genauso klug bin wie er. Dann werde ich auch bessa lesen und die Wörda richtig buchstabirn können. Ich werde viele Dinge wissen und wie andere Leude sein. Ich will so klug wie andere Leude sein. Wenn es permanend bleibd wollen sie alle Leude auf der Weld so klug machen.

Heude morgen bekam ich nichds zu essen. Ich weiß nichd was das Essen mid dem Klugsein zu dun had. Ich bin sehr hungrig und Dr. Nemur had mir meine Bongbongs weggenommen. Diesa Dr. Nemur isd ein aldes Ekel. Dr. Strauss had gesagd nach der Oparadion kann ich die Bongbongs wiederhaben. Vor einer Oparadion darf man nichds essen . . .

Fortschrittsbericht 6 – 15. März

Die Oparadion dad nichd weh. Er machde es während ich schlief. Sie nahmen mir heude den Verband von den Augen und vom Kopf, damid ich einen *Fortschrittsbericht* schreiben kann. Dr. Nemur had sich die anderen angeschaud und gesagd daß ich *Fortschrittsbericht* imma falsch geschrieben habe. Er sagde mir wie man das richdig schreibd. Ich will versuchen mich daran zu erinnan.

Ich habe eine schlechde Erinnarung für Rechdschreibung. Dr. Strauss sagd es isd okay wenn ich alles erzähl was mid mir passird aba ich soll auch schreiben was ich fühle und denke. Als ich ihm sagde ich weiß nichd wie man denkd sagde er ich solls versuchen. Die ganze Zeid als ich den Verband um die Augen hadde versuchde ich zu denken. Nichds passirde. Ich weiß nichds woran ich denken soll. Wenn ich ihn frage wird er mir vileichd sagen wie ich denken kann – wo ich doch jedzd klug werden soll. Was denken kluge Leude? Wahrscheinlich lauda irres Zeug. Ich wünschde ich könnde schon jedzd so irre Sachen denken.

Fortschrittsbericht 7 – 19. März

Nichds passird. Ich machde viele Tests und Weddrennen mit Algernon. Ich hasse diesen Mäuserich. Er gewinnd imma. Dr. Strauss sagd ich muß diese Spiele spielen. Und er sagd ich muß bald wieda diese Tests machen. Diese Dindenkleckse sind blöd. Und die Bilda auch. Ich zeichne gern ein Bild von einer Frau und einem Mann aber ich will keine Lügengeschichden üba die Leude erzählen.

Ich habe Kopfweh weil ich so krampfhafd zu denken versuche. Ich dachde Dr. Strauss isd mein Freund aba er hilfd mir nichd. Er sagd mir nichd was ich denken soll oda wann ich klug werde. Miß Kinnian kommd nichd zu mir. Ich finde es auch blöd daß ich die Fortschrittsberichte schreiben muß.

Fortschrittsbericht 8 – 23. März

Ich gehe wieda in die Fabrik arbeiden. Sie sagden es wäre bessa wenn ich wieda arbeide aba ich soll niemand von der Oparadion erzählen und jeden Abend nach der Arbeid für eine Stunde ins Krankenhaus kommen. Sie wollen mir jeden Monad Geld geben weil ich lerne klug zu sein.

Ich bin froh daß ich wieda arbeide denn ich vermisse meinen Job und meine Freunde und den Spaß den wir in der Fabrik haben.

Dr. Strauss sagd ich soll weidahin alles aufschreiben aber ich muß es nichd jeden Dag machen nur wenn was Besonders passird. Er sagd ich soll nichd den Mud verlirn weils so langsam gehd. Er sagd bei Algernon had es auch lange zeid gedauad bis er dreimal so klug war wie zuvor. Deshalb besigd mich Algernon imma weil er auch eine Oparadion hadde. Wenn ich mir das vorstelle fühle ich mich bessa. Vileichd schaffe ich diesen Labrind schneller als eine normale Maus. Vileichd werde ich Algernon eines Dages schlagen. Junge das wär was. Bisher siehds so aus als wäre Algernon permanend klug.

25. März (ich muß jetzt nicht mehr Fortschrittsbericht drüber schreiben wenn ich es einmal in der Woche Dr. Nemur zum Lesen gebe. Ich muß nur das Dadum draufschreiben. Das spard Zeid.)

Heude hadden wir viel Spaß in der Fabrik. Joe Carp sagde he Charlie isd oparird worden und sie haben ihm ein neues Gehirn reingedan. Ich wollde ihm schon alles erzählen aba da erinnerde ich mich daß Dr. Strauss gesagd had ich darf nichds sagen. Dann sagde Frank Reilly Charlie du hasd deinen Schlüssel vergessen und mußd jedzd die Dür auf die harde Dour aufmachen. Da mußde ich lachen. Sie sind wirklich meine Freunde und mögen mich.

Manchmal sagd einer he schaud euch Joe oda Frank oda George an die spielen Charlie Gordon. Ich weiß nichd warum sie das sagen aba sie lachen imma. Heude morgen benudzde Amos Borg der 4. Mann bei Donnagens meinen Namen als er Ernie den Bürojungen anschrie. Ernie had ein Paked verlorn. Er sagde Ernie um Goddes willen warum versuchsd du ein Charlie Gordon zu sein. Ich versdehe nichd warum er das gesagd had. Ich habe nie Pakede verlorn.

28. März. Dr. Strauss kam heude abend in mein Zimma um zu sehen warum ich nichd ins Krankenhaus gekommen bin. Ich sagde ihm ich will nichd mehr Weddrennen mid Algernon machen. Er sagde das brauche ich auch nichd aba ich soll drodzdem kommen. Er hadde ein Geschenk für mich aba es war kein richdiges Geschenk. Er had es mir nur geliehn. Ich dachde es wäre ein kleina Fernsehapparad aba das wars nichd. Er sagde ich soll es anmachen wenn ich schlafengeh. Wer had so was schon gehörd. Aba er sagde wenn ich klug sein will muß ich dun was sie mir sagen. Ich sagde ich glaube nichd daß ich jemals klug werde und er legde eine Hand auf meine Schulder und sagde Charlie du weißd es noch nichd aba du wirsd imma klüga. Zuersd wirsd dus nichd merken. Ich glaube er wollde mich nur drösden weil ich immer noch nichd klüga bin.

O ja das hädde ich fasd vergessen. Ich fragde ihn wann ich wieda zu Miß Kinnian in die Abendschule gehen kann. Er sagde ich soll nichd mehr hingehen. Er sagde Miß Kinnian wird bald ins Krankenhaus kommen und mir Schpezialunderichd geben. Ich war böse auf sie weil sie nach der Oparadion nichd bei mir war aba ich mag sie und vileichd werden wir wieda Freunde.

29. März. Dieses verrückde TV had mich die ganze Nachd wachgehalden. Wie kann ich schlafen wenn mir irgendwas blödes Zeug ins Ohr schreid. Und die irren Bilda. Wumm! Ich weiß nichd was es sagd wenn ich wach bin also wie soll ich wissen was es sagd wenn ich schlafe.

Dr. Strauss sagd das ist okay. Er sagd mein Gehirn lernd während ich schlafe und das wird mir helfen wenn Miß Kinnian mich im Krankenhaus underrichded (inzwischen habe ich rausgekriegd daß es kein Krankenhaus isd sondern ein Labor). Ich finde das alles blöd. Wenn man im Schlaf klug werden kann warum gehen die Leude dann überhaupd in die Schule. Ich glaube nichd daß das klappen wird. Ich habe mir immer die Middernachdsscho im Fernsehen angeschaud und dabei bin ich auch nichd schlaua geworden. Vileichd muß man beim Fernsehen schlafen.

Fortschrittsbericht 9 – 13. April

Dr. Strauss hat mit gezeigd wie man das TV leisa stellt so daß ich schlafen kann. Ich höre nichts mehr. Und ich verstehe noch imma nicht was es sagt. Manchmal spiele ich es am Morgen ab um rauszufinden was ich im Schlaf gelernt habe aba ich glaube nicht daß ich was gelernt habe. Miß Kinnian sagt vielleicht ist es eine andere Sprache oda so was. Aba es klingt meistens amerikanisch. Es redet schnell viel schnella als Miß Gold meine Lehrerin in der 6. Klasse und ich erinnare mich daß sie so schnell redete daß ich sie nicht verstehen konnte.

Ich fragte Dr. Strauss wozu das gut sein soll daß ich im Schlaf klüga werde. Ich will klug sein wenn ich wach bin. Er sagt das ist dasselbe und daß ich zwei Gehirne habe. Da gibts das Unterbewußtsein und das Bewußtsein. Und das eine sagt dem andern nicht was es macht. Sie reden nicht einmal miteinander. Deshalb träume ich. Und Junge ich hatte wilde Träume. Wumm! Immer seit ich das TV habe. Eine tolle tolle tolle Scho!

Ich versuch ihn zu fragen ob nur ich zwei Gehirne habe oder andere Leute auch.

(Gerade habe ich das Wort in dem Wörtabuch rausgesucht das Dr. Strauss mir gegeben hat. Das Wort ist Unterbewußtsein. Dabei gehts um *mentale Aktionen die im Bewußtsein nicht präsent sind. Dadurch entstehen unbewußte Interessenkonflikte.* In dem Buch steht noch mehr aber ich weiß noch immer nicht was das bedeutet. Für dumme Leute wie mich ist das kein gutes Wörtabuch.)

Das Kopfweh habe ich jedenfalls von der Party. Joe Carp und Frank Reilly meine Freunde von der Fabrik luden mich auf ein par Drinks in Muggsys Saloon ein. Ich trink nicht gern aber sie sagten wir würden viel Spaß haben. Es war sehr lustig.

Joe Carp sagte ich sollte den Mädchen zeigen wie ich in der Fabrik die Toilette saubamache und er gab mir einen Scheuerlappen. Ich zeigte es ihnen und alle lachten als ich sagte Mr. Donnegan hätte gesagt ich wäre der beste Hausmeista den er je hatte. Ich mag meinen Job und ich mache alles gut und bin nie zu spät gekommen und habe nie gefehlt außer an dem Tag als ich meine Oparadion hatte.

Ich sagte Miß Kinnian würde immer sagen Charlie sei stolz auf deinen Job weil du deine Sache gut machst.

Alle lachten und wir hatten viel Spaß und sie schpendirten mir viele Drinks und Joe sagte Charlie ist ein As wenn er voll ist. Ich weiß nicht was er damit meint aber alle waren nett zu mir und wir hatten viel Spaß. Ich kanns gar nicht mehr erwarten bis ich so klug bin wie meine besten Freunde Joe Carp und Frank Reilly.

Ich weiß nicht mehr wie die Party zu Ende ging aber ich glaube ich ging raus um eine Zeitung und Kafe für Joe und Frank zu kaufen und als ich zurückkam war keiner mehr da. Ich suchte sie sehr lange. Ich erinna mich nicht mehr was dann geschah aber ich glaube ich schlief ein oder mir war schlecht. Ein netta Bulle brachte mich heim. Das hat meine Vermietarin Mrs. Flynn gesagt.

Aber ich hab Kopfweh und eine große Beule am Kopf und bin übarall blau. Vielleicht bin ich hingefallen aba Joe sagt es war sicher der Bulle. Die verhauen betrunkene Leute manchmal. Ich glaube es nicht. Miß Kinnian sagt die Bullen sind dazu da um den Leuten zu helfen. Jedenfalls habe ich ganz schlimme Kopfschmerzen und mir ist übel und alles tut mir weh. Ich glaube nicht daß ich jemals wieda was trinken werde.

6. April. Ich habe Algernon geschlagen! Ich wußte es gar nicht bis Burt der Tester es mir sagte. Das zweitemal verlor ich weil ich so aufgeregt war daß ich vom Stuhl fiel bevor das Wettrennen zu Ende war. Aba danach besiegte ich ihn noch achtmal. Ich muß klug geworden sein wenn ich einen klugen Mäuserich wie Algernon geschlagen hab. Aba ich *fühle* mich noch nicht klüger.

Ich wollte noch ein Wettrennen mit Algernon machen aba Burt sagte das würde für einen Tag genügen. Dann durfte ich ihn ein bißchen in die Hand nehmen. Er ist gar nicht so übel. Er ist ganz weich wie ein Wattebausch. Er blinzelt und wenn er die Augen aufmacht sind sie schwarz und am Rand rosa.

Ich fragte ob ich ihn füttern darf weil es mir leid tut daß er verloren hat und weil ich sein Freund sein will, Burt sagte nein denn Algernon ist ein ganz besonderer Mäuserich weil er auch so eine Oparadion hinter sich hätte so wie ich und er sei das erste Tier das schon so lange klug bleibt. Er sagte mir Algernon sei so klug daß er jeden Tag einen Test machen muß um sein Futter zu kriegen. Es ist genauso wie ein Schloß an einer Tür das sich jedesmal ändert wenn Algernon durch die Tür geht um zu fressen. Er muß also jedesmal was Neues lernen bevor er sein Futter kriegt. Das machte mich traurig denn wenn er nichts lernen würde müßte er hungern.

Ich glaube nicht daß es richtig ist daß man erst einen Test bestehen muß bevor man was zu essen kriegt. Wie würde es denn Dr. Nemur gefallen wenn er immer erst einen Test bestehen müßte bevor er essen darf. Ich glaube ich werde mich mit Algernon anfreunden.

9. April. Heute nach der Arbeit traf ich Miß Kinnian im Labor. Sie sah aus als würde sie sich freuen mich wiederzusehen aber sie schien sich auch ein bißchen zu fürchten. Ich sagte ihr sie braucht keine Angst zu haben denn ich wäre noch nicht klug und da lachte sie. Sie sagte ich setze große Stücke auf dich Charlie weil du dich so anstrengst um besser lesen und schreiben zu können als die andern. Sie sagte eine Zeitlang müßte ich noch durchhalten und ich tue was für die Wissenschaft.

Wir lesen jetzt ein schwieriges Buch. So ein schweres Buch habe ich noch nie gelesen. Es heißt *Robinson Crusoe* und da kommt ein Mann drin vor der auf einer einsamen Insel gestrandet ist. Er ist sehr schlau und kriegt alles mögliche raus und baut sich ein Haus und macht sich was zu essen und kann gut schwimmen. Er tut mir aber leid weil er so allein ist und keine Freunde hat. Aba ich glaube auf der Insel muß noch jemand sein denn da ist ein Bild von ihm wie er mit seinem komischen Schirm dasteht und Fußspuren anschaut. Hoffentlich kriegt er einen Freund und muß nicht mehr so einsam sein. Ich wünsche es ihm so sehr.

10. April. Miß Kinnian zeigt mir jetzt wie ich meine Rechtschreibung verbessan kann. Sie sagt ich muß mir ein Wort anschauen und dann die Augen zumachen und mir das Wort immer wieda vorsagen bis ich mich genau dran erinnan kann. Früher hatte ich große Schwierigkeiten mit dem T. Bevor ich anfing klug zu werden schrieb ich immer D. Aber das kann ich jetzt.

14. April. Ich habe *Robinson Crusoe* fertig gelesen. Ich will rauskriegen was noch alles mit ihm passirt ist aber Miß Kinnian sagt das war alles. Warum?

15. April. Miß Kinnian sagt ich lerne sehr schnell. Sie las ein par von meinen Fortschrittsberichten und sah mich komisch an. Sie sagt ich bin ein netter Kerl und ich werde es ihnen allen zeigen. Ich fragte sie warum. Sie sagte das sei nicht so wichtig und ich sollte mir nichts draus machen wenn ich rauskriege daß die Leute nicht alle so nett sind wie ich glaube. Sie sagte für einen Menschen der vom lieben Gott so wenig mitbekommen hat wäre ich gut und viel besser als die Leute die Gehirne haben und sie nicht verwenden. Ich sagte alle meine Freunde wären klug und auch gut. Sie mögen mich und wir haben immer viel Spaß. Da hatte sie plötzlich was in den Augen und mußte aufs Damenklo laufen.

16. April. Heute habe ich, das *Komma,* gelernt, das ist ein Punkt mit einem Schwänzchen, und Miß Kinnian sagt, es ist wichtig, weil, dadurch die Schrift besser wird, sie sagte, man, könnte, eine Menge Geld verlieren, wenn das Komma, nicht an der richtigen Stelle steht, ich habe, überhaupt kein Geld, und ich, verstehe nicht, wie das Komma, verhindern kann, daß man Geld verliert.

Aber sie sagt, alle Leute, benutzen Kommas, und deshalb, benutze ich sie auch.

16. April. Ich habe das Komma falsch benutzt. Das ist Interpunktion. Miß Kinnian sagte ich soll lange Wörter aus dem Wörterbuch raussuchen und lernen sie zu buchstabieren. Ich fragte wieso ist das wichtig wenn man sie sowieso lesen kann. Sie sagt das gehört zu deiner Erziehung und so suche ich mir nun alle Wörter raus, von denen ich nicht weiß wie man sie schreibt. Auf die Weise habe ich auch das Wort *Interpunktion* gefunden. Miß Kinnian sagt ein Punkt ist auch Interpunktion und es gibt auch noch andere Satzzeichen die ich lernen muß. Ich sagte ich hätte gedacht daß alle Punkte Schwänzchen haben.

Man muß sie alle verwenden, und sie zeigte? mir" wie. man sie alle durcheinandermischt (und,. jetzt kann ich alle! Arten von „ Satzzeichen, in! meinem Geschreibsel? durcheinandermischen? Es gibt, eine Menge! Regeln? die man lernen muß; abe'r die kriege ich alle in meinen Kopf.

Was mir? an Liebe Miß Kinnian, (so fängt man einen Geschäftsbrief an falls ich jemals ins Geschäftsleben einsteige) so gefällt ist die Art wie, sie mir alles" erklärt wenn – ich frage. Sie ist ein Ge'nie! Ich wünschte! ich wäre so klug wie, sie.

(Interpunktion, macht; Spaß!)

18. April. Was für ein Schwachkopf ich bin! Ich habe gar nicht verstanden, wovon sie geredet hat. Gestern abend las ich im Grammatikbuch, und da wird alles erklärt. Da merkte ich, daß Miß Kinnian es mir genauso erklärt hat, aber ich habe es nicht begriffen. Mitten in der Nacht stand ich auf, und da war mir alles klar.

Miß Kinnian sagte, das TV, das im Schlaf mit mir arbeitet, hätte mir geholfen. Sie sagt, ich hätte ein Plateau erreicht. Das ist eine Fläche auf dem Gipfel eines Berges.

Nachdem ich die Interpunktion begriffen hatte, las ich alle meine alten Fortschrittsberichte, von Anfang an. O Mann, was für eine verrückte Rechtschreibung und Interpunktion ich da hatte! Ich sagte Miß Kinnian, daß ich die Seiten alle verbessern werde, aber sie sagte: „Nein, Charlie, Dr. Nemur will sie genauso haben, wie sie sind. Deshalb hat er sie dir überlassen, nachdem sie fotokopiert wurden – damit du deine eigenen Fortschritte verfolgen kannst. Du kommst sehr gut voran."

Da fühlte ich mich großartig. Nach der Unterichtsstunde ging ich runter und spielte mit Algernon. Jetzt veranstalten wir keine Wettrennen mehr.

20. April. Ich fühle mich innen drin krank. Nicht so krank, daß ich zu einem Arzt gehen müßte, aber meine Brust ist leer, als wäre sie ausgesaugt worden, und mein Herz brennt.

Eigentlich wollte ich nichts darüber schreiben, aber ich glaube, ich muß es tun, weil es wichtig ist. Heute bin ich das erstemal nicht zur Arbeit gegangen.

Gestern abend luden mich Joe Carp und Frank Reilly zu einer Party ein. Da waren viele Mädchen und ein paar Jungs aus der Fabrik. Ich erinnerte mich, wie schlecht mir letztesmal geworden war, als ich zuviel getrunken hatte. Ich sagte Joe, daß ich nichts trinken wollte, und da gab er mir Cola. Es schmeckte komisch, aber ich dachte mir nichts dabei.

Eine Zeitlang hatten wir viel Spaß. Joe sagte, ich sollte mit Ellen tanzen, sie würde mir die Schritte beibringen. Ich fiel ein paarmal hin und konnte nicht verstehen, warum, weil niemand außer Ellen und mir tanzte. Und ich stolperte die ganze Zeit, weil irgend jemand ein Bein ausstreckte.

Als ich aufblickte, sah ich diesen Ausdruck auf Joes Gesicht, und da hatte ich ein flaues Gefühl im Magen. „Er ist zum Schreien", sagte eins von den Mädchen, und alle lachten.

Frank sagte: „Ich habe nicht mehr so gelacht, seit wir ihn an dem Abend bei Muggy Zeitung holen schickten und ihm dann davonliefen."

„Schau ihn doch an! Sein Gesicht ist ganz rot!"

„Er errötet! Charlie errötet!"

„He, Ellen was machst du denn mit Charlie? So hat er sich ja noch nie aufgeführt!"

Ich wußte nicht, was ich tun oder wohin ich mich wenden sollte. Alle starrten mich an und lachten, und ich kam mir vor, als sei ich nackt. Ich wollte mich verstecken. Ich lief auf die Straße hinaus und übergab mich. Dann ging ich nach Hause. Komisch – ich habe nie gewußt, daß Joe und Frank und die anderen mich immer nur einladen, damit sie sich über mich lustig machen können.

Jetzt weiß ich, was es heißt, ‚Charlie Gordon zu spielen'.

Ich schäme mich.

Fortschrittsbericht 11

21. April. Ich bin immer noch nicht in die Fabrik gegangen. Ich bat Mrs. Flynn, meine Vermieterin, Mr. Donnegan anzurufen und ihm zu sagen, daß ich krank sei. Mrs. Flynn schaut mich in letzter Zeit so merkwürdig an, als ob sie Angst vor mir hätte.

Ich glaube, es ist gut, daß ich endlich rausgefunden habe, wie sehr sie alle über mich lachen. Ich habe lange darüber nachgedacht. Sie lachen über mich, weil ich so dumm bin, und ich weiß es nicht einmal, wenn ich eine Dummheit mache. Die Leute finden es komisch, wenn ein Dummkopf nicht alles kann, was sie können.

Jedenfalls weiß ich jetzt, daß ich jeden Tag klüger werde. Ich kenne mich mit der Interpunktion und der Rechtschreibung aus. Es macht mir Spaß, die schwierigen Wörter aus dem Wörterbuch rauszusuchen und sie mir zu merken. Ich lese jetzt auch sehr viel, und Miß Kinnian sagt, daß ich schon sehr schnell lesen kann. Manchmal verstehe ich sogar, was ich lese, und das bleibt dann in meinem Gedächtnis hängen. Es kommt auch vor, daß ich die Seite, die ich gerade gelesen habe, vor mir sehe, wenn ich die Augen zumache, und dann ist sie wie ein Bild.

Miß Kinnian sagte, daß ich nicht nur Geschichte, Geographie und Arithmetik lernen soll, sondern auch ein paar Fremdsprachen. Dr. Strauss hat mir ein paar Bänder gegeben, die ich laufen lassen soll, während ich schlafe. Ich verstehe noch immer nicht, wie das Bewußtsein und das Unterbewußtsein funktionieren, aber Dr. Strauss sagt, darum soll ich mich nicht kümmern. Ich mußte ihm versprechen, daß ich keine Bücher über Psychologie lesen werde, wenn ich nächste Woche anfange, College-Fächer zu studieren. Psychologiebücher darf ich erst lesen, wenn er es mir erlaubt.

Heute fühle ich mich viel besser, aber ich glaube, ich bin immer noch ein bißchen böse, weil die Leute die ganze Zeit über meine Dummheit gelacht haben. Wenn ich so intelligent werde, wie Dr. Strauss behauptet, wenn sich mein IQ von 68 also verdreifacht, werde ich vielleicht genauso sein wie die anderen Leute, und dann werden sie mich mögen und nett zu mir sein.

Ich bin mir nicht sicher, was ein IQ ist. Dr. Nemur sagte, damit könnte man die Intelligenz eines Menschen messen. Es ist so ähnlich wie die Waage im Drugstore, wo die Waren gewogen werden. Aber Dr. Strauss hatte einen Riesenstreit mit ihm und sagte, der IQ würde die Intelligenz nicht abwiegen. Der IQ zeigt, wie intelligent man werden kann. Das ist so wie die Zahlen auf der Außenseite eines Meßbechers, den man erst füllen muß.

Als ich Burt fragte, der die Intelligenztests mit mir macht und mit Algernon arbeitet, sagte er, daß sich alle beiden irren (aber ich mußte ihm versprechen, ihnen nicht zu erzählen, daß er das gesagt hat).

Burt sagt, der IQ mißt viele verschiedene Dinge, auch die Dinge, die man bereits gelernt hat, und er sei zu gar nichts nütze.

Ich weiß also noch immer nicht, was ein IQ ist – außer daß

meiner bald über 200 sein wird. Ich wollte nichts sagen, aber eins verstehe ich nicht: Wenn sie nicht wissen, *was* er ist oder wo er ist, wie können sie dann wissen, *wieviel* man davon hat?

Dr. Nemur sagt, morgen muß ich den *Rorschach-Test* machen. Ich möchte wissen, was das nun wieder ist.

22. *April.* Jetzt habe ich rausgekriegt, was der *Rorschach-Test* ist. Es ist der Test, den sie vor der Operation mit mir machten, der mit den Tintenklecksen auf den weißen Karten. Der Mann, der den Test mit mir machte, war derselbe wie damals.

Ich hatte eine Todesangst vor diesen Klecksen. Ich wußte, er würde mich wieder bitten, die Bilder zu finden, und ich wußte auch, daß ich das nicht können würde. Ich dachte, wenn man doch nur irgendwie rausfinden könnte, was für Bilder da versteckt sind. Vielleicht waren es gar keine Bilder. Vielleicht war das nur ein Trick, mit dessen Hilfe er rauskriegen wollte, ob ich dumm genug wäre, etwas zu suchen, was gar nicht da war. Und als ich das dachte, war ich richtig wütend auf ihn.

„Okay, Charlie", sagte er. „Du hast diese Karten schon mal gesehen. Erinnerst du dich?"

„Klar erinnere ich mich."

Er merkte es an meinem Tonfall, daß ich böse war, und er sah mich überrascht an. „Ja, natürlich. Jetzt sollst du dir diese Karte anschauen. Was könnte das sein? Was siehst du auf dieser Karte? Die Leute sehen alle möglichen Dinge in diesen Tintenklecksen. Sag mir, was du darin siehst – woran es dich erinnert."

Ich war schockiert. Ich hatte nicht erwartet, daß er das sagen würde. „Sie meinen, es sind gar keine Bilder in diesen Klecksen versteckt?"

Er runzelte die Stirn und nahm seine Brille ab. „Was?"

„Bilder – in den Klecksen versteckt. Letztesmal sagten sie mir, jeder könnte die Bilder sehen, und Sie wollten, daß ich sie auch finde."

Er erklärte mir, letztesmal hätte er fast genau die gleichen

Worte benutzt wie heute. Ich glaubte ihm nicht, und ich habe immer noch den Verdacht, daß er mich damals hinters Licht geführt hat, nur so zum Spaß. Es sei denn ... jetzt weiß ich es natürlich nicht mehr ... oder war ich damals wirklich *so* blöd?

Langsam gingen wir die Karten durch. Einer der Kleckse sah wie zwei Fledermäuse aus, die an irgendwas zerrten. Ein anderer sah wie zwei Degenfechter aus. Ich stellte mir alle möglichen Dinge vor. Ich glaube, meine Phantasie ging mit mir durch. Aber ich traute ihm nicht mehr, und ich drehte die Karten immer wieder hin und her und drehte sie sogar um, damit ich sehen konnte, ob nicht irgendwas auf der Rückseite versteckt war. Während er sich Notizen machte, spähte ich aus den Augenwinkeln zu ihm rüber, um zu lesen, was er schrieb. Aber es war alles chiffriert, etwa so:

WF + A DdF-Ad orig. WF-A SF + obj.

Der Test ergibt noch immer keinen Sinn für mich. Ich finde, jeder kann Lügen über irgendwelche Dinge erzählen, die er gar nicht wirklich sieht. Wie konnte er wissen, daß ich ihn nicht zum Narren hielt, in dem ich ihm irgendwas vorschwatzte, was ich mir gar nicht wirklich einbildete? Vielleicht verstehe ich das, wenn Dr. Strauss mir erlaubt, Psychologiebücher zu lesen.

25. April. Ich habe eine neue Methode gefunden, die Maschinen in der Fabrik aufzustellen, und Mr. Donnegan sagt, das würde ihm pro Jahr zehntausend Dollar an Arbeitskräften ersparen und die Produktion steigern. Er gab mir eine Prämie von fünfundzwanzig Dollar.

Ich wollte Joe Carp und Frank Reilly zum Essen ausführen, um mit ihnen zu feiern, aber Joe sagte, er müßte was für seine Frau kaufen, und Frank wollte sich mit seiner Kusine zum Lunch treffen. Ich glaube, sie werden eine Weile brauchen, bis sie sich an die Veränderung gewöhnt haben, die mit mir vorgegangen ist. Alle scheinen sich vor mir zu fürchten. Als ich zu Amos Borg rüberging und ihm auf die Schulter schlug, sprang er in die Luft.

Die Leute reden nicht mehr mit mir und machen nicht mehr Spaß mit mir so wie früher. Ich fühle mich sehr einsam in der Fabrik.

27. April. Heute hatte ich doch tatsächlich den Nerv, Miß Kinnian zu fragen, ob sie morgen abend mit mir essen gehen will, um meine Prämie zu feiern.

Zuerst war sie sich nicht sicher, ob das richtig sei, aber ich fragte Dr. Strauss, und der meinte, es sei okay. Dr. Strauss und Dr. Nemur scheinen nicht besonders gut miteinander auszukommen. Sie streiten die ganze Zeit. An dem Abend, als ich reinging, um Dr. Strauss wegen des Dinners mit Miß Kinnian zu fragen, hörte ich die beiden brüllen. Dr. Nemur sagte, das sei *sein* Experiment und *seine* Forschungsarbeit, und Dr. Strauss schrie zurück, er hätte genausoviel dazu beigetragen, denn er hätte mich mit Miß Kinnians Hilfe gefunden und die Operation vorgenommen. Dr. Strauss sagte, eines Tages würden Tausende von Neurochirurgen auf der ganzen Welt nach seiner Methode operieren.

Dr. Nemur wollte am Ende dieses Monats die Resultate des Experiments veröffentlichen. Dr. Strauss wollte noch länger warten, um ganz sicher zu gehen. Dr. Strauss sagte, Dr. Nemur sei viel mehr an einem Lehrstuhl für Psychologie in Princeton interessiert, als an diesem Experiment. Dr. Nemur sagte, Dr. Strauss sei ein Opportunist, der sich an seine, Dr. Nemurs, Rockschöße hängen würde, um am Ruhm zu partizipieren.

Als ich danach ging, zitterte ich. Ich weiß nicht, warum, aber mir war, als hätte ich die beiden Männer zum erstenmal so gesehen, wie sie wirklich sind. Ich erinnere mich, daß Burt einmal gesagt hat, Dr. Nemur hätte eine Xanthippe zur Frau, die ihn ständig drängt, er soll was veröffentlichen, damit er berühmt wird. Burt meint, es sei der größte Traum ihres Lebens, einen berühmten Ehemann zu haben.

Will sich Dr. Strauss wirklich an Dr. Nemurs Rockschöße hängen?

28. April. Ich verstehe nicht, warum ich niemals bemerkt habe, wie schön Miß Kinnian ist. Sie hat braune Augen und flaumartiges braunes Haar, das ihr bis zu den Schultern reicht. Sie ist erst vierunddreißig! Ich glaube, am Anfang dachte ich, sie sei ein unerreichbares Genie und sehr, sehr alt. Jetzt wird sie jedesmal, wenn ich sie sehe, jünger und schöner.

Wir gingen essen und unterhielten uns sehr lange. Als sie sagte, ich würde so rasche Fortschritte machen, daß ich sie bald überflügeln würde, lachte ich.

„Es ist wirklich wahr, Charlie. Du kannst schon schneller lesen als ich. Du liest mit einem einzigen Blick ganze Seiten, während ich nur ein paar Zeilen gleichzeitig aufnehmen kann. Du erinnerst dich an alles, was du gelesen hast. Ich bin froh, wenn ich mir die allgemeine Bedeutung eines Buchs merke."

„Ich komme mir gar nicht so intelligent vor. Es gibt so viele Dinge, die ich nicht verstehe."

Sie nahm sich eine Zigarette, und ich gab ihr Feuer. „Du mußt Geduld haben, Charlie. Du hast in ein paar Wochen eine Leistung vollbracht, zu der andere Leute ein ganzes Leben brauchen. Das ist ja so erstaunlich. Du bist jetzt wie ein gigantischer Schwamm, der alles in sich aufsaugt. Tatsachen, Zahlen, Allgemeinwissen. Bald wirst du beginnen, das alles in einen Zusammenhang zu bringen. Du wirst verstehen, wie die verschiedenen Wissenszweige miteinander verbunden sind. Es gibt da verschiedene Ebenen, Charlie. Die sind wie die Stufen einer Riesenleiter, die dich immer höher hinaufführen, so daß du immer mehr von der Welt ringsum sehen kannst. Ich kann nur ein bißchen was davon sehen, Charlie, und ich werde nicht mehr viel höher hinaufsteigen. Aber du wirst immer höher emporklettern, und jeder Schritt wird dir neue Welten eröffnen, von deren Existenz du nichts geahnt hast." Sie runzelte die Stirn. „Ich hoffe nur ... ich hoffe zu Gott ..."

„Was?"

„Ach, kümmere dich nicht drum, Charlie ... Ich hoffe, daß es kein Fehler von mir war, dir diesen Rat zu geben ..."

Ich lachte. „Wie könnte es ein Fehler gewesen sein? Es hat doch geklappt, oder? Sogar Algernon ist immer noch klug."

Eine Zeitlang saßen wir uns schweigend gegenüber, und ich wußte, was sie dachte, während sie zusah, wie ich mit der Hasenpfote und meinen Schlüsseln spielte. Ich wollte nicht an diese Möglichkeit denken, ebensowenig wie alte Menschen an den Tod denken wollen. Ich *wußte*, daß dies erst der Anfang war. Ich wußte, was sie mit diesen Ebenen meinte, denn ich hatte schon ein paar davon gesehen. Der Gedanke, daß ich sie hinter mir zurücklassen muß, stimmte mich traurig.

Ich liebte Miß Kinnian.

Fortschrittsberichte

30. April. Ich habe bei Donnegans Plastikbox-Fabrik gekündigt. Mr. Donnegan meinte, es sei besser für alle Beteiligten, wenn ich ginge. Was habe ich nur getan, daß sie mich so hassen?

Ich erfuhr erst davon, als Mr. Donnegan mir den schriftlichen Auftrag zeigte. Achthundertvierzig Unterschriften, von lauter Leuten, die irgendwie mit der Firma verbunden waren, nur Fanny Gordens Name stand nicht drauf. Als ich die Liste überflog, sah ich sofort, daß ihre Unterschrift fehlte. Die anderen verlangten, daß ich gefeuert würde.

Joe Carp und Frank Reilly wollten nicht mit mir darüber reden. Niemand wollte mit mir darüber reden – niemand außer Fanny. Sie ist einer von den wenigen Menschen, die an eine Sache glauben, wenn sie sich eine Meinung darüber gebildet haben – egal, was der Rest der Welt dazu sagt. Und Fanny ist der Ansicht, man hätte mich nicht feuern dürfen. Sie war gegen die Bittschrift, aus Prinzip, trotz des Drucks, der auf sie ausgeübt wurde.

„Das heißt natürlich nicht, daß du mir nicht genauso merkwürdig vorkommst wie den anderen, Charlie", bemerkte sie. „Diese Veränderung – ich weiß nicht, was ich davon halten soll.

Du warst mal ein netter, verläßlicher, ganz gewöhnlicher Bursche – nicht allzu klug, aber ehrlich. Wer weiß, was du gemacht hast, um plötzlich so schlau zu werden. Irgendwie ist es nicht richtig, Charlie – das sagen alle."

„Wie kannst du das behaupten, Fanny? Was soll denn falsch daran sein, wenn ein Mensch intelligent wird und die Welt ringsum kennenlernen und verstehen will?"

Sie starrte auf ihre Arbeit hinab, und ich wandte mich zum Gehen. Ohne mich anzusehen, sagte sie: „Es war nicht richtig, als Eva auf die Schlange hörte und den Apfel vom Baum der Erkenntnis aß. Es war nicht richtig, als sie sah, daß sie nackt war. Wenn das nicht passiert wäre, dann müßte jetzt keiner von uns alt und krank werden und sterben."

Wieder einmal verspüre ich dieses brennende Gefühl der Scham. Die Intelligenz hat einen Keil zwischen mich und die Leute getrieben, die ich einst gekannt habe. Früher haben sie über mich gelacht und mich wegen meiner Dummheit und Ignoranz verachtet, jetzt hassen sie mich, weil ich alles weiß und alles verstehe. O Gott, was wollen sie eigentlich von mir?

Sie haben mich aus der Fabrik vertrieben. Jetzt bin ich einsamer denn je.

15. Mai. Dr. Strauss ist sehr böse auf mich, weil ich in den letzten zwei Wochen keine Fortschrittsberichte mehr geschrieben habe. Er hat recht, denn das Labor bezahlt mir nun ein regelmäßiges Gehalt. Ich sagte ihm, ich sei vor lauter Lesen und Nachdenken nicht zum Schreiben gekommen. Als ich erklärte, ich müßte ja alles mit der Hand schreiben, und das ginge so langsam, daß ich ganz ungeduldig dabei würde, schlug er mir vor, tippen zu lernen. Jetzt geht's viel schneller, denn ich kann pro Minute fast fünfundsiebzig Wörter tippen. Dr. Strauss erinnert mich immer wieder daran, daß ich sprechen und schreiben muß, damit mich die Leute verstehen.

Ich werde versuchen, alles zu berichten, was mir in den

letzten beiden Wochen widerfahren ist. Algernon und ich wurden bei einem amerikanischen Psychologenkongreß präsentiert.

Wir waren eine Sensation. Dr. Strauss und Dr. Nemur waren sehr stolz auf uns.

Ich glaube, Dr. Nemur – er ist sechzig, also zehn Jahre älter als Dr. Strauss – will greifbare Arbeitsresultate sehen. Und das ist zweifellos auf den Druck zurückzuführen, den Mrs. Nemur auf ihn ausübt.

Im Gegensatz zu dem früheren Eindruck, den ich von ihm gewonnen habe, erkenne ich nun, daß Dr. Nemur keineswegs ein Genie ist. Er ist intelligent, hat aber mit Zweifeln an seinen Fähigkeiten zu kämpfen. Er will, daß die Leute ihn für ein Genie halten. Deshalb ist es wichtig für ihn, das Gefühl zu haben, daß die Welt seine Leistungen akzeptiert. Ich glaube auch, er hat Angst vor weiteren Verzögerungen, weil er fürchtet, jemand anders könnte eine Entdeckung in dieser Richtung und ihm den Ruhm streitig machen.

Aber Dr. Strauss könnte man als Genie bezeichnen, wenn ich auch finde, daß seine Wissensgebiete zu begrenzt sind. Er wurde in der Tradition engstirniger Spezialisierung ausgebildet, und die breitgefächerten Aspekte aller Hintergründe wurden viel mehr vernachlässigt, als es auf dem Fachgebiet der Neurochirurgie nötig ist.

Ich war schockiert, als ich erfuhr, daß die einzigen alten Sprachen, die er beherrscht, Latein, Griechisch und Hebräisch sind und er fast nichts von Mathematik weiß, abgesehen von ein paar Grundbegriffen. Als er mir das gestand, war ich fast wütend. Es war, als hätte er mir das bisher verheimlicht, um mich zu täuschen und so zu tun, als sei er mehr, als er tatsächlich ist (was man bei vielen Leuten beobachten kann). Keiner von den Menschen, die ich kenne, ist das, was man aufgrund seiner Fassade vermuten möchte.

Dr. Nemur scheint sich in meiner Gegenwart unbehaglich zu fühlen. Manchmal, wenn ich mit ihm zu reden versuche, schaut er mich komisch an und weicht dann meinem Blick aus. Zuerst war ich verärgert, als Dr. Strauss mir sagte, ich sei daran schuld, daß Dr. Nemur einen Minderwertigkeitskomplex hätte. Ich dachte, Dr. Strauss würde mich verspotten, und ich reagiere sehr empfindlich, wenn sich die Leute über mich lustig machen.

Wie hätte ich denn wissen sollen, daß ein hochgeschätzter Psychoexperimentator wie Dr. Nemur keine Ahnung von Hindustani und Chinesisch hat? Es ist absurd, wenn man bedenkt, was die Chinesen und Inder heutzutage auf seinem Fachgebiet leisten.

Ich fragte Dr. Strauss, wie Nemur Rahajamatis Angriff auf seine Methoden und Forschungsergebnisse zurückweisen könnte, wenn er nicht einmal imstande sei, die Werke dieses Wissenschaftlers zu lesen. Der seltsame Ausdruck auf Dr. Strauss' Gesicht kann nur eins von zwei Dingen bedeuten. Entweder will er Nemur nicht sagen, was die Leute in Indien behaupten, oder – und das macht mir Sorgen – Dr. Strauss weiß es auch nicht. Ich muß vorsichtiger sein, wenn ich spreche, und alles in klareren Worten zu Papier bringen, sonst wird man mich auslachen.

18. Mai. Ich bin sehr verstört. Gestern abend sah ich Miß Kinnian zum erstenmal nach über einer Woche wieder. Ich versuchte alle Diskussionen über intelligente Themen zu meiden und nur über simple, alltägliche Dinge zu sprechen, aber sie starrte mich einfach nur an und fragte mich, was ich mit dem mathematischen Variantenäquivalent in Dobermanns *Fünftem Concerto* meinte. Als ich versuchte, ihr das zu erklären, fiel sie mir ins Wort und lachte. Ich wurde natürlich wütend, aber ich glaube, ich habe mich ihr auf einer falschen Ebene zu nähern versucht. Egal, worüber ich mit ihr diskutierte, ich war unfähig, mich mit ihr zu verständigen. Ich muß Vrostadts Gleichungen auf den *Ebenen der Semantischen Progression* noch einmal lesen. Ich finde, daß ich mich nicht mehr mit den Leuten verständigen kann. Gott sei Dank, daß es Bücher und Musik und andere Dinge gibt, an die ich denken kann. Ich bin meist allein in meinem Apartment in Mrs. Flynns Haus und unterhalte mich nur noch selten mit meinen Mitmenschen.

20. Mai. Ich hätte den neuen Tellerwäscher, einen etwa sechzehnjährigen Jungen in der Eckkneipe, wo ich immer zu Abend esse, gar nicht bemerkt, wenn er die Teller nicht zerbrochen hätte.

Sie fielen auf den Boden, und die Porzellanscherben rutschten unter die Tische. Der Junge stand da, verängstigt und wie betäubt, das leere Tablett in den Händen. Die Pfiffe und Zurufe der Gäste („He, jetzt ist der ganze Profit wieder beim Teufel!" – *„Mazeltov!"* – „Der wird nicht mehr lange hier arbeiten!", eine Feststellung, die unweigerlich getroffen wird, wenn in einem öffentlichen Lokal ein paar Teller oder Gläser zu Bruch gehen) schienen ihn sehr zu verwirren.

Als der Besitzer der Kneipe ankam, um zu sehen, was die Aufregung bewirkt hatte, duckte sich der Junge, als fürchtete er, geohrfeigt zu werden, und hob die Arme, um den Schlag abzuwehren.

„Schon gut, du Esel!" schrie der Kneipenwirt. „Steh nicht hier herum! Hol den Besen und sieh zu, daß diese Schweinerei verschwindet! Hol einen Besen – einen Besen, du Idiot! Aus der Küche! Du mußt die Scherben zusammenfegen!"

Der Junge erkannte, daß sein Boß ihn nicht bestrafen würde. Da verschwand der furchtsame Ausdruck von seinem Gesicht, und er lächelte und summte vor sich hin, als er mit dem Besen zurückkehrte. Ein paar unhöfliche Gäste machten weiterhin boshafte Bemerkungen, um sich auf seine Kosten zu amüsieren.

„Schau mal, Kleiner, hinter dir liegen noch ein paar Scherben!"

„Hier mußt du aber noch einmal fegen!"

„Der ist gar nicht so blöd. Es ist viel leichter, die Teller zu zerbrechen, als sie zu spülen . . ."

Als seine leeren Augen langsam über seine belustigten Zuschauer glitten, spiegelte sein Gesicht allmählich ihr Lächeln wider, und schließlich grinste er unsicher über die Witze, die er offenbar nicht verstand.

Mir war übel, als ich dieses stumpfsinnige, leere Grinsen sah, die großen, glänzenden Augen eines unsicheren Kindes, das sich bemüht, den Erwachsenen zu gefallen. Sie lachten den Jungen aus, weil er geistig zurückgeblieben ist.

Und ich hatte ihn auch ausgelacht.

Plötzlich war ich wütend auf mich selbst und auf alle, die ihn verhöhnten. Ich sprang auf und schrie: „Haltet den Mund! Laßt ihn in Ruhe! Es ist doch nicht seine Schuld, daß er das alles nicht versteht! Er kann doch nichts dafür, daß er so ist! Aber – um Gottes willen – er ist doch trotz allem ein menschliches Wesen, oder?"

Es war totenstill. Ich verfluchte mich, weil ich die Beherrschung verloren und eine Szene gemacht hatte. Und ich versuchte, den Jungen nicht anzuschauen, als ich meine Rechnung bezahlte und hinausging, ohne mein Essen angerührt zu haben. Ich schämte mich für uns beide.

Wie seltsam ist es doch, daß Leute, die von menschlichen Gefühlen erfüllt und mit Vernunft begabt sind, die niemals einen Mann auslachen würden, der ohne Arme, Beine oder Augen geboren wurde, nichts dabei finden, einen Dummkopf zu verspotten ... Ich war wütend, als ich daran dachte, daß ich vor nicht allzulanger Zeit ebenso den Clown gespielt hatte, genauso wie dieser Junge.

Und ich hätte es fast vergessen.

Ich hatte das Bild des alten Charlie Gordon vor mir selber versteckt, denn jetzt, da ich intelligent war, wollte ich mich nicht mehr an diesen anderen Charlie erinnern. Und heute, als ich diesen Jungen beobachtete, sah ich zum erstenmal, was ich gewesen war. *Ich war genauso gewesen wie er!*

Ich habe schon sehr oft meine alten Fortschrittsberichte gelesen, habe diese Unwissenheit studiert, diese kindliche

Naivität, diesen Geist von minderwertiger Intelligenz, der aus einem dunklen Raum durch ein Schlüsselloch auf das blendende Licht draußen starrte. Ich sehe nun, daß ich trotz meiner Dummheit wußte, wie unterlegen ich den anderen Leuten war und in welch hohem Maße sie etwas besaßen, das mir mangelte, das man mir verwehrt hatte. In meiner geistigen Blindheit hatte ich gedacht, dieses Etwas würde irgendwie mit der Fähigkeit zusammenhängen, schreiben und lesen zu können. Und ich war sicher gewesen, daß ich automatisch auch intelligent werden würde, sobald ich schreiben und lesen könnte.

Aber nur ein geistesschwacher Mensch will so sein wie die anderen.

Ein Kind mag nicht wissen, wie man sich ernährt oder was es essen soll. Trotzdem kennt es den Hunger.

Ob es bei mir genauso war, werde ich niemals wissen. Trotz aller Intelligenz, die ich nun besitze, werde ich es niemals wissen.

Dieser Tag war ein Gewinn. Ich sehe meine Vergangenheit nun etwas klarer, und ich habe beschlossen, mein Wissen und meine Fähigkeiten einzusetzen, um den menschlichen Intelligenzgrad zu heben. Wer ist für eine solche Aufgabe besser gerüstet als ein Mensch, der in beiden Welten gelebt hat? Dies ist meine Rasse, und ich werde meine Talente nutzen, um ihr zu helfen.

Morgen will ich mit Dr. Strauss über die Möglichkeiten diskutieren, die sich mir auf einem solchen Arbeitsgebiet eröffnen könnten. Vielleicht könnte ich ihn unterstützen, wenn er die Technik, die er bei mir angewandt hat, auf einer breiteren Ebene nutzen will. Ich habe da ein paar sehr gute Ideen.

Mit dieser Technik könnte man so viel erreichen. Wenn ich dadurch in ein Genie verwandelt wurde – könnten nicht Tausende anderer Menschen ebenso werden wie ich? Was für phantastische Ebenen könnten erobert werden, wenn man die Technik bei normalen Menschen anwendet – bei *Genies?*

Es gibt so viele Türen, die man öffnen muß.

Fortschrittsbericht 13

23. Mai. Heute geschah es. Algernon biß mich. Ich ging ins Labor, um ihn zu besuchen, wie ich es gelegentlich mache, und als ich ihn aus seinem Käfig nahm, schnappte er nach meiner Hand. Ich setzte ihn wieder in den Käfig und beobachtete ihn eine Zeitlang. Er war ungewöhnlich verstört und erregt.

24. Mai. Burt, der die Versuchstiere beaufsichtigt, erzählte mir, daß Algernon sich verändert. Er ist nicht mehr so kooperativ wie früher, und er weigert sich, durch das Labyrinth zu laufen. Seine Motivation hat nachgelassen. Und er hat in letzter Zeit nichts mehr gefressen. Alle sind aufgeregt und fragen sich, was das bedeuten könnte.

26. Mai. Sie haben Algernon gefüttert, da er sich weigert, das Spiel mit dem ständig wechselnden Türschloß noch länger mitzumachen. Alle identifizieren mich mit Algernon. In gewisser Weise sind wir beide die ersten dieser Sorte. Sie tun so, als müßte Algernons Verhalten für mich nicht notwendigerweise bedeutsam sein. Aber die Tatsache, daß sich einige Tiere, die für dieses Experiment benutzt werden, seltsam benehmen, ist schwer zu verbergen.

Dr. Strauss und Dr. Nemur haben mich gebeten, nicht mehr ins Labor zu kommen. Ich weiß, was sie denken, aber ich kann es nicht akzeptieren. Ich werde meine Pläne, ihre Forschungsarbeit weiterzuführen, verwirklichen. Bei allem Respekt vor diesen beiden großartigen Wissenschaftlern – ich kenne ihre Grenzen. Wenn es eine Lösung des Problems gibt, dann muß ich sie selbst finden. Plötzlich ist mir die Zeit sehr wichtig geworden.

29. Mai. Man hat mir ein Labor zur Verfügung gestellt und mir die Erlaubnis gegeben, meiner Forschungsarbeit nachzugehen. Ich bin da einer wunderbaren Sache auf der Spur. Ich arbeite

Tag und Nacht. Ich habe mir ein Klappbett ins Labor stellen lassen. Den Großteil meiner Zeit verbringe ich damit, mir Notizen zu machen, die ich in einem gesonderten Aktenordner verwahre, aber hin und wieder ist es notwendig, meinen Stimmungen nachzugeben und meinen Gedanken nachzuhängen, aus reiner Gewohnheit.

Ich finde es faszinierend, das *Kalkül der Intelligenz* zu studieren. Dies ist der richtige Weg, um das ganze Wissen anzuwenden, das ich mir angeeignet habe. In gewissem Sinne ist dies das Problem, mit dem ich mich mein ganzes Leben lang befaßt habe.

31. Mai. Dr. Strauss glaubt, daß ich zuviel arbeite. Dr. Nemur meint, daß ich versuche, die Forschungs- und Gedankenarbeit eines ganzen Menschenlebens in ein paar Wochen zu quetschen. Ich weiß, ich müßte mich ausruhen, aber ich werde von irgendwelchen Gefühlen getrieben, die mir keine Pause gönnen. Ich muß herausfinden, warum Algernon einen so schweren Rückschlag erlitten hat. Ich muß wissen, *ob* und *wann* das auch mit mir geschehen wird.

4. Juni
Brief an Dr. Strauss (Kopie):

Lieber Dr. Strauss,
in einem getrennten Umschlag sende ich Ihnen eine Kopie meiner Abhandlung: ‚Der Algernon-Gordon-Effekt, eine Studie über die Struktur und die Funktion der gesteigerten Intelligenz' und bitte Sie, sie zu lesen und zu veröffentlichen.

Wie Sie sehen, habe ich meine Experimente beendet. Ich lege eine Aufstellung aller meiner Formeln bei, ebenso eine mathematische Analyse. Natürlich müßte man dies alles überprüfen.

Weil es für Sie und Dr. Nemur (muß ich hinzufügen – auch für mich?) sehr wichtig ist, habe ich meine Resultate ein dutzendmal gecheckt, in der Hoffnung, einen Fehler zu finden. Ich bedaure, Ihnen mitteilen zu müssen, daß die Ergebnisse unverrückbar feststehen. Trotzdem bin ich um der Wissenschaft willen froh, daß ich einen kleinen Beitrag zur Erkenntnis des menschlichen Gehirns und seiner Funktionen sowie der Gesetze, denen die künstliche Steigerung der menschlichen Intelligenz unterworfen sind, leisten konnte.

Ich erinnere mich, daß Sie mir einmal sagten, ein experimenteller Fehlschlag oder der Beweis, der eine Theorie entkräftet, sei für den wissenschaftlichen Fortschritt ebenso wichtig wie ein Erfolg. Jetzt weiß ich, daß das stimmt. Aber es tut mir leid, daß mein Beitrag auf diesem Gebiet aus der Asche der Arbeit von zwei Männern entstehen mußte, die ich sehr schätze. Hochachtungsvoll

Charles Gordon

Anlage: Forschungsergebnisse

5. Juni. Ich darf nicht gefühlvoll werden. Die Fakten und Resultate meines Experiments stehen mir klar vor Augen, und die emotionalen Aspekte meines schnellen Aufstiegs können die Tatsache nicht verschleiern, daß die Verdreifachung der Intelligenz durch chirurgische Mittel, eine Methode, die von Dr. Strauss und Dr. Nemur entwickelt wurde, zum gegenwärtigen Zeitpunkt praktisch nicht oder kaum anwendbar ist.

Wenn ich die Algernon betreffenden Daten durchsehe, so sehe ich, daß er sich körperlich im Kindesalter befindet und einen geistigen Rückschritt erlebt hat. Die motorische Aktivität hat sich verschlechtert. Die Drüsenaktivität ist zurückgegangen. Man kann einen beschleunigten Verlust der Koordination beobachten, außerdem starke Anzeichen einer progressiven Amnesie.

Wie man meiner Abhandlung entnehmen wird, kann man diese und andere körperlichen und geistigen Verfallssyndrome mit statistisch signifikanter Genauigkeit voraussagen.

Der chirurgische Stimulus, dem wir beide unterworfen waren, führte zu einer Intensivierung und Beschleunigung aller geistigen Prozesse. Die unvorhergesehene Entwicklung, die ich mir den *Algernon-Gordon-Effekt* zu nennen erlaubt habe, ist die logische Ausweitung der ganzen Intelligenzbeschleunigung. Die Hypothese, die hier bewiesen wird, kann ganz einfach auf folgende Weise beschrieben werden: Die künstlich gesteigerte Intelligenz verfällt in einem Tempo, das sich zur Quantität der Steigerung direkt proportional verhält.

Ich fühle, daß dies an sich eine wichtige Entdeckung ist.

Solange ich zu schreiben in der Lage bin, werde ich fortfahren, meine Gedanken in diesen Fortschrittsberichten aufzuzeichnen. Dies ist eine meiner wenigen Freuden. Doch mein geistiger Verfall wird sehr schnell voranschreiten.

Ich habe bereits begonnen, Anzeichen emotionaler Labilität und wachsender Vergeßlichkeit an mir festzustellen, die ersten Symptome des Rückgangs.

10. Juni. Der Verfall schreitet voran. Ich bin geistesabwesend geworden. Algernon starb vor zwei Tagen. Die Autopsie ergab, daß meine Vorhersagen richtig waren. Sein Gehirn ist leichter geworden, und die Gehirnwindungen haben sich geglättet, das Gehirngewebe hat sich verbreitert.

Ich nehme an, daß dies auch mir widerfahren wird. Und jetzt, wo das erwiesen ist, möchte ich nicht, daß es geschieht.

Ich habe Algernons Leiche in eine Käseschachtel gelegt und im Hinterhof vergraben. Ich habe geweint.

15. Juni. Dr. Strauss war wieder bei mir. Ich wollte ihm nicht die Tür aufmachen und sagte ihm, er solle weggehen. Ich wollte mit mir allein sein. Ich bin empfindlich und reizbar geworden. Ich spüre, wie mich die Dunkelheit umschließt. Es ist schwierig, die Gedanken an Selbstmord zu verdrängen. Ich sage mir immer wieder, wie wichtig dieses Tagebuch meiner Selbstbeobachtung sein wird.

Es ist ein seltsames Gefühl, nach einem Buch zu greifen, das man vor wenigen Monaten gelesen und genossen hat, und festzustellen, daß man sich nicht mehr daran erinnert. Ich erinnere mich, wie großartig ich John Milton fand, aber als ich *Paradise Lost* noch einmal las, verstand ich es nicht mehr. Ich war so wütend, daß ich die Bücher quer durchs Zimmer schleuderte.

Ich muß zumindest ein paar von den Dingen festhalten, die ich gelernt habe. O Gott, bitte, nimm sie mir nicht alle weg!

19. Juni. Manchmal gehe ich nachts spazieren. Gestern nacht wußte ich nicht mehr, wo ich wohne. Ein Polizist brachte mich nach Hause. Ich habe das seltsame Gefühl, daß dies alles schon einmal mit mir geschehen ist, vor langer Zeit. Ich sage mir immer wieder, daß ich der einzige Mensch auf der Welt bin, der schildern kann, was mit mir passiert.

21. Juni. Warum kann ich mich an nichts erinnern? Ich muß kämpfen. Ich liege seit Tagen im Bett und weiß nicht, wer oder wo ich bin. Dann kehrt blitzartig alles zurück. Fugen der Amnesie, Symptome der Senilität, der zweiten Kindheit. Ich sehe sie kommen. Es ist so grausam logisch. Ich habe so viel und so schnell gelernt. Nun verfällt mein Geist ebenso schnell. Ich werde es nicht zulassen. Ich werde dagegen ankämpfen. Ich muß immer wieder an den Jungen im Restaurant denken, an seinen leeren Gesichtsausdruck, an sein blödes Grinsen, an die Leute, die ihn auslachten. Nein – bitte, das nicht mehr ...

22. Juni. Ich vergesse die Dinge, die ich erst kürzlich gelernt habe. Es scheint dem klassischen Schema zu folgen – die letzten Dinge, die man gelernt hat, vergißt man als erste. Oder ist es ein anderes Schema? Ich muß nachsehen ...

Ich lese meine Abhandlung über den *Algernon-Gordon-Effekt* und habe das seltsame Gefühl, daß das jemand anders geschrieben hat. Da sind einzelne Teile, die ich nicht verstehe.

Die motorische Aktivität hat sich verringert. Ich fange an herumzutrödeln, und es fällt mir immer schwerer, meine Berichte zu tippen.

23. Juni. Ich habe es aufgegeben, meine Schreibmaschine zu benutzen. Meine Koordinierung ist schlecht. Ich spüre, daß ich mich immer langsamer bewege. Heute erlitt ich einen grauenhaften Schock. Ich griff nach der Kopie eines Essays, den ich während meine Forschungsarbeit studiert hatte, Kruegers *Über physische Ganzheit.* Ich wollte sehen, ob mir diese Abhandlung helfen würde zu verstehen, was ich getan habe. Zuerst dachte ich, daß mit meinen Augen irgendwas nicht stimmte, dann erkannte ich, daß ich nicht mehr Deutsch lesen konnte. Bald darauf stellte ich fest, daß mir auch meine anderen Fremdsprachenkenntnisse abhanden gekommen waren.

30. Juni. Eine Woche ist vergangen, bis ich es wieder gewagt habe, einen Bericht zu schreiben. Die Zeit verrinnt wie Sand zwischen meinen Fingern. Die meisten Bücher, die ich besitze, sind mir jetzt viel zu kompliziert. Ich bin böse auf sie, weil ich weiß, daß ich noch vor wenigen Wochen verstanden habe, was darin steht.

Ich sage mir immer wieder, daß ich diese Berichte schreiben muß, damit die Leute wissen, was mit mir geschieht. Aber es fällt mir immer schwerer, mich an die Wörter und die Rechtschreibung zu erinnern. Jetzt muß ich schon die einfachsten Wörter im Wörterbuch nachschlagen, und ich habe keine Geduld mehr mit mir.

Dr. Strauss kommt fast jeden Tag zu mir, aber ich habe ihm gesagt, daß ich niemanden mehr sehen und sprechen will. Er hat Schuldgefühle. Alle haben ein schlechtes Gewissen. Aber ich mache niemandem Vorwürfe. Ich wußte ja, daß dies alles geschehen würde. Aber es tut so weh.

7. Juli. Ich weiß nicht, wohin diese Woche enteilt ist. Heute ist Sonntag, denn ich sehe durch mein Fenster, wie die Leute zur Kirche gehen. Ich glaube, ich bin die ganze Woche im Bett geblieben, und ich erinnere mich, daß Mrs. Flynn ein paarmal hier war, um mir was zu essen zu bringen. Ich sage mir immer wieder, daß ich was tun muß, aber dann vergesse ich es, und vielleicht ist es auch einfacher, nicht zu tun, was ich mir vorgenommen habe.

In diesen Tagen denke ich viel an meine Eltern. Ich habe ein Foto gefunden, darauf sind sie zu sehen, wie sie mit mir am Strand stehen. Mein Vater trägt einen großen Ball unter dem Arm, und meine Mutter hält mich an der Hand. Ich habe sie nicht so in Erinnerung, wie sie auf diesem Bild dargestellt sind. Ich weiß nur, daß mein Vater meist betrunken war und mit Mummy übers Geld gestritten hat.

Er hat sich fast nie rasiert und mir immer das Gesicht zerkratzt, wenn er mich umarmt hat. Meine Mutter sagte, er sei gestorben, aber Vetter Miltie erzählte mir, er hätte gehört, wie seine Eltern gesagt hätten, mein Vater sei mit einer anderen Frau davongelaufen. Als ich meine Mutter danach fragte, gab sie mir eine Ohrfeige und sagte, mein Vater sei tot. Ich habe nie herausgefunden, was nun wirklich passiert ist, aber es ist mir auch egal. (Er sagte mir, er würde mit mir auf eine Farm fahren und mir die Kühe zeigen, aber das tat er nie. Er hielt niemals, was er versprochen hatte ...)

10. Juli. Mrs. Flynn macht sich große Sorgen um mich. Sie sagt, so wie ich den ganzen Tag herumlaufe und nichts tue, würde ich sie an ihren Sohn erinnern. Der war auch so – bis sie ihn rausgeworfen hat. Sie sagt, daß sie solche Faulenzer nicht leiden kann. Wenn ich krank sei, so sei das was anderes, aber sie duldet nicht, daß ich so herumlungere. Ich habe ihr gesagt, daß ich krank bin.

Ich versuche jeden Tag ein bißchen was zu lesen, meistens irgendwelche Geschichten. Aber manchmal lese ich immer wieder dasselbe, weil ich nicht weiß, was es bedeutet. Und das Schreiben fällt mir so schwer. Ich weiß, ich müßte alle die Wörter im Wörterbuch nachschlagen, aber das ist so schwierig, und ich bin immer so müde.

Dann bin ich auf die Idee gekommen, daß ich nur noch die leichten Wörter benutzen werde, keine langen, schweren. Das spart Zeit. Jede Woche lege ich Blumen auf Algernons Grab. Mrs. Flynn findet es verrückt, Blumen auf ein Mäusegrab zu legen, aber ich habe ihr gesagt, daß Algernon was ganz Besonderes war.

14. Juli. Heute ist wieder Sonntag. Ich habe nichts zu tun, weil mein TV kaputt ist, und ich habe kein Geld, um es reparieren zu lassen. Ich glaube, ich habe den Scheck verloren, den ich in diesem Monat vom Labor bekommen habe. Ich kann mich nicht genau erinnern.

Ich habe schreckliche Kopfschmerzen, und Aspirin hilft mir nicht viel. Mrs. Flynn weiß jetzt, daß ich wirklich krank bin, und ich tu ihr leid. Sie ist eine wundervolle Frau, wann immer irgend jemand krank ist.

22. Juli. Mrs. Flynn hat einen fremden Doktor geholt. Sie hatte Angst, ich würde sterben. Ich sagte ihm ich sei gar nicht so krank ich würde nur manchmal alles vergessen. Er fragte mich ob ich Freunde oder Verwandte hätte und ich sagte nein. Ich erzählte ihm ich hätte mal einen Freund namens Algernon gehabt aber das sei ein Mäuserich gewesen und wir hätten zusammen Wettrennen veranstaltet. Da sah er mich ganz komisch an als würde er mich für verrückt halten.

Er lächelte als ich ihm sagte, ich sei mal ein Genie gewesen. Er redete mit mir als ob ich ein Baby sei und zwinkerte Mrs. Flynn zu. Ich wurde böse und warf ihn hinaus weil er sich über mich lustig machte – so wie die Leute es früher immer getan hatten.

24. Juli. Ich habe kein Geld mehr und Mrs. Flynn sagt ich muß arbeiten gehen und die Miete bezahlen. Ich habe schon seit zwei Monaten keine Miete mehr bezahlt. Ich kenne keine andere Arbeit als den Job den ich in Donnegans Plastikfabrik hatte. Ich will nicht mehr dort hin gehen denn da kannten mich alle als ich noch klug war und jetzt werden sie vielleicht wieder über mich lachen. Aber ich weiß nicht was ich sonst machen soll um Geld zu verdienen.

25. Juli. Ich habe mir ein paar von meinen alten Fortschrittsberichten angeschaut. Es ist sehr komisch aber ich kann nicht lesen was ich da geschrieben habe. Ich kann zwar einige Wörter entziffern aber sie ergeben keinen Sinn.

Miß Kinnian kam an meine Tür aber ich sagte ihr daß sie weggehen soll und daß ich sie nicht sehen will. Sie weinte und ich weinte auch aber ich ließ sie nicht herein denn ich wollte nicht daß sie über mich lacht. Ich sagte ihr daß ich sie nicht mehr mag und daß ich nicht mehr klug sein will. Das stimmt nicht. Ich liebe sie immer noch und ich will klug sein. Aber ich mußte das sagen damit sie wegging. Sie gab Mrs. Flynn Geld für die Miete. Ich will das nicht. Ich muß mir einen Job suchen.

Bitte lieber Gott, laß mich nicht vergessen wie man liest und schreibt . . .

27. Juli. Mr. Donnegan war sehr nett als ich zurückkam und fragte ob ich wieder meinen alten Job als Hausmeister haben könnte. Zuerst war er sehr mißtrauisch aber ich erzählte ihm was mit mir passiert war und da schaute er sehr traurig drein und legte seine Hand auf meine Schulter und sagte Charlie Gordon du bist sehr tapfer.

Alle starrten mich an als ich runterging und wieder die Toilette saubermachte so wie früher. Ich sagte mir Charlie ärgere dich nicht wenn sie dich auslachen denn sie sind gar nicht so schlau wie du mal geglaubt hast. Außerdem waren sie mal deine Freunde auch wenn sie dich verspottet haben.

Einer von den neuen Jungs die eingestellt worden sind nachdem ich gekündigt habe kam zu mir und machte blöde Witze. Er sagte Charlie ich habe gehört du warst mal ein richtiger Schlaumeier. Sag mal was Intelligentes. Ich fühlte mich richtig mies aber da kam Joe Carp angelaufen und packte ihn am Kragen und sagte laß ihn in Ruhe du lausiger Bastard sonst breche ich dir alle Knochen. Ich hätte nicht gedacht daß sich Joe auf meine Seite stellen würde also ist er wohl wirklich mein Freund.

Später kam Frank Reilly zu mir und sagte Charlie wenn dich irgend jemand belästigt oder sich auf deine Kosten amüsieren will dann ruf mich oder Joe und wir bringen das schon in Ordnung. Ich sagte danke Frank und hatte einen Kloß im Hals und mußte mich umdrehen und in den Lagerraum gehen damit sie mich nicht weinen sehen. Es ist schön wenn man Freunde hat.

28. Juli. Heude habe ich was Dummes gemacht. Ich vergaß daß ich nicht mehr in Miß Kinnians Klasse im Erwachsenenzentrum gehe so wie früher. Ich ging rein und setzte mich auf meinen alden Platz in der letzten Reihe und sie schaute mich komisch an und sagte hallo Charles. Ich erinnere mich nicht daß sie mich früher so genannt hat. Sie sagte immer Charlie und nun sagte ich hallo Miß Kinnian ich will wieder zur Schule gehen aber ich habe das Lesebuch verloren mit dem ich früher gelernt habe. Da fing sie zu weinen an und lief hinaus und alle sahen mich an und ich merkte das das nicht die Leute waren die früher in diese Klasse saßen.

Dann erinnerde ich mich plötzlich an ein paar Dinge über diese Oparadion und wie ich klug war und sagte heiliger Strosack jetzt hast du aber wirklich einen Charlie Gordon gespielt. Ich ging wieder raus bevor sie zurückkam.

Deshalb gehe ich jetzt für immer von New York. Ich will so was nicht mehr erleben. Ich will nicht daß Miß Kinnian Mitleid mit mir hat. Allen in der Fabrik du ich leidt und das will ich auch nicht und deshalb geh ich irgendwohin wo niemand weiß daß Charlie Gordon mal ein Geni war und das er jetzt nicht einmal mehr richtig lehsen und schreiben kann.

Ich nehme ein paar Bücher mit und wenn ich sie auch nicht richtig lehsen kann so will ich üben damit ich nicht alles vergesse, was ich mal gelernt habe. Wenn ich mich anstrenge werd ich vielleicht ein bißchen klüger als ich es vor der Oparadion war. Ich habe meine Hasenpfode und meinen Glückspfennig und die werden mir vielleicht helfen.

Wenn Sie das jemals lesen Miß Kinnian so brauche ich Ihnen nicht mehr leid zu dun. Ich bin froh daß ich eine zweide Changs hadde klug zu werden. Ich habe viele Dinge gelernt von denen ich gar nichts wußte daß es sie auf dieser Weld gibt und ich bin dankbar weil ich das alles für eine kleine Weile wußte. Ich weiß nicht warum ich jetzt wieder dumm bin oder was ich falsch gemacht habe aber vielleicht habe ich mich nicht genug angestrengt. Aber wenn ich mich bemühe und viel übe werde ich vielleicht wieder ein bischen klüger werden und alle Wörter kennen die es gibt. Ich erinnere mich ganz schwach wie schön es war als ich das blaue Buch mit dem zerrissenen Umschlag las. Deshalb werde ich fleißig üben damid ich wieder dieses dolle Gefül kriege. Es dud gud wenn man viele Dinge weiß und klug ist. Ich wünschte ich hädde schon jetzt dieses Gefül denn dann würde ich mich soford hinsetzen und die ganze Zeid nur lesen. Jedenfalls wedde ich daß ich der erste Dumkopp auf der Weld bin der jemals wichdige Dinge für die Wissenschaft gedan hat. Ich erinnere mich daß ich mal so was gemacht hab aber ich weiß nicht mehr was es war. Ich glaube es war was das anderen dummen Leuden helfen sollte.

Leben Sie wohl Miß Kinnian und Dr. Strauss und alle anderen. Und P.S. sagen Sie Dr. Nemur er soll nicht so ein Ekel sein wenn die Leude über ihn lachen denn dann hädde er mehr Freunde. Es ist leicht Freunde zu gewinnen wenn die Leude über einen lachen. Ich werde viele Freunde haben überall wo ich hingehe.

P.P.S. Bidde legen Sie ab zu mal ein paar Blumen auf Algernons Grab im Hinderhof . . .

*George R. R. (seine Freunde nennen ihn ‚Railroad') Martin ist ein angehender Star in der Science Fiction-Galaxis. In seiner relativ kurzen Karriere als professioneller Schriftsteller hat er einen Roman veröffentlicht (*Dying of the Light, *1977) und zwei ausgezeichnete Sammelbände (*A Song for Lya and Other Stories, *1976, und* Songs of Stars and Shadows, 1977*). Mit „*A Song for Lya“ *gewann er 1975 den* Hugo *in der Novellen-Kategorie.*

*„Die zweite Stufe der Einsamkeit“ (*Analog, *Dezember 1972) ist eine schöne, traurige, doch begeisternde Geschichte über die Probleme eines Menschen.*

George R. R. Martin

Die zweite Stufe der Einsamkeit

THE SECOND KIND OF LONELINESS

18. Juni

Heute hat meine Ablösung die Erde verlassen.

Natürlich wird es noch mindestens drei Monate dauern, bis er hier ankommt. Aber er ist unterwegs.

Heute startete er vom Cape aus, genauso wie ich, damals vor vier langen Jahren. Draußen auf der Komarow-Station wird er in ein Mondschiff umsteigen, und dann wird er im Orbit um Luna, in der Tiefraum-Station, erneut umsteigen. Dort wird die Reise erst wirklich anfangen. Bis dahin war er immer noch in seinem eigenen Hinterhof.

Erst wenn sich die *Charon* von der Tiefraum-Station losgerissen hat und in die Nacht hinausgeflogen ist, wird er es empfinden, wird es *wirklich* empfinden, so wie ich es vor vier Jahren empfunden habe. Natürlich hat er von Anfang an gewußt, daß es keine Umkehr gibt. Aber es besteht ein großer Unterschied zwischen dem Wissen und dem Fühlen. Jetzt wird er es fühlen.

Er wird im Mars-Orbit Zwischenstation machen, um Vorräte nach Burroughs City runterzuschicken. Und im Gürtel wird es noch ein paar Zwischenstops geben. Aber dann wird die *Charon* beschleunigen. Sie wird rasend schnell fliegen, wenn sie den Jupiter erreicht. Und noch viel schneller, wenn sie vorbeigesaust und die Schwerkraft des gewaltigen Planeten als Schleuder benutzt hat, um noch mehr zu beschleunigen.

Danach wird es keinen Zwischenstop mehr für die *Charon* geben, bis sie mich erreicht hat, hier draußen im Cerberus-Sternenring, sechs Millionen Meilen hinter dem Pluto.

Meine Ablösung wird viel Zeit haben, um nachzudenken. Genauso wie ich damals.

Ich denke immer noch nach, heute, vier Jahre später. Aber hier draußen gibt es ja auch nicht viel zu tun. Die Ringschiffe kommen nur selten, und nach einiger Zeit hat man die Bücher, Filme und Bänder satt. Also denkt man nach. Man denkt an die Vergangenheit und träumt von der Zukunft. Und man versucht zu verhindern, daß einen die Einsamkeit und die Langeweile um den Verstand bringen.

Es waren sehr lange Jahre. Aber nun ist es fast vorbei. Und es wird schön sein zurückzukehren. Ich will wieder über das Gras gehen und Wolken sehen und am Sonntag Eis essen.

Trotz alledem bereue ich es nicht, daß ich hierhergekommen bin. Ich glaube, diese vier Jahre, allein in der Dunkelheit, haben mir gutgetan. Es ist ja auch nicht so, als hätte ich sehr viel zurückgelassen. Meine Tage auf der Erde scheinen in weiter Ferne zu liegen, aber wenn ich es versuche, kann ich mich immer noch daran erinnern.

Diese Erinnerungen sind keineswegs angenehm. Ich war damals ziemlich deprimiert.

Ich brauchte Zeit zum Nachdenken, und die hat man hier draußen. Der Mann, der mit der *Charon* zurückfliegt, wird nicht mehr derselbe sein, der vor vier Jahren hier ankam. Ich werde mir ein neues Leben auf der Erde aufbauen. Ich weiß, daß ich das tun werde.

20. Juni
Heute kam ein Schiff.

Natürlich wußte ich nicht, daß es kommen würde. Ich weiß es niemals. Die Ringschiffe kommen in unregelmäßigen Abständen, und die Energien, mit denen ich hier draußen herumspiele, verwandeln Funksignale in ein knisterndes Chaos. Als das Schiff die Störgeräusche durchbrochen hatte, war es bereits vom Suchgerät der Station geortet worden, und das hatte mich dann verständigt.

Es war eindeutig ein Ringschiff. Viel größer als die alten verrosteten Eimer wie die *Charon* und dick gepanzert, so daß es dem Druck des Nullraum-Wirbels standhalten konnte. Es kam geradewegs angerast, ohne das Tempo zu verringern.

Als ich in den Kontrollraum hinunterging, um mich anzuschnallen, kam mir ein Gedanke. Vielleicht ist dies das letzte Schiff. Wahrscheinlich nicht, denn ich muß noch drei Monate hierbleiben, und in dieser Zeit können Dutzende von Schiffen kommen. Aber man kann es nie wissen. Wie gesagt, die Ringschiffe kommen in unregelmäßigen Abständen.

Irgendwie störte mich dieser Gedanke. Die Schiffe waren vier Jahre lang ein Teil meines Lebens. Ein wichtiger Teil. Und dieses Schiff heute war vielleicht das letzte. Wenn es so sein sollte, dann will ich alles genau aufschreiben. Ich will mich daran erinnern. Ich glaube, mit gutem Grund. Wenn die Schiffe kommen, dann hat man das Gefühl, daß sich das alles lohnt.

Der Kontrollraum ist das Herz meines Quartiers. Es ist das Zentrum, wo sich die Nerven und Sehnen der Station treffen. Aber der Raum ist nicht besonders eindrucksvoll. Er ist sehr klein, und wenn sich die Tür geschlossen hat, sind alle Wände und die Decken einheitlich weiß.

Es gibt nur ein einziges Ding in diesem Raum, eine Konsole,

die wie ein Pferdehuf geformt ist und einen gepolsterten Stuhl umgibt.

Ich setzte mich auf den Stuhl, vielleicht zum letztenmal. Ich schnallte mich an, setzte die Kopfhörer auf, klappte den Helm herab. Ich griff nach den Kontrollhebeln, berührte sie, schaltete sie ein.

Und der Kontrollraum verschwand.

Das wird alles durch Holographie bewirkt. Ich weiß das natürlich. Aber das macht keinen Unterschied, wenn ich auf diesem Stuhl sitze. Das heißt – ich bin nicht mehr im Kontrollraum, ich bin draußen, in der Leere. Die Konsole und der Stuhl sind noch da, aber alles andere ist verschwunden. Statt dessen ist überall das schmerzhafte Dunkel, über mir, unter mir, rings um mich. Die ferne Sonne ist nur ein Stern unter vielen, und alle Sterne sind schrecklich weit weg.

So ist es immer. Uns so war es auch heute. Als ich auf diese Hebel gedrückt hatte, war ich allein im Universum, allein mit den kalten Sternen und dem Ring – mit dem Cerberus-Sternenring.

Ich sah den Ring, als würde ich von außen darauf hinabblikken. Es ist wirklich eine gigantische Struktur. Aber von hier aus betrachtet ist es ein Nichts. Es wird verschluckt von der ungeheuren Weite ringsum, ist nur ein dünner Silberfaden, der sich in der Schwärze verliert.

Doch ich weiß es besser. Der Ring ist riesig. Mein Quartier nimmt nur einen einzigen Grad in dem Kreis ein, den der Ring bildet, und sein Durchmesser mißt über hundert Meilen. Der Rest besteht aus Stromkreisen, Suchgeräten und Energiedepots. Und aus den Maschinen – aus den wartenden Nullraum-Maschinen.

Lautlos drehte sich der Ring unter mir, und sein gegenüberliegender Rand erlosch im Nichts. Ich berührte einen Schalter auf meiner Konsole. Unter mir erwachten die Nullraum-Maschinen.

Im Zentrum des Rings wurde ein neuer Stern geboren.

Zuerst war es nur ein winziger Punkt im Dunkel. Heute war er grün, hellgrün. Er ist nicht immer grün – und wenn er grün ist, dann nicht für lange Zeit. Der Nullraum hat viele Farben.

Ich hätte die andere Seite des Rings sehen können, wenn ich das gewollt hätte. Sie schimmerte in ihrem eigenen Licht. Die Nullraum-Maschinen waren zum Leben erwacht und ließen unvorstellbare Energiemassen in den Ring strömen, um ein Loch in den Raum zu reißen.

Das Loch war schon lange vor dem Cerberus hier gewesen, lange vor der Menschheit. Die Menschen hatten es zufällig entdeckt, als sie bis zum Pluto vorgedrungen waren. Sie hatten den Ring darum herum gebaut. Später hatten sie noch zwei weitere Löcher entdeckt und ebenfalls Sternenringe darum gebaut.

Die Löcher waren klein, zu klein. Aber sie konnten vergrößert werden. Sie konnten, auf Kosten ungeheurer Energiemengen, vorübergehend auseinandergerissen werden. Man konnte durch dieses winzige unsichtbare Loch im Universum reine Energie pumpen, bis die sonst so stille Fläche des Nullraums schäumte und sprudelte und den Nullraum-Wirbel bildete.

Und nun geschah es.

Der Stern im Zentrum des Rings wuchs und wurde flacher. Er war eine pulsierende Scheibe, keine Kugel. Er war immer noch das hellste Ding am ganzen Himmel, und er schwoll deutlich erkennbar an. Flammen schossen aus der kreisenden grünen Scheibe, wie orangegelbe Lanzen, zuckten zurück, bläuliche Rauchschleier kräuselten sich. Rote Punkte tanzten über das Grün, vergrößerten sich und verströmten ein blendendes Licht. Alle Farben begannen ineinanderzufließen.

Der flache, kreisende, bunte Stern verdoppelte seine Größe, verdoppelte sie noch einmal, immer wieder. Vor ein paar Minuten hatte er noch nicht existiert. Jetzt füllte er den Ring, stieß gegen die Silberwände, versengte sie mit seiner schrecklichen Energie. Er drehte sich immer schneller, ein Wirbelstrom im All, ein Strudel aus Flammen und Licht.

Der Wirbel. Der Nullraum-Wirbel. Der heulende Sturm, der kein Sturm ist und nicht heult, denn es gibt keine Geräusche im Raum.

Und das Ringschiff kam darauf zu. Zuerst ein rasender Stern, nahm es schneller Form und Gestalt an, als mein menschliches Auge den Prozeß verfolgen konnte. Es wurde zu einer dunklen Silberkugel in der Schwärze, eine Kugel, die auf den Wirbel abgefeuert wurde.

Sie traf ihr Ziel, fast genau in der Mitte des Rings. Die wirbelnden Farben umschlossen das Schiff. Ich betätigte meine Hebel. Schneller als er aufgetaucht war, verschwand der Wirbel. Natürlich war auch das Schiff verschwunden. Wieder einmal gab es nur mich, den Ring und die Sterne.

Dann zog ich einen anderen Hebel herunter und war wieder in dem weißen Kontrollraum, löste den Sicherheitsgurt – vielleicht zum letztenmal.

Ich hoffe, daß es nicht so sein wird. Ich hätte nie gedacht, daß ich irgend etwas von den Dingen hier draußen vermissen würde. Aber ich werde die Ringschiffe vermissen – und all diese Augenblicke, die ich erlebt habe, so wie heute.

Ich hoffe, ich werde noch ein paar Chancen bekommen, bevor ich das alles für immer verlasse. Ich möchte noch einmal spüren, wie die Nullraum-Maschinen unter meinen Händen erwachen, ich möchte sehen, wie der Wirbel schäumt, während ich allein zwischen den Sternen schwebe. Wenigstens noch ein einziges Mal. Bevor ich gehe.

23. Juni

Das Ringschiff regte mich zum Nachdenken an. Intensiver als sonst.

Komisch, bei all den Schiffen, die ich durch den Wirbel fliegen sah, kam mir niemals der Gedanke, ich könnte mich an Bord befinden. Da ist eine ganz neue Welt auf der anderen Seite des Nullraums. Zweite Chance, ein üppiger grüner Planet, so weit weg, daß sich die Astronomen immer noch nicht sicher sind, ob er zu derselben Galaxis gehört wie wir. Das ist das Komische bei diesen Löchern – bevor man hindurchfliegt, weiß man nie, wohin sie führen.

Als ich ein kleiner Junge war, habe ich eine ganze Menge über die Sternenflüge gelesen. Die meisten Leute dachten, diese Flüge würden niemals Wirklichkeit werden. Aber jene, die daran glaubten, sagten immer, Alpha Centauri würde das erste System sein, das wir erforschen und kolonialisieren würden. Es würde der Erde am nächsten liegen – und so weiter. Komisch, daß sie sich so gewaltig täuschten. Wir können die Orbit-Sonnen unserer Kolonien nicht einmal sehen. Und ich glaube nicht, daß wir jemals zum Alpha Centauri gelangen werden.

Irgendwie habe ich niemals einen persönlichen Gedanken an die Kolonien verschwendet. Die Erde ist der Ort, wo ich versagt habe. Sie wird auch der Ort sein, wo ich nun Erfolg haben werde. Die Kolonien wären nur eine weitere Ausflucht.

So wie der Cerberus?

26. Juni

Heute kam ein Schiff. Es war also doch nicht das letzte. Doch was wird nach diesem Schiff kommen?

29. Juni

Warum meldet sich ein Mann freiwillig für einen solchen Job? Warum flieht ein Mann zu einem Silberring, der sechs Millionen Meilen hinter dem Pluto liegt, um ein Loch im Universum zu bewachen? Warum vergeudet er vier Jahre seines Lebens, um im Dunkel allein zu sein?

Warum?

Das fragte ich mich oft in den ersten Tagen. Und ich konnte diese Fragen nicht beantworten. Ich glaube, nun kann ich es. Am Anfang bereute ich bitter, daß ich so impulsiv beschlossen hatte, hierherzukommen. Nun glaube ich, daß ich verstehe, warum ich es getan habe.

Es war eigentlich kein Impuls. Ich rannte zum Cerberus. Ich rannte hierher, um vor der Einsamkeit zu flüchten.

Das ergibt keinen Sinn?

O doch. Ich weiß, was Einsamkeit ist. Sie war das zentrale Thema meines Lebens. Seit ich denken kann, bin ich allein.

Aber es gibt zwei Arten oder Stufen von Einsamkeit.

Die meisten Leute kennen diesen Unterschied nicht. Ich kenne ihn. Ich habe beide Arten genossen.

Sie reden und schreiben über die Einsamkeit der Männer, die über den Sternenringen wachen. Über die Lichthäuser des Universums und all das. Und sie haben recht.

Es gibt Zeiten hier draußen beim Cerberus, wo ich glaube, daß ich der einzige Mensch im Universum bin, daß die Erde nur ein Fiebertraum war, daß die Leute, an die ich mich erinnere, nur Ausgeburten meiner Phantasie sind.

Es gibt Zeiten hier draußen, wo ich mir so sehr wünsche, mit jemandem sprechen zu können, daß ich schreie und gegen die Wände hämmere. Es gibt Zeiten, wo mir die Langeweile unter die Haut kriecht und mich fast um den Verstand bringt.

Aber es gibt auch *andere* Zeiten. Wenn die Ringschiffe kommen. Wenn ich nach draußen gehe, um irgendwelche Reparaturen vorzunehmen. Oder wenn ich einfach nur auf dem Kontrollstuhl sitze und mir vorstelle, ich sei draußen im Dunkel, um die Sterne zu beobachten.

Einsamkeit? Ja. Aber eine feierliche, lastende, tragische Einsamkeit. Eine Einsamkeit, die majestätische Züge hat. Eine Einsamkeit, die man leidenschaftlich hassen – und doch so innig lieben kann, daß man immer mehr davon verspüren will.

Und dann gibt es die zweite Stufe der Einsamkeit. Dafür braucht man den Cerberus-Ring nicht. Diese Einsamkeit kann man überall auf der Erde finden. Ich fand sie. Ich fand sie überall, wohin ich ging, in allem, was ich tat.

Es ist die Einsamkeit der Menschen, die in sich selbst gefangen sind. Die Einsamkeit der Menschen, die so oft das Falsche gesagt haben, daß sie nicht mehr den Mut aufbringen, überhaupt noch irgend etwas zu sagen. Es ist die Einsamkeit, die nicht durch Entfernungen entsteht, sondern durch Angst.

Die Einsamkeit der Menschen, die allein in möblierten Zimmern sitzen, in überfüllten Städten, weil sie nicht wissen, wohin sie gehen und mit wem sie reden könnten. Die Einsamkeit der Männer, die in Bars gehen, um irgend jemanden zu treffen – nur um dann herauszufinden, daß sie nicht fähig sind, ein Gespräch in Gang zu bringen, und die auch gar nicht den Mut hätten, um es zu tun, wenn sie es könnten.

Diese Art der Einsamkeit hat keine Größe. Keinen Zweck und keine Poesie. Es ist eine Einsamkeit ohne Bedeutung. Sie ist traurig und elend und erbärmlich – uns sie stinkt nach Selbstmitleid.

O ja, in manchen Augenblicken tut es weh, mit den Sternen allein zu sein.

Aber es ist noch schmerzlicher, auf einer Party allein zu sein. Viel schmerzlicher.

30. Juni

Habe die gestrige Eintragung gelesen. Und ich rede von Selbstmitleid . . .

1. Juli

Habe die gestrige Eintragung gelesen. Meine lässige Maske. Nach vier Jahren kämpfe ich immer noch dagegen an, wenn ich das Bedürfnis habe, ehrlich zu mir selber zu sein. Das ist nicht gut. Wenn es diesmal anders werden soll, muß ich versuchen, mich selbst zu verstehen.

Warum muß ich mich über mich selber lustig machen, wenn ich zugebe, daß ich einsam und verletzlich bin? Warum wehre ich mich gegen das Eingeständnis, daß ich Angst vor dem Leben hatte? Niemand wird diese Aufzeichnungen jemals lesen. Ich rede mit mir selbst, über mich selbst.

Warum bringe ich es trotzdem nicht fertig, gewisse Dinge zu sagen?

4. Juli

Heute kam kein Ringschiff. Schade. Auf der Erde gibt's kein Feuerwerk, daß sich mit dem Nullraum-Wirbel messen könnte, und ich war in festlicher Stimmung.

Aber warum kümmere ich mich hier draußen überhaupt um den Kalender, hier, wo die Jahre wie Jahrhunderte sind und die Jahreszeiten nur eine trübe Erinnerung? Der Juli ist wie der Dezember. Also – was hat das alles für einen Sinn?

10. Juli

Gestern nacht träumte ich von Karen. Und jetzt geht sie mir nicht mehr aus dem Kopf.

Ich dachte, ich hätte sie schon vor langer Zeit begraben. Es war ohnehin nur Phantasie. Oh, sie hatte mich recht gern. Vielleicht liebte sie mich sogar. Aber nicht mehr als ein halbes Dutzend anderer Jungs. Ich war nichts Besonderes für sie, und sie merkte gar nicht, daß sie was Besonderes für mich war.

Sie wußte auch nicht, wie sehr ich mir wünschte, was Besonderes für sie zu sein – wie wichtig es für mich gewesen wäre, für irgend jemanden, irgendwo, was Besonderes zu sein.

Und so habe ich sie erwählt. Aber es war nur Phantasie. Und in meinen wenigen lichten Augenblicken wußte ich das auch. Ich hatte kein Recht dazu, so verletzt zu sein.

Aber in meinen Tagträumen glaubte ich das. Und ich *war* verletzt. Natürlich war das meine Schuld, nicht ihre. Karen würde niemals irgend jemanden absichtlich kränken. Sie erkannte eben nicht, wie verwundbar ich war.

Sogar hier draußen, in den ersten Jahren, träumte ich weiter. Ich träumte, daß sie sich anders besonnen hätte, daß sie auf mich warten würde. Et cetera.

Aber das war nur Wunschdenken. Und ich gab mich diesen Träumen nur so lange hin, bis ich hier draußen mit mir selbst zu Rande kam. Ich weiß jetzt, daß sie nicht auf mich wartet. Sie braucht mich nicht, hat mich nie gebraucht. Ich war nur ein Freund.

Und deshalb gefällt es mir nicht, daß ich jetzt wieder von ihr träume. Das ist nicht gut. Was immer ich auch machen werde, ich darf nicht zu Karen gehen, wenn ich auf die Erde zurückkehre. Ich muß von vorn anfangen. Ich muß jemanden finden, der mich *braucht.* Und eine solche Frau werde ich nicht finden, wenn ich versuche, mein altes Leben wiederaufzunehmen.

18. Juli

Ein Monat ist vergangen, seit meine Ablösung die Erde verlassen hat. Die *Charon* müßte jetzt den Gürtel erreicht haben. Noch zwei Monate.

23. Juli

Ich habe Alpträume. Gott helfe mir.

Ich träume wieder von der Erde. Und von Karen. Ich kann es nicht verhindern. Es ist jede Nacht das gleiche.

Es ist komisch, Karen als Alptraum zu bezeichnen. Bis jetzt war sie immer nur ein Traum. Ein schöner Traum mit langem, weichem Haar, mit ihrem Lachen, mit ihrem lustigen Grinsen. Aber alle diese Träume waren meinem Wunschdenken entsprungen. In jenen Träumen brauchte und liebte sie mich.

Aber die Alpträume sind von schmerzlicher Wahrheit erfüllt. Und sie sind immer gleich. Sie gaukeln mir den letzten Abend vor, den ich mit Karen verbracht habe.

Es war ein schöner Abend. Wir aßen in einem meiner Lieblingsrestaurants und gingen dann in eine Show. Wir unterhielten uns angeregt, über viele Dinge. Und wir lachten auch.

Erst später, in ihrer Wohnung, wurde ich ernst. Ich erinnere mich noch, wie dumm ich mir vorkam, wie ich stotterte, als ich ihr zu sagen versuchte, wieviel sie mir bedeutete. Alles ging schief.

Ich weiß noch, wie sie mich ansah, wie sie sanft versuchte, mir meine Illusionen zu nehmen. Sie war immer sanft. Und ich blickte ihr in die Augen und lauschte ihrer Stimme. Doch da war keine Liebe, nur Mitleid.

Mitleid mit einem ungeschickten Kerl, der das Leben an sich vorbeiziehen läßt, ohne danach zu greifen. Nicht weil er das nicht gewollt hätte, sondern weil er Angst davor hatte und nicht wußte, wie man das macht. Auf ihre Art liebte sie diesen Tolpatsch – sie liebte alle Menschen. Sie versuchte ihm zu helfen, ihm ein wenig von ihrem Selbstvertrauen zu geben, von ihrem Mut, von der Zuversicht, mit der sie das Leben betrachtete. Bis zu einem gewissen Grad gelang ihr das auch.

Aber das genügte nicht. Der Tolpatsch liebte es, sich den Tag auszumalen, an dem er nicht mehr einsam sein würde. Und als Karen ihm zu helfen versuchte, dachte er, sie sei sein Phantasiegebilde, das zum Leben erwacht war. Das bildete er sich ein. Natürlich kannte er im Grunde die Wahrheit, aber er belog sich selbst.

Und als der Tag kam, wo er nicht mehr lügen konnte, war er immer noch verwundbar genug, um verletzt zu werden. Er war nicht der Typ, dessen Wunden leicht verheilen. Und er hatte nicht den Mut, es mit einem anderen Mädchen zu versuchen. So lief er davon.

Ich hoffe, daß die Alpträume aufhören werden. Ich kann sie nicht ertragen, Nacht für Nacht. Ich kann es nicht ertragen, immer wieder jene Stunde in Karens Wohnung zu erleben.

Ich war vier Jahre hier draußen. Ich habe mich selbst erkannt. Ich habe geändert, was mir nicht gefallen hat, oder ich habe es zumindest versucht. Ich habe versucht, die Narben meiner Wunden zu pflegen und genügend Selbstvertrauen aufzubringen, um die neuen Fehlschläge zu verkraften, die ich erleben werde, bevor mich eine Frau akzeptiert. Aber ich kenne mich selbst verdammt gut, und ich weiß, daß ich nur einen Teilerfolg errungen habe. Es wird immer Dinge geben, die mir weh tun werden – Dinge, denen ich nicht auf die Art begegnen kann, wie ich es mir wünsche.

Zu diesen Dingen gehört die Erinnerung an jene letzte Stunde mit Karen. O Gott, ich hoffe, die Alpträume werden mich nicht mehr heimsuchen.

26. Juli
Noch mehr Alpträume. Bitte, Karen! Ich habe dich geliebt. Aber laß mich jetzt in Ruhe. Bitte!

29. Juli
Gestern kam ein Ringschiff. Gott sei Dank, ich hatte eins gebraucht. Es lenkte mich von der Erde und von Karen ab. Und in der Nacht hatte ich keine Alpträume, zum erstenmal seit einer Woche. Statt dessen träumte ich vom Nullraum-Wirbel. Vom rasenden, schweigenden Sturm.

1. August
Die Alpträume sind zurückgekehrt. Ich träume jetzt nicht immer nur von Karen, sondern auch von älteren Erinnerungen, die viel unwichtiger, aber trotzdem schmerzlich sind. Von all den dummen Dingen, die ich gesagt habe, von den Mädchen, die mir nie begegnet sind, von all den Dingen, die ich getan habe.

Es ist schlimm. Das muß ich mir immer wieder sagen. So bin ich doch gar nicht mehr. Da ist ein neues Ich, das hier draußen entstanden ist, sechs Millionen Meilen hinter dem Pluto, geschaffen aus Stahl und Sternen und Nullraum, hart und selbstsicher – ein Mann, der sich nicht mehr vor dem Leben fürchtet.

Die Vergangenheit liegt hinter mir. Aber sie tut immer noch weh.

2. August
Heute kam ein Schiff. Die Alpträume suchten mich trotzdem heim. Verdammt.

3. August
In der letzten Nacht hatte ich keine Alpträume, zum zweitenmal, seit sie begonnen hatten, und ich schlief sehr gut, nachdem ich im Lauf des Tages das Loch für ein Ringschiff geöffnet hatte.

(Tag? Oder Nacht? Was für ein Unsinn hier draußen . . . Aber ich schreibe diese Wörter immer noch, als ob sie irgendeine Bedeutung hätten. Diese vier Jahre haben das Erdenbewußtsein in mir nicht ausgelöscht.) Vielleicht hat der Wirbel Karen verscheucht. Aber zuvor wollte ich sie niemals verscheuchen. Außerdem dürfte ich keine solchen Hilfsmittel nötig haben.

13. August

Vor ein paar Nächten kam wieder ein Schiff. Keine Träume danach. Ein Schema!

Ich bekämpfe die Erinnerungen. Ich denke an andere Dinge auf der Erde. An die guten Zeiten. Die gab es auch, viele gute Zeiten, und ich werde wieder gute Zeiten erleben, wenn ich zurückkomme. Dafür werde ich schon sorgen.

Diese Alpträume sind albern. Ich werde nicht mehr zulassen, daß sie mich quälen. Es gab so viel anderes, was ich mit Karen teilte, so vieles, an das ich mich gern erinnern würde. Warum kann ich es nicht?

18. August

In einem Monat wird die *Charon* eintreffen. Wer wird mich wohl ablösen? Ich frage mich, was *ihn* hier herausgetrieben hat.

Die Erdenträume erfüllen immer noch meine Nächte. Nein, es sind Karen-Träume. Habe ich jetzt sogar schon Angst davor, ihren Namen zu schreiben?

20. August

Heute kam ein Schiff. Nachdem es durch das Loch geflogen war, blieb ich draußen und blickte auf die Sterne. Ich glaube, ein paar Stunden lang. Doch so lang kam mir die Zeit gar nicht vor.

Es ist schön da draußen. Einsam – ja. Aber was für eine Einsamkeit! Ich bin allein mit dem Universum, die Sterne breiten sich zu meinen Füßen aus, verstreuen sich rings um meinen Kopf.

Jeder Stern ist eine Sonne. Und doch erscheinen sie mir alle kalt. Ich schaudere, fühle mich verloren in dieser Weite und frage mich, warum sie existiert, was sie zu bedeuten hat.

Der Mann, der mich ablösen wird, wer immer es auch ist, kann das alles hoffentlich so würdigen, wie es gewürdigt werden muß. Es gibt so viele Menschen, die es nicht können oder nicht wollen. Menschen, die durch die Nacht gehen und niemals zum Himmel aufblicken. Ich hoffe, der Mann, der mich ablösen wird, ist anders.

24. August
Wenn ich auf die Erde zurückgekehrt bin, werde ich Karen besuchen. Ich muß es tun. Wie kann ich so tun, als würde es diesmal anders sein, wenn ich nicht einmal den Mut aufbringe, Karen zu sehen? Aber diesmal *muß* es anders werden. Deshalb muß ich Karen gegenübertreten und beweisen, daß ich mich geändert habe – daß ich mich wirklich geändert habe.

25. August
Was für einen Unsinn habe ich gestern geschrieben! Wie kann ich Karen gegenübertreten? Was soll ich ihr sagen? Ich würde doch nur wieder anfangen, mir was vorzumachen, und von neuem leiden. Nein. Ich *darf* Karen nicht wiedersehen. Zum Teufel, ich kann es doch nicht einmal ertragen, von ihr zu träumen.

30. August
In letzter Zeit gehe ich oft in den Kontrollraum hinunter und versetze mich nach draußen. Keine Ringschiffe. Aber wenn ich da hinausgehe, verblassen die Erinnerungen an die Erde.

Es wird mir immer klarer, daß ich den Cerberus vermissen werde. In einem Jahr werde ich wieder auf der Erde sein und zum Nachthimmel aufblicken, und ich werde mich daran erinnern, wie der Ring silbern im Sternenlicht geschimmert hat. Ich weiß, daß es so sein wird.

Und der Wirbel. Ich werde mich an den Wirbel erinnern und an die leuchtenden Farben, die rasend schnell kreisen und miteinander verschmelzen. Immer neue Farben.

Schade, daß ich nie ein Holo-Fan war. Auf der Erde könnte man ein Vermögen machen mit einem Film, auf dem zu sehen ist, wie sich der Wirbel dreht. Ein Ballett in der Leere. Es überrascht mich, daß bisher noch niemand daran gedacht hat.

Vielleicht sollte ich es dem Mann vorschlagen, der mich ablösen wird. Wenn er sich dafür interessiert, hätte er was, mit dem er die vielen Stunden ausfüllen kann. Hoffentlich interessiert er sich dafür. Die Erde wäre reicher, wenn jemand so einen Film aus dem Universum mitbrächte.

Ich würde es selber tun, aber meine Ausrüstung ist unzureichend, und ich habe keine Zeit, daran herumzubasteln.

4. September
In der letzten Woche war ich jeden Tag draußen. Ich habe keine Alpträume mehr, träume nur von der Dunkelheit, in der die Farben des Nullraums leuchten.

8. September
Ich gehe immer noch nach draußen und nehme das alles in mich auf. Bald, sehr bald, werde ich es verlieren. Für immer. Ich habe das Gefühl, als müßte ich jede Sekunde nutzen. Ich muß mir merken, wie es hier draußen im Cerberus ist, damit die Ehrfurcht vor diesem Wunder, vor dieser Schönheit in mir weiterlebt, wenn ich auf die Erde zurückgekehrt bin.

10. September
Jetzt ist schon lange kein Ringschiff mehr gekommen. Ist es vorbei? Habe ich mein letztes Schiff gesehen?

12. September
Kein Schiff heute. Aber ich ging hinaus und erweckte die Maschinen und ließ den Wirbel dröhnen.

Warum schreibe ich immer wieder, daß der Wirbel dröhnt und heult? Es gibt keine Geräusche im All. Ich höre nichts. Aber ich sehe es. Und ich weiß, daß es dröhnt.

Es sind die Geräusche der Stille. Doch das ist nicht so, wie es ein Poet meinen würde.

13. September
Heute habe ich wieder den Wirbel beobachtet, obwohl kein Schiff gekommen ist.

Früher habe ich das nie getan. Jetzt schon zweimal. Es ist verboten. Die Energiekosten sind enorm hoch, und Cerberus lebt von der Energie. Also – warum tue ich das?

Es ist fast so, als wollte ich mich nicht vom Wirbel trennen. Doch es wird mir nichts anderes übrigbleiben.

13. September
Ich Idiot! Was habe ich getan? In einer Woche wird die *Charon* ankommen, und ich habe die Sterne angestarrt, als hätte ich sie nie zuvor gesehen. Ich habe noch nicht einmal angefangen, meine Sachen zu packen, die Berichte für meine Ablösung zu schreiben und die Station in Ordnung zu bringen.

Ich Idiot! Warum verschwende ich meine Zeit, indem ich dieses verdammte Tagebuch führe?

15. September
Ich habe fast alles gepackt. Und ich habe ein paar unheimliche Dinge ausgegraben – Dinge, die ich in den ersten Jahren zu verstecken versuchte. Zum Beispiel meinen Roman. Ich schrieb ihn in den ersten sechs Monaten und fand ihn großartig. Ich konnte es kaum erwarten, auf die Erde zurückzukehren, ihn zu verkaufen und ein berühmter Autor zu werden. Ein Jahr später las ich mein Werk noch einmal. Es ist mies.

Ich habe auch ein Foto von Karen gefunden.

16. September
Heute ging ich mit einer Flasche Scotch und einem Glas in den Kontrollraum hinunter, stellte beides auf die Konsole und schnallte mich an. Dann trank ich auf das Dunkel und die Sterne und den Wirbel. Ich werde das alles vermissen.

17. September
Nach meinen Berechnungen dauert es noch einen Tag. Dann werde ich die Heimreise antreten, meine Reise zu einem neuen Anfang, in ein neues Leben. Wenn ich den Mut habe, dieses neue Leben zu leben.

18. September
Es ist fast Mitternacht. Von der *Charon* ist nichts zu sehen. Was ist schiefgelaufen?

Wahrscheinlich nichts. Diese Flugpläne sind nie präzise. Manchmal verzögern sich die Termine um eine ganze Woche. Warum mache ich mir Sorgen? Zum Teufel, ich bin damals doch auch zu spät hier eingetroffen. Ich frage mich, was der arme Kerl wohl dachte, den ich damals ablöste.

20. September
Die *Charon* ist auch gestern nicht gekommen. Als ich des Wartens müde war, nahm ich die Flasche Scotch und ging wieder in den Kontrollraum. Und nach draußen. Um wieder auf die Sterne zu trinken. Und auf den Wirbel. Ich weckte den Wirbel, ließ ihn brennen und prostete ihm zu.

Ich prostete ihm sehr oft zu und trank die Flasche leer. Und heute habe ich einen solchen Kater, daß ich bezweifle, ob ich es schaffen werde, die Erde jemals wiederzusehen.

Das war dumm. Die Crew von der *Charon* hat womöglich die Wirbelfarben gesehen. Wenn sie mich verpfeifen, werde ich ein kleines Vermögen von dem Geld, das mich auf der Erde erwartet, als Strafe zahlen müssen.

21. September
Wo ist die *Charon?* Ist ihr was zugestoßen? Kommt sie nicht?

22. September
Ich ging wieder hinaus.

O Gott, wie schön, wie einsam, wie gigantisch! Und wie verzehrend, ja, das ist das Wort, das ich gesucht habe. Die Schönheit dort draußen ist verzehrend. Manchmal denke ich, daß ich ein Narr bin, weil ich auf die Erde zurückkehren werde. Ich gebe die Ewigkeit auf – für eine Pizza, ein Mädchen im Bett und ein freundliches Wort.

Nein! Was schreibe ich da, zum Teufel? Nein, ich fliege zurück, natürlich! Ich brauche die Erde. Ich vermisse die Erde. Ich liebe die Erde. Diesmal *wird* es anders sein.

Ich werde eine neue Karen finden, und diesmal werde ich nicht alles vermasseln.

23. September
Ich fühle mich krank. O Gott, ich fühle mich elend. Ich dachte, ich hätte mich geändert, aber jetzt bin ich mir nicht mehr so sicher. Ich überlege mir tatsächlich, ob ich nicht hierbleiben und mich für eine weitere Periode verpflichten soll. Ich will es nicht. Nein. Aber ich glaube, ich habe immer noch Angst vor dem Leben, vor der Erde, vor allem.

Beeil dich, *Charon!* Beeil dich, bevor ich mich anders besinne.

24. September
Karen oder der Wirbel? Die Erde oder die Ewigkeit?

Verdammt, wie kann ich so etwas denken! Karen! Die Erde! Ich muß den nötigen Mut aufbringen. Ich muß den Schmerz riskieren. Ich muß das Leben kosten.

Ich bin kein Felsen. Und keine Insel. Und kein Stern.

25. September
Noch immer nichts von der *Charon* zu sehen. Sie hat sich nun um eine ganze Woche verspätet. Das kommt manchmal vor. Aber nicht oft. Sie wird bald eintreffen. Ich weiß es.

30. September
Nichts. Jeden Tag beobachte ich den Himmel und warte. Ich lausche auf die Geräusche meiner Suchgeräte, gehe nach draußen, um nachzuschauen, gehe hin und zurück durch den Ring. Nichts zu sehen. Eine solche Verspätung hat es noch nie gegeben. Was ist passiert?

3. Oktober
Heute kam ein Schiff. Nicht die *Charon*. Zuerst dachte ich, sie sei es, als die Suchgeräte sie geortet hatten. Ich schrie laut genug, um den Wirbel zu wecken. Doch dann sah ich genauer hin, und mein Herz sank. Das Schiff war viel zu groß, und es kam geradewegs angerast, ohne die Geschwindigkeit zu drosseln.

Ich ging hinaus und ließ es durch das Loch. Und dann blieb ich lange draußen.

4. Oktober
Ich will nach Hause. Wo sind sie? Ich verstehe das nicht. Ich verstehe das nicht.

Sie können mich doch nicht einfach hierlassen. Das können sie nicht. Und das werden sie auch nicht tun.

5. Oktober
Heute kam ein Schiff. Wieder ein Ringschiff. Früher habe ich mich auf diese Schiffe gefreut. Jetzt hasse ich sie, weil sie nicht die *Charon* sind. Aber ich habe das Schiff durchgelassen.

7. Oktober
Ich habe meine Sachen wieder ausgepackt. Ich finde es dumm, aus den Koffern zu leben, wenn ich nicht weiß, ob die *Charon* kommen wird – oder wann.

Aber ich halte immer noch nach ihr Ausschau. Ich warte. Sie wird kommen, das weiß ich. Vielleicht wurde sie irgendwo aufgehalten. Durch einen Notfall im Gürtel.

Es gibt viele Erklärungen.

Inzwischen erledige ich alle möglichen Jobs im Ring. Ich habe ihn nicht richtig für meine Ablösung vorbereitet. Ich war viel zu sehr damit beschäftigt, die Sterne zu beobachten, um zu tun, was meine Pflicht wäre.

8. Januar (oder ungefähr um diese Zeit)
Dunkelheit und Verzweiflung.

Ich weiß, warum die *Charon* nicht gekommen ist. Sie ist noch nicht fällig. Der Kalender ist durcheinandergeraten. Es ist Januar, nicht Oktober. Und ich habe monatelang in der falschen Zeit gelebt. Sogar den 4. Juli habe ich an einem falschen Tag gefeiert.

Ich stellte es gestern fest, als ich verschiedene Reparaturen im Ring vornahm. Ich wollte sichergehen, daß alles in Ordnung war – für meine Ablösung.

Aber es wird keine Ablösung kommen.

Die *Charon* traf vor drei Monaten ein. Ich . . . ich zerstörte sie. Krank. Ich war krank – verrückt. Sobald es geschehen war, kam es mir zu Bewußtsein. Was hatte ich getan. O Gott! Ich schrie stundenlang.

Und dann stellte ich den Kalender zurück. Und vergaß es. Vielleicht absichtlich. Vielleicht konnte ich es nicht ertragen, mich daran zu erinnern. Ich weiß es nicht. Ich weiß nur, daß ich es vergessen habe.

Aber jetzt erinnere ich mich wieder – an alles.

Die Suchgeräte hatten mir gemeldet, daß sich die *Charon* näherte. Ich war draußen und wartete. Und beobachtete den

Himmel. Versuchte genügend von den Sternen und dem Dunkel in mir aufzunehmen, so daß es mir für immer erhalten bleiben würde.

Und die *Charon* flog heran. Ihr Tempo erschien mir langsam, verglichen mit der rasenden Geschwindigkeit der Ringschiffe. Und sie war so klein. Dies war meine Ablösung, meine Rettung, aber sie kam mir so zerbrechlich, so albern und irgendwie häßlich vor. Armselig. Sie erinnerte mich an die Erde.

Sie glitt durch den Landebereich, fiel von oben in den Ring herab, tastete sich durch die Schleusen in den bewohnbaren Teil des Cerberus vor. So langsam . . . Ich sah sie heranschweben. Und plötzlich fragte ich mich, was ich zu meiner Ablösung und zur Crew sagen sollte. Ich fragte mich, was sie von mir denken würden. Und da krampfte sich irgendwo in meinem Innern eine Faust zusammen.

Und dann konnte ich es auf einmal nicht mehr ertragen. Auf einmal fürchtete ich mich vor diesen Menschen. Auf einmal haßte ich sie.

Und so erweckte ich den Wirbel.

Eine rote Flamme spie gelbe Zungen aus, schwoll unglaublich schnell an, verströmte blaugrüne Blitze. Einer strich an der *Charon* vorbei, und das Schiff erbebte.

Jetzt sage ich mir, daß ich nicht wußte, was ich tat. Und doch wußte ich, daß die *Charon* nicht gepanzert war. Ich wußte, daß sie den Energien des Wirbels nicht standhalten konnte. Ich wußte es.

Die *Charon* war so langsam, der Wirbel so schnell. In zwei Herzschlägen griff der Strudel nach dem Schiff, nach drei Herzschlägen hatte er es verschlungen.

Es war so schnell gegangen. Ich weiß nicht, ob das Schiff zerschmolz, explodierte oder zerquetscht wurde. Aber ich weiß, daß die Insassen den Wirbel nicht überlebt haben. Da ist kein Blut auf meinem Sternenring. Der Schutt befindet sich irgendwo auf der anderen Seite des Nullraums. Wenn es überhaupt irgendwelche Überreste gibt.

Der Ring und das Dunkel sahen so aus wie immer.

Das erleichterte mir das Vergessen. Und ich muß mir verzweifelt gewünscht haben, alles zu vergessen.

Und jetzt? Was soll ich jetzt tun? Wird es die Erde herausfinden? Wird jemals wieder eine Ablösung kommen? Ich will nach Hause.

Karen, ich ...

18. Juni

Heute hat meine Ablösung die Erde verlassen.

Zumindest glaube ich das. Der Kalender an der Wand ist irgendwie zerbrochen, und deshalb weiß ich nicht genau, was für ein Datum heute ist. Aber ich werde den Kalender reparieren.

Jedenfalls kann es sich nur um ein paar Stunden mehr oder weniger handeln, sonst hätte ich es bemerkt. Meine Ablösung *ist* also unterwegs. Natürlich wird es drei Monate dauern, bis der Mann hier eintrifft.

Aber er wird kommen.